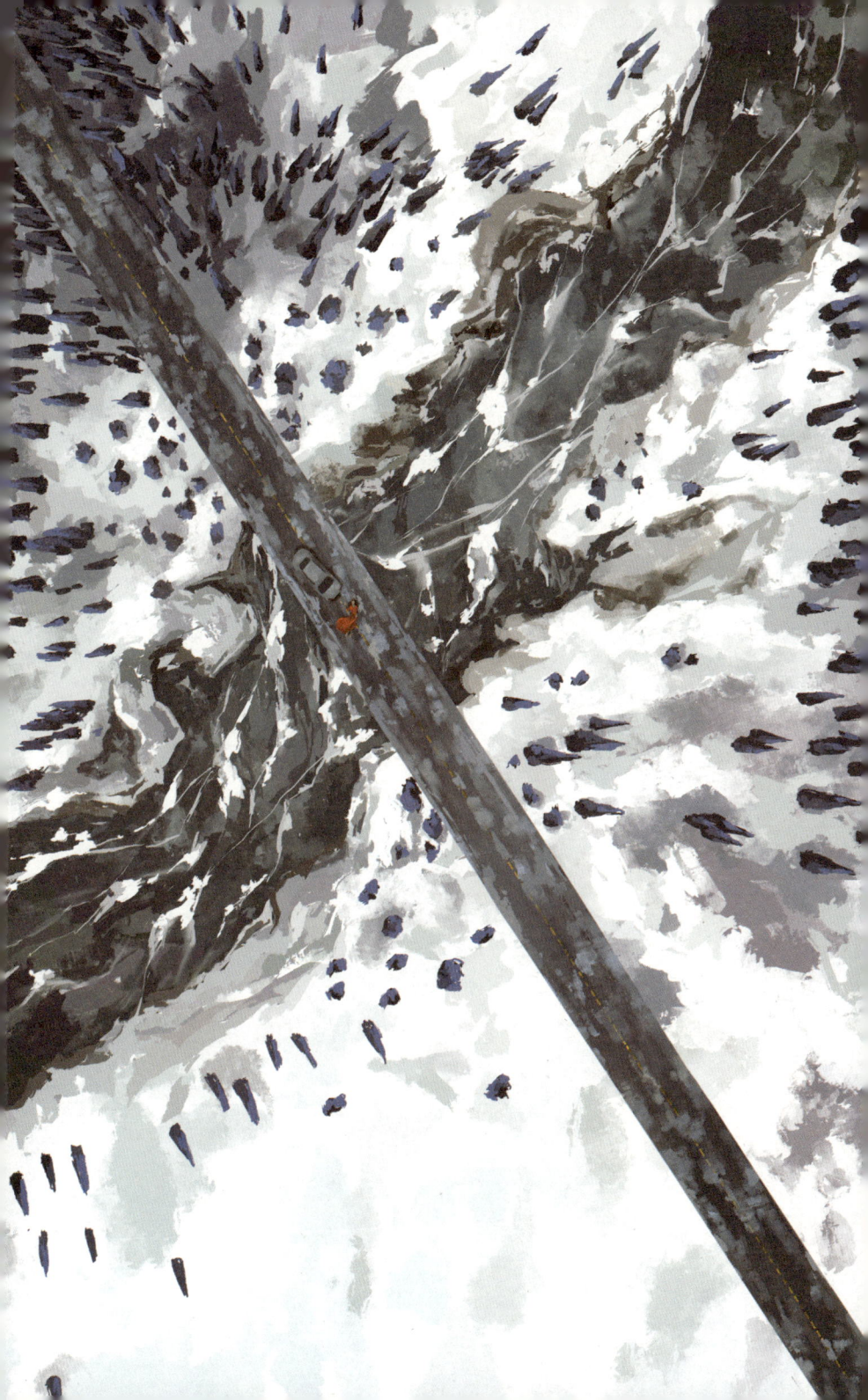

只有河流知道你的秘密

only the river knows your secret

刘梦寒 著

北京联合出版公司
Beijing United Publishing Co.,Ltd.

图书在版编目（CIP）数据

只有河流知道你的秘密 / 刘梦寒著 . -- 北京 : 北
京联合出版公司 , 2025.1. -- ISBN 978-7-5596-8021-1

Ⅰ . I247.5

中国国家版本馆 CIP 数据核字第 20244YN277 号

只有河流知道你的秘密

作　者：刘梦寒
出品人：赵红仕
选题策划：雁北堂（北京）文化传媒有限公司
责任编辑：周　杨
特约策划：王黎黎
特约编辑：樊效桢
封面设计：白砚川
版式设计：冉冉工作室

北京联合出版公司出版

（北京市西城区德外大街 83 号楼 9 层　100088）

天津雅图印刷有限公司印刷　新华书店经销

字数 216 千字　880 毫米 × 1230 毫米　1/32　9.5 印张

2025 年 1 月第 1 版　2025 年 1 月第 1 次印刷

ISBN 978-7-5596-8021-1

定价：49.80 元

爱像河流逝去

逃离却留下痕迹

你呼唤我的名字

燃起的火　死于寒夜

只有河流知道你的秘密

那是你的秘密　也是我的秘密

目 录

楔子

"醒醒。"

马志友揉了揉干涩的双眼，环视一周，没见谁在说话。

夜晚的松林弥漫着湿漉漉的雾气，手电的光束湮灭在层叠的松针间。

马志友搓着冻僵的双手，不断对着指尖哈气。

谁这么不上道，现场还没查完就敢动尸体。马志友心里一顿咒骂，他压着邪火，俯下身拉开了脚边的黑色裹尸袋，一股血腥味扑面而来。

是具男尸，黑布包头，上身赤裸，下身着一条磨白的蓝色牛仔裤。

马志友倒吸一口凉气，又看见如此冷的天气男人却穿着双编织皮凉鞋。鞋是湿的，裤腿也是湿的。

找水源！找到水源也许就能确定死者身份，马志友听见了心里的声音。

他毫不犹豫地追随着暗流，一脚深一脚浅地在山林间穿梭，直到跑出一身大汗才停下来。马志友大口喘着气，眼前是豁然开朗的河道，他心口的淤堵似乎缓解了一些。

在幽蓝的天幕下，他听着自己怦怦的心跳，月光照耀下，河面的点点银光仿佛在他鼻尖上跳跃。马志友看呆了，突如其来的静谧为这条不安的河流增添了无尽的神秘。

马志友呆望着河水，不知过了多久，他见到一根浮木顺流而下，木头上好像缠着条白色床单。他没多想，一步跨进水中。河水像极了热汤，温柔地浸湿了他的裤腿。马志友捞起浮木，展开床单，一眼就认出了染了血的牡丹绣花。

马志友愣了神，没注意河水漫过了腰，刚刚还在林间的裹尸袋顺着河水，悄无声息地从他身边漂过。马志友一把扯住袋子，男人的尸体顺势落入水中。他赶紧潜入水里捞起尸体，一步步拖到岸边。月光下，他看见男人胸前有一道长至腋下的旧伤疤。

马志友惊得后脊发凉，他扯掉男人脸上的黑布，只见其丰唇上有一道深深的血齿痕，嘴角耷拉着一块血淋淋的皮肉。

马志友心跳一窒，眼前一片模糊，他挣扎着被自己的呼噜憋醒了。

男人的脸随着梦境消散了。

马志友蜷在沙发里发了会儿呆，他感知着低频嗡鸣的冰箱，看着倒在地上的空酒瓶、起了球的旧毛毯，一切如常。这梦让人疲劳，缓了一会儿，他终于勉强爬起身。

洗衣机上堆着妻子杨荻的脏衣服，他将衣服泡在盆里，搓洗到一半时被电话铃声打断了。

"师傅，醒了没？今天跑得远，得早点走啊。"付晓虎在听筒另一头哈欠连天地说道。

"走，随时出发。"马志友甩掉手上的水，把茶几上的小素描本揣进手包里。

窗外响起一声短促的鸣笛声。

马志友裹上厚实的警服走出楼门，踩着泥泞的积雪坐进了停在道边的警车里。

a

消失的父子

马志友感觉冷气顺着气管灌进身体，
他站直了身子，不由得仰望那擎在夜空中的大桥。
它屹立在河上，早就注视到了这沉默的真相。

警车一路驶向新建成的绥河大桥。

绥市守着边境，前两年成立了自由贸易区，如今，绥河大桥上跑满了拉着外贸物资的大货车。

2002 年 11 月 22 日，半夜。一辆白色捷达车在干道边的河床上燃起了大火。交警赶到现场时车已报废，车主也不见了踪影。案子报到绥市公安局不久，民警们接到消息，车主正在绥市人民医院。

付晓虎刚在路边停好车，后座的梁薇就冲了出去，扶着车尾干呕起来。马志友心中抱歉，昨晚，他拿到交警大队移交的资料，还没细看，今早他抓紧时间在车上看全了报告。但他看得太投入，一路上竟没注意到新徒弟梁薇不舒服。

马志友在阳光下站了会儿，感觉皮肤上有了温柔的暖意。他见梁薇吐得直不起腰，给付晓虎使了个眼色，自己则下了土坡，沿着河床向警戒线走去。

"师傅，我没事。"梁薇抹着嘴，小跑着跟上他。

"难受就说，别自己扛着。"马志友低头观察着地面的斑驳，对梁薇说话的语气没有半点责怪。

"师傅，你这是差别对待吧。"付晓虎说着，笑呵呵地看着梁薇。

"师傅，我没事，你不用……给我搞特殊化。"梁薇瞪了眼付晓虎，马上转头辩解道。

马志友停下脚步，斟酌着话语。

他想起上周五梁薇转正，晚上刑侦大队的兄弟们为她庆祝，正喝到兴头上，梁薇红着脸拽着马志友不放。她说，马队，你是不是看不上我，是不是不乐意当我师傅。这质问来得如此直接，马志友一时难以作答。

梁薇长着张圆脸，性格活泼，跟谁都自来熟，以她的亲和力去出外勤，确实好办事。但马志友私心想收个干练的小伙子，比付晓虎话少点，实诚点。

"马志友，你记住了，我就要跟着你，给你当徒弟，好好干刑侦！"梁薇彻底上头了，她见马志友迟迟不作声，拎起桌上的白酒仰头猛灌。同桌的警员们虽然喝得面红耳赤，也不禁停下来瞪圆了眼围观。

马志友突然看到了梁薇的另一面，这是个爱较劲的人，而查案就是得较劲，说不定她还真是个好苗子。那一刻，马志友暗下决心，要倾尽所能把这个徒弟带好。

他夺下梁薇手上的酒瓶，倒了一满杯给自己，一饮而尽。

"以后就是自己人了，当师傅的，一定会好好教。"

话音一落，梁薇在众人的哄声中红了眼圈，转身跑了。

"报告看了吗？"马志友没有顺着梁薇的话往下说，而是把注意力重新拉回案子。

梁薇点点头，开始简述案情。11 月 23 日清晨，绥市公安局交警大队接到报案——说绥河大桥下的河床边发现一辆烧废的汽车。交警到现场后先按自燃事故处理，后来被队里有经验的同事推翻了结论，重新勘查取证发现现场有纵火嫌疑，案子就被移交给了刑侦大队。

马志友点点头，他带着梁薇和付晓虎钻入警戒线内，在事故现场观察了一会儿。车烧得焦黑，只剩下一堆炭化的车骸，几乎与泥土融为一体。马志友绕着车骸走了一圈，抖了抖鞋底沾上的玻璃碴子，抓了把土闻了闻。

"有什么异常的味道吗？"梁薇跟着也从地上抓起一把土，捧在鼻边仔细地闻。

"土味。"马志友幽幽地说。

付晓虎看着梁薇因过于严肃而显得呆板的样子乐出了声，梁薇起身狠狠瞪了他一眼，之后无意中瞥向别处，忽然发现车骸附近有一大一小两组并不明显的脚印。

"师傅，你看！"梁薇很是兴奋。

马志友蹲下，以手掌丈量地上的脚印："这两人一高一矮，高的不到一米八，矮的也就一米六出头。"

"一米六三。"梁薇也量了一下，胸有成竹地算出了更精确的数字。

"真是好学生，算术公式记得牢啊。"付晓虎调侃道。

"确实比某人强。"梁薇嘴上也不服输。

"我看某人是不晕车了。"付晓虎说完，从怀里拎出相机，立刻进入工作状态，把脚印的细节逐一拍下来。

付晓虎爱开梁薇的玩笑，谁都能看出是因为对人家有好感。付晓虎高梁薇一届，在学校里就对这个师妹略有耳闻，但两人认识时梁薇已有男朋友，付晓虎也就规规矩矩的，没有更进一步。让梁薇拜马志友为师是付晓虎提议的，他不怕梁薇误解他有私心。

"马队不一样。"付晓虎对梁薇说这话时，口气是少有的严肃。

马志友不一样，但如何不一样，梁薇也说不明白。她在警校成绩第一，走到哪儿别人都高看她一眼。实习这些日子，梁薇每天第一个到，最后一个走，不管是出现场还是理档案，领导指哪儿她去哪儿，没一句怨言。队里几个组都有意要她，就马志友一人总是有意无意地躲着她。梁薇的胜负欲被马志友彻底激发了，于是连打了三份报告自荐跟着马志友。

马志友拿出素描本，趁着俩徒弟记录细节之际，三两下勾勒出车骸周边的情况。他画下朝着坡道的车头，标注出车尾到河边的距离，又画出了地面残骸的范围。马志友走远了些，把坡道上被轧向一侧的枯草画在底边，又将绥河大桥画在上边。

大桥鲜红色的桥架，在蓝天残雪的映衬下格外夺目。马志友停笔盯着远处这一幕，轻轻地叹了口气。

"师傅，没想到你还有这么一手。"梁薇凑过来看画，"现场照片都有了，为什么还要费劲自己画呢？"

"换一种视角。"付晓虎插话解释道。

梁薇没听明白，等着两人再给她解释。

"你之前不是说第一拨交警到现场，把这当作普通的自燃事故处理了吗？这结论肯定有人怀疑，车辆自燃大多是大热天才会发生的事，现在冰天雪地的，怎么会自燃呢？但有点经验的交警都知道，冬天天气干燥，更容易产生静电火花，车内橡胶、塑料零件也更容易老化，引发车辆自燃。所以，来现场的同志根据自己的经验，做出了最常见的判断。这就是思维定式。"马志友把素描本递给梁薇，耐心地向她解释。

梁薇看看画，又看看现场，思考着马志友的话。

"警察得有一双不一样的眼睛，用客观又主观的视角去观察，做一个纯粹的观察者，要靠这双眼睛不断去挖掘新信息，同时摒弃脑中的固有观念，用合理的假设去填补新信息与旧观念中间的缝隙。这就是刑侦。"

梁薇抿着嘴唇，心里的激情被马志友的滔滔不绝激发了出来。此刻，马志友发福的肚腩与微圆的脸庞在她眼里突然变成了智慧的象征，她不禁重重点了点头。

"去南边的木材厂收集下鞋印，这两个脚印不像是咱自己人的。"

梁薇爽快地应下。一边的付晓虎提议赶在午休前去一下绥市人民医院，有个新线索，三人即刻返回车上。

马志友走在两个年轻人身后，不由得想起自己的青葱岁月 ——那段冗长又寂寞的警校时光。

马志友是土生土长的绥市人，父亲是体制内的小领导。马志友从小爱画画，邻居有个业余书法家，他爸就拉着他认了大字先生做师傅。书画同源，马志友开始跟着先生练画画。先生说要想画得好，有三到：眼到、心到、手到。

马志友为了提升眼力，开始观察身边的事。看得多了，心像镜子般明净，能映出人心底的欲望。这能力歪打正着，给后面的人生早早做了铺垫。

进入青春期，马志友对学习依然提不起兴趣。他有个青梅竹马叫白雪，人如其名，长得像个瓷娃娃，从小漂亮到大。白雪不光长得好，学习也好，还是班长，马志友跟她说话总会慢半拍，声音也软一半。一进高中，马志友就与白雪搞起了对象，两人成了彼此的初恋。

但这段爱情维系起来实在不易。人情世故上的聪明拉不动马志友的文化课成绩，眼看着他和白雪的分数越差越远，白雪要去南方读一流大学，马志友却没法离开家乡。

老马找了关系，让他读警校当警察，这样毕业就能端上铁饭碗。但马志友拒绝了。后来，老马开了自己藏着的好酒，拉着马志友喝到半夜，两人的话匣子被酒精撬开了。隔天醒来，马志友发现酒桌旁的父亲身子已经凉了。母亲受到重创，半年后查出乳腺癌，很快也走了。白雪顺利考去了南方，马志友浑浑噩噩地考上了警校，两人开始了异地恋。

警校的生活很单调，马志友时常觉得无聊，白雪却总是很忙。为了消解思念，马志友给自己安排了很多无意义的活动，吃饭喝酒打台球。如果这些还不够，他就去跑步。他最怀念的就是初夏的午后，跑出一身大汗，然后将自己甩进体育馆的海绵坑里。黄色海绵经年累月已经被晒得褪了色，但依旧结实，能轻而易举地承接他的分量。他很享受被软乎乎的海绵包裹着、卸了力的感觉。有一次，他倒在海绵坑里睡着了，做了一个长长的梦。梦了什么很快就忘了，但是醒来那种酣畅淋漓的幸福感让马志友念念不忘。

马志友被自己的一声呼噜吵醒了，他合上半张着的嘴转向车窗，绥市人民医院的红字已经赫然在目。马志友咽下口水，润了润干渴的喉咙，感觉到付晓虎和梁薇都在憋笑，马上坐直了身体。

"师傅，你这不算什么，我爸那呼噜，像吹萨克斯一样，一声高一声低，惊天地，泣鬼神！"梁薇打破了车中的尴尬，开玩笑为马志友解围。

三人下车，但马志友还是尴尬，他打小瞧不上的三样东西 —— 秃头、啤酒肚和打呼噜，现在自己也未能逃脱掉。正午的阳光还是有些灼人，马志友一把抹去脑门上的细汗，只想快步走出令他不适的处境。一个暗影却始终落在他的脚前，是他的大肚腩。马志友心里不由得厌烦起自己，他摸着肚子，暗暗发誓再也不大吃大喝了。

"别再那么灌自己了！"马志友停下脚步，转头语重心长地嘱咐梁薇。

"啊？"

"不值当的！我们是半截身子入土的人了，你还年轻，以后谁再喝大酒，你就坐一边去，谁敬你都让他们滚远点，没人敢说你半句不是。你也不许灌自己，梁薇，这是我给你下的死命令，明白吗？"马志友一股脑地说完，如释重负。他轻松地径直扎进医院，却被赶上的梁薇拦了下来。

"我就知道我没跟错人。"梁薇满心感激，她郑重地向马志友敬了个礼。马志友什么都没说，在来往医患的注视下，回敬了梁薇一个礼。

马志友在急诊室找到了虹霞片区的民警小张，听他简单介绍了情况。

11月23日凌晨，人民医院收治了一名昏迷的冻伤女病患，但联系不到家属，于当日报了警。接警的民警老李刚看了绥河大桥下的汽车失火新闻，于是迅速联系了绥市公安局，打听到被烧车辆的车主处于失联状态，老李就提议来个人看看急诊室里躺着的女人是不是车主。等了一天没等到结果，老李坐不住了，自己查出了车主冷菲的单位，把负责人刘永富找来认人。

刘永富组了个小型的管弦乐团，挂在绥市文联名下，他是团长兼指挥，冷菲是团里的大提琴手。刘永富接了老李的电话，立即赶来绥市人民医院。

是她吗？应该是吧……应该就是冷菲！

刘永富第一眼没认出人，等确定后整个人像受了大刺激，不停地掉眼泪。他掏光了身上所有的钱，补上了诊疗费。至于冷菲重伤原因的后续调查，老李向上级打了报告，等着刑警介入。

几人说着走到了诊室前，小张说急诊室人多，又乱，好不容易腾出间诊室给她治疗，也方便警察问话。马志友说了几句客套话，让付晓虎跟小张去找医护人员了解情况，自己跟梁薇先进去看看。小张欲言又止，最后还是什么都没说，就领着付晓虎离开了。

马志友敲了下诊室的门，听里面没动静，他加了点力，又敲了敲。

"我是绥市公安局刑侦大队的队长马志友。"马志友推门而入。

诊室中，一条垂到地面的白色棉布帘子将屋子一分为二。木桌、铁皮柜、白瓷洗手盆依次贴在墙边，中间空出来的地方停着辆轮椅。布帘的另一边，看样子摆了张诊疗床。

马志友走过，拉开帘子，始料未及的景象让他感觉心被狠狠捏了一下。

床上躺着的人身上盖着件洗得发白的条纹病号服，衣服下露出一截细弱的手腕，紫红色的肿块从指尖向上延伸。她的手指已经肿胀得看不出原来的模样，指关节处还鼓着几个硕大的脓包，脖颈和脸上密布着绛紫色的斑块，青蓝色的血管浮在皮表，清晰可见。

她半睁着眼，注视前方，呼吸微弱到几乎察觉不到。

眼前的女人，生不如死，整个人像只被剥了皮的兔子，不见血却又血淋淋的。

"你是冷菲吗？我有几个问题要和你确认。"马志友的声音有些颤抖。

门外突然传来一阵喧嚣，马志友转头示意梁薇关门，却发现她因为震惊而呆愣在原地。

"她从入院就没说过话。"一位老大夫一脸和蔼地走进来。他把带蓝边的医用白瓷盘放在一旁，主动伸出了手，"马队长，我姓廖，廖文华。原来是部队医院的。"

"廖大夫。马志友。"马志友握住廖大夫的手，有一种柔软温暖的感觉。

"来，我先给她处理下。"

马志友站到一旁。廖大夫开始熟练地给冷菲的手指挨个消毒，然后用空针管刺进指节上的脓包，将里面的脓液抽出。廖大夫动作麻利，不一会儿就抽满了六管渗出液。马志友感觉小腿酸麻像有电流经过，他只看着这场景都觉得疼，但病床上的冷菲几乎一动不动，只是眼角不断有眼泪滚落。

操作完，廖大夫重新拉上帘子，和马志友讲起了病人的情况。

"四肢、躯干一、二级冻伤，肺出血，有炎症，需要消炎排痰。"

"肺出血？"梁薇在一旁提出疑问，她拿出随身的小本，快速做着记录。

廖大夫若有所思地问："她送来时的情况，你们都知道了吗？"

"什么情况？"梁薇追问。

廖大夫看看布帘，往门口走了几步，等马志友和梁薇走近后才小声说："幸好她被送来时没穿衣服。如果衣服和皮肤有粘连，现在可能情况更糟。我猜测，她可能在低温中剧烈运动过，支气管黏膜破裂导致了肺出血。我在部队里见过，冬天户外拉练，有人跑着跑着就开始咳血，和她现在的情况有点像。"

"低温……裸体……"梁薇在本上记下重点词。

"她有外伤吗？为什么没反应，也不说话？"马志友继续问。

"前额有擦伤。但我注意到她脖子后面有两个小伤口，像电击棒弄的。"

"就是说，病患有可能被袭击了？"梁薇问。

"这方面你们应该更清楚。"廖大夫谨慎地回答，"我给她开了消炎镇痛药，她伤成这样，是个人都会疼得睡不着觉。如果情况不好，我们会给病人做个全面的脑部 CT。如果检查没问题却还像现在这样不言不语，那就要从心理层面去找原因了。"

马志友点点头，请廖大夫展示了冷菲脖子后的电击伤痕。果然，在她发际线后有两个红色的斑状伤口。

"冷菲，如果想说什么，我们会随时过来。"马志友俯下身在冷菲耳边说道，他注意到了冷菲的左手腕——那里有一道凹凸不平的疤痕。马志友转过头，让梁薇抓紧去给冷菲安排个身体检查。

"让医生注意身上的痕迹，重点你知道吧？"马志友特意叮嘱道。

受害人就医时全身赤裸，可能是遭受了性侵。梁薇想到了这点，点了点头，急匆匆地离开了。

付晓虎和小张来与马志友会合。

他们跟马志友说，护士告诉他们冷菲是后半夜被一个男人送来的，人一丝不挂，口唇发绀，四肢苍白僵直，叫她也没反应。护士和医生全力救助，也没太注意男人的样貌，男人后来悄悄离开了急

只有河流知道你的秘密

诊室，不知所终。马志友意识到此人是关键线索，但如何找到他，还需要下一番功夫。

马志友感谢了过来支援的小张，独自一人坐在急诊室中等梁薇。

有危必救、有求必应、争分夺秒、廉洁行医。

马志友读着墙上的红色标语，等来了脸色惨白的梁薇，她汇报说已经安排人给冷菲做检查了。

马志友问梁薇："是不是身体不舒服？"

新警察最易与受害人共情，这是新人要过的第一道坎。马志友从警多年，见识了人性的幽暗，这一关他早就跨过去了。但梁薇还年轻，看到冷菲"半人半鬼"的惨状，心里一定会难受。

梁薇抹去额头的虚汗，说自己低血糖，休息一下就好。马志友立刻给付晓虎打电话，让他买点吃的带到急诊室。

吃了包子的梁薇嘴唇恢复了血色，马志友主动聊起队里正在追查的走私案。梁薇被案子的细节吸引，注意力转移，眉头也逐渐舒展开。马志友见梁薇脸上有了些神采，这才放下心来。

"不容易啊。"付晓虎看出了当师傅的对徒弟的照顾，不由得感叹道。

回到车上，马志友随手掏出手包中的素描本，画起了正对着的人民医院。梁薇从后座探过来半个身子，看马志友细细勾勒出青绿的玻璃幕墙，又随手在空白处画了一辆轮椅。

梁薇深吸了一口气："师傅，我好多了，我们去冷菲家看看吧。"

"冷菲家在河对面的光华小区，现在过去来得及。"付晓虎紧接着说。

马志友明白这两个徒弟都是要强的人，伤者的检查报告虽然还没出，但这案子确有蹊跷。

马志友发动了警车，开向光华小区。在车子驶过绥河大桥时，他看到桥下的河面已经冻结成冰，水在冰下无声地奔涌。

到达光华小区时，他们先去了居委会。居委会没人在，马志友决定三人分成两组，先和冷菲所在的二号楼的住户们聊聊。这边的红砖小楼就四层高，没有电梯，每层住着三户人家。付晓虎负责一层，马志友带着梁薇从二层开始走访。

202室在冷菲家楼下，住着一对退休老教授。马志友敲开门，称自己是户籍警察来了解片区情况，说了几句家常话，就开始打听冷菲一家的情况。

"楼上住着的，是一家三口吧？"

"哎，对，三个人。夫妻俩带个孩子，男孩……好几天没回来了。"老太太端上沏好的茶，肯定地说。

"奶奶，你记得最近一次见那户女主人是什么时候吗？"梁薇放慢语速，已经准备好记录。

"什么时候……我不常出门……但能听见他们早上送孩子……"

"11月22号那天她家有人吗？"梁薇追问。

"22号？哎呀，那是想不起来了……"老太太说。

"怎么想不起来了，22号我从外面回来，你还说楼上拉琴声听得你心慌，你都忘了？"老先生戴着老花镜，把手中翻看的日历递给老太太看。

"哦，是吗，我说过这话？"老太太板着脸盯着日历看了好一阵，"那我不记得了。"

拉琴，心慌。马志友在心中重复了重要信息，接过梁薇的话问道："老哥，你还记得楼上是什么时候开始练琴的吗？"

"我回来时楼上就开始了，他们好像是搞音乐的，每天晚上七八点钟就开始，一直拉到九点半。我们十点睡觉，他们一般在我们睡前就消停了。"

"22号也是这样吗？"

"应该是吧。"

"22号晚上，你们也是照常十点钟休息的？中间听到什么声音了吗？"

"没有吧，应该没有。"老先生想了想，也不敢确定。

"没关系，二老想想，想起什么再联系我。我姓梁，叫我小梁就行。"梁薇在纸条上留下电话，特意把数字写得大大的，放在了老先生手里。

"警察同志，楼上到底怎么了？"老太太疑惑地问。

这个问题在这次走访中被住户们反复问到。

楼里的住户反映了房子的下水堵塞，楼道灯不亮，环境卫生差，所有问题说完都会再问一句，302室的那人到底怎么了？

马志友的突访未得到太多有价值的信息，冷菲一家和邻居并无过多交集，住户对这家人的印象仅限于女主人是搞音乐的，每晚七八点拉一会儿大提琴；孩子很安静，不像同年龄段的小孩那样咋咋呼呼；至于冷菲的老公李仁杰，有的说他戴副眼镜，斯斯文文的，有的说他说话很凶，不好惹，但更多的人对李仁杰没印象，他们说没怎么见过这家的男主人。

全楼的住户都询问了一遍后，天已经黑了。马志友让付晓虎和梁薇先买点吃的回车上等他，他一个人在光华小区里又转悠了两圈。

这个小区的楼建得错落有致，楼与楼的间隔有六十米，小区是半开放式的。冷菲住的二号楼在最里面，楼北面砌了一圈砖墙，墙上探出个棚子，是住户自建的车棚。棚子正好挡住了小区里的路灯，形成了一个死角。

马志友站进车棚的暗影中，二号楼北墙的情况尽收眼底。

他数了三层，定位到用铁护栏和塑料布围住的窗户，透过塑料布能看到铁护栏内搭起来的鸽子窝。那正是冷菲的家。若是有人蹬着一、二层的防盗护栏，爬上三层也不是没可能。只是这窗户用塑料布包着，若有人由此进去必定会留下痕迹。冷菲家窗户外的塑料布，没有被破坏的痕迹。

马志友心里有了数，这案子不简单。

马志友深深地叹了一口气，入夜的冷空气里夹杂着隐隐的烟草味和尿骚味，刺激到他不太舒服的胃。他想起了什么，从兜里翻出打火机，蹲下身，借着微弱的火光检查车棚地面。地上有深浅不一的烟焦划痕，仔细数数竟多达数十道。他埋头更加仔细地检查地面，却未见到烟蒂。

有人在这里停留过，他吸了很多支烟，或者他来去了很多次。

他很谨慎，每次抽完烟都会把烟蒂带走。

他是谁呢？为什么会这样做呢？

马志友希望留下痕迹的不过是附近偷大人烟抽的男孩，但作为观察者，他已经感觉到了那根隐秘的丝线正牵引着自己走向谜题的中心，走向真相。

马志友一边想着一边重新进了二号楼。楼里的感应灯只有四层的还能亮，住户说是小孩犯浑，用气枪崩碎了楼道里的灯泡。马志友摸黑往楼上走，他觉得自己好像错过了什么。四层楼，上下两趟，他还是没想明白让他感到怪异的地方在哪儿。

马志友气喘吁吁地走出楼门，一抹清冷的月光落在他的皮鞋尖上。胃里一声空鸣，他抹掉脑门上微微渗出的汗，确实太晚了，今天只能作罢了。

这一天过得尤为漫长，在车里简单吃了点，回到局里后，马志友又去了公安局旁的欣欣面馆。

他点了大碗的榨菜肉丝面和小碗的牛肉炖板筋，一口气吃完，连汤都喝干净了。平时，他和杨荻下班都不早，只有周末才开火做饭，工作日两人就在各自单位解决晚饭问题。

吃饱了，马志友回单位骑了小摩托回家。他的心始终不安定，路上，他又给付晓虎打电话，让付晓虎把光华小区到河岸的沿路监控都调出来。付晓虎说梁薇已经去申请了，让马志友放心。马志友会心一笑，梁薇会是个好徒弟。

马志友踩着十点半的点进了家门，他习惯性地把手包和脏袜子往鞋柜上一扔，冲进洗手间一屁股坐在马桶上。杨荻满嘴牙膏沫子，正检查着脸颊上的晒斑，洗衣盆里还堆着马志友早上洗了一半的脏衣服。

"姑说要买个保险，这两天让我看看。"杨荻漫不经心地说。

"来家里？"马志友提起裤子，盖上马桶盖按下冲水。杨荻束着头发，颧骨有半收半放的棱角。马志友喜欢杨荻的颧骨，带着点杀气，有说不上来的性感。

"来家。"杨荻甩下一句话，走出了狭小的洗手间，直接进了卧室，关上了门。

马志友跟着推门而入，杨荻刚打开衣柜，一脸疑问地侧过头盯着马志友。马志友避开那目光，一步过去拉住杨荻，杨荻一下就明白了他的心思。

"老马，你别烦人，我明天一早得起来开会呢！"

马志友像没听见一样，抓着杨荻的手腕往床上拉。两人揪扯在一起，杨荻奋力转动手腕挣脱出来，反手一推将马志友推倒在床脚。马志友失了重心，一屁股从床上滑坐在地上。

"别闹了。"杨荻又是一声埋怨。

她绕过床的另一边拉起窗帘，打开了床头的香薰灯，不管马志友还坐在地上，自己钻进了被窝。

"老马，你出去时把灯给我关上。"

两人僵持了一会儿，卧室灯黑了，马志友不耐烦地问："她什么时候来啊？她来了我就走啊！"

"到时候再说。关门。"杨荻的话像命令，马志友顺从地关上了门。

马志友站在窗前，路灯的光芒压过了天空中的半个月亮。他开始琢磨起冷菲这件案子。每当与杨荻闹别扭，他都会借思考案子来转移注意力。

冷菲坏死的皮肤、黑暗的眼眶、一滴又一滴无声的眼泪，全都像刺一样深深扎进他心里。

这些年，他每天都在感受着衰老，曾经年轻充盈的灵魂干瘪成一具了无生趣的皮囊，他真正的自己已不在其中。他如此，冷菲也是这样吧。马志友在心中叨念起这个悲惨的女人，他觉得她实在太惨了，无论如何都得帮帮她。

第二天一早，马志友给局长做完汇报，带着搜查证又去了光华小区。

居委会大姐戴着袖箍，带着他们来到了二号楼。警方在冷菲家门外拉起了警戒线，清走了围观的路人。警方一打开冷菲家的门，就见到一把拖布横在眼前。不用马志友开口，现场的同事已经开始了取证工作。

进门左手边是厨房，窗户紧闭着，一眼望去十分整洁。顺着门厅往里，是个客厅，目测有十多平方米。两间卧室在最里面，都朝北。马志友先进了卧室，他绕过散落一地的衣物，来到屋子一角的梳妆台前。台面上压着玻璃，玻璃下垫着白色的钩花桌布，在桌布与玻璃间压着几张照片。

马志友见到了冷菲原本的模样。

彼时的冷菲额头光洁，发际顶着个娇俏的美人尖，深棕色的头发柔顺地垂在肩头。她耳鼻圆钝，但下颌线条锐利，稚气中带着倔强。

冷菲不是令人一见倾心的美女，但她眼里凝聚着一股气，看久了有一种神秘的美感。

"是个美女啊。"付晓虎接过肖像照，又取走了冷菲和儿子的合影，他举着照片端详了一阵，问马志友，"师傅，你觉得呢，啥性质？"

马志友觉得还不是下结论的时候。从密闭的门窗和没有破坏痕迹的门锁来看，如果涉及盗窃，那内贼作案的可能性远高于外人。但屋内无序杂乱的现场，更像是外贼随机入室盗窃。这种情况多是作案者为了干扰警方调查而故意破坏现场造成的。

马志友回到客厅，一下注意到了散在地上的碎屑。他拾起摔得细碎的琥珀色晶体捧到鼻前，浓厚的松脂气息扑面而来。他想起大字先生的闺女，总是歪着脖子拉小提琴，一练就是几个小时，房间里飘满了这东西的味道。

有松香，那琴呢？

马志友四下张望，见同事已经将一把没弦的大提琴和琴弓摆在一边。他追问琴盒在哪儿，但没人见到。马志友把琴盒缺失这一信息当重点记录下来，继续在客厅里走来走去。

大字先生那套"眼到、心到、手到"的理论虽然没有带他走向艺术殿堂，却成了他屡试不爽的刑侦密钥。

马志友停在书架前查看，最上面两层摆满了古董画轴，稍低的隔断中整齐码放着套装的 CD。马志友从中挑出了一张包装盒磨损最严重的 CD，封面上印着个外国男人，谢顶，眉毛浓密，延伸到太阳穴，穿着件红彤彤的高领毛衣，和大提琴几乎融为一体。

"S-T-A-R-K-E-R。"马志友不确定发音，便把字母拆开，一个个地念了出来。

"师傅，我看看。"梁薇急匆匆地赶来，一边戴手套一边接过CD。她一早跑去交通队调了 11 月 23 号前后几天的道路监控录像，从光华小区外的光华路开始到出市上省道的沿路监控全都拿到了。

"Encore Album，安可！就是再来一个的意思。"梁薇给马志友解释。

"你找这个给我听听。"马志友合上空盒，放回了书架上。

取证是细致活，需要时间，马志友在屋里闷得慌，决定去楼道里透透气。他刚迈上台阶，就听见四层传来轻微的开门声。马志友走上楼，见中间那户的门开着，一个三十多岁的男人探身出来问楼下怎么了。

马志友单手扶着腰，一脸不好意思地说自己腰疼犯了，想进屋歇歇。男人眼珠子转动了下，还是把马志友让进了屋。

　　这是一个单身酒鬼的家，逼仄、肮脏、黑漆漆的，空酒瓶满地，桌上积了一层灰，唯有客厅墙面上挂着的绿度母唐卡画熠熠生辉，与整间屋子格格不入。

　　马志友找了张凳子坐下，眼睛还留在唐卡画上。男人借机搭话，问马志友懂不懂画，这东西值不值钱。马志友笑出一些憨态，他说自己虽然不懂艺术，但也能感觉出这画价值不菲。男人听罢，重重地点头。

　　"怎么称呼？"马志友问。

　　"冯金宝。对了，昨天也有警察来了，挺年轻的一个小伙子。是你们的人不？"

　　"这我不太清楚。怎么了，他都说什么了？"马志友笑了笑，用温和的口气追问。

　　"问 22 号晚上我有没有听见楼下有什么声音。"

　　"那有什么声音吗？"

　　"没有，我睡着了，没听见什么。"冯金宝迅速摇头否认。

　　马志友从手包中掏出盒烟，点了一支给冯金宝。马志友嗔怪说，媳妇不让抽，都是借着别人抽烟的机会才能来一根。冯金宝紧张的面部肌肉松弛下来，他龇着黄板牙打趣说，老爷们儿怎么还怕上娘们儿了。

　　马志友附和了两句，忽然话题一转，说冯金宝一看就是做买卖的。冯金宝讪讪地笑了一下，说自己是做服装生意的。

　　马志友点点头不再接话，重新注视起墙上的唐卡画，直到冯金宝忍不住再次搭话。

　　"楼下出啥事了？"

　　"不好说。"

"丢东西了?"冯金宝试探性地问道。

"老冯,你还是运气好。"马志友缓缓地说。

"哦,是吗?"冯金宝愣住了,脑门上露出一条青筋。

"就差一层啊。"马志友感叹道。

"什么意思?"冯金宝脸上难掩慌张。

"没什么。不过你别担心,现在刑侦技术很发达,指纹、脚印什么都能查,锁定个犯罪分子很简单,你是安全的……"马志友语气极其轻松,边说边从警服兜里掏出卷透明胶带,随便从地上拎起个空酒瓶,对着窗外的阳光观察瓶身,然后从容不迫地将一段胶带贴上去又轻轻撕下来,"看,取个指纹多简单。"

马志友又多耗了会儿,有的没的聊了几句外贸走私的案子,临走前他给冯金宝留了联系方式,说有什么事都可以找自己。

马志友见冯金宝的第一眼就看出对方有问题,他又去街道了解了情况。等重新回到二号楼时,马志友忽然醍醐灌顶,一瞬间意识到异样在哪儿:楼道灯从一层坏到三层,唯有四层是完好的,楼梯扶手上落着灰,地面却异常干净,没有碎灯泡。

这说明,灯是被人为破坏又认真清理过的。

冷菲的遭遇绝非意外,是有人蓄意为之。马志友将人手分为三组,立刻布置工作。

第一组在冷菲家进行现场勘验,力求找到入室盗窃抢劫的直接证据。第二组梳理案发当晚冷菲的行车路线,找到关键证据或目击证人,证明冷菲遭遇袭击的时间、地点。第三组是最吃警力的,负责寻找冷菲的丈夫李仁杰、儿子李明浩,二人在案件发生后一直处于失联状态,同时调查冷菲其他的社会关系。

刑侦大队马不停蹄地忙活了近一周,马志友却遭受了一连串打击。拖把、大提琴、沙发扶手等重点物品上均未提取出嫌疑人的指纹，且有被人清理过的痕迹。地面上唯有三十六码的拖鞋鞋印，属于受害人冷菲。唯一的线索是一组不完整的手套印记。

另一边，李仁杰与李明浩依然下落不明。冷菲的沉默使物品核查工作停滞不前，关键的目击证人一个也没找到。工作虽然做了很多，但并无进展。

马志友没死心，他把注意力集中在事发当晚的道路监控录像上。从光华小区出来正对的是光华路，右拐直行会穿过市里人口密集的中兴路，中兴路向东的分岔口，一边是绥河大桥，另一边就是省道。

冷菲那一晚选了绥河大桥的路线。

监控的画面模糊，看不清车内情况。马志友没气馁，伴着梁薇找来的大提琴曲，一个人对着办公室的电脑屏幕一遍遍来回看。

"师傅，你听说了吗？队里有人传话说你不服，想争功。"付晓虎进了办公室。

"是不服。"马志友喝了口浓茶提神，青紫色的泪沟陷在古铜色的皮肤中。

"既然局领导给案子定性了，是随机入室抢劫，从案发现场查才有效率。"

"你说得对。"

"那不查家里的物证，来回看这些干什么？"付晓虎凑到屏幕跟前，眯着眼睛看录像中驶过的车辆。话音刚落，梁薇冲进来拉着付晓虎拽了出去，两人在门口嘀嘀咕咕了一会儿，又一同来到马志友跟前。

"师傅，要干什么你招呼我们，别自己一个人来。"梁薇说。

马志友看时间已经到了下班的点，他关了电脑叫两人跟自己一起走："先吃饭，吃饱了再说。"

三人还是去的欣欣面馆。

马志友简单说了他的想法，现场证据无法自圆其说，随机入室盗窃的定性太过草率，要追查下去先要回答一个问题，那就是李仁杰和李明浩父子去哪儿了？两人的痕迹明显被人清理了。直接推断就是，冷菲家是第一现场，是案件的发生地，而这父子俩很可能是从家到河床这两点之间消失的。

"要破案，就要从这段路上下手，找到两人。"梁薇的眼睛里有了光亮。

"活要见人，死要见尸……"付晓虎补充说。

马志友提议复现行车轨迹，虽然是笨办法，但也是现在唯一能做的。

三人饭后又耗了一会儿，等到路上车少了，就开车去了光华小区门口。马志友安排付晓虎开车，他与梁薇一个计时，一个对监控时间，把这条路重走了一遍。

计时开始，三人依照当晚那辆车的行车线路一路开下来，在每段监控点比对用时。那晚的车速一直在时速七十公里上下，只在经过大桥时明显降速了，四五百米的距离中间有五分钟的真空时间。桥上的监控摄像头还未启用，监控漏掉的这一段一直没被重视。

这是个大发现，三人瞬间兴奋起来。

马志友让付晓虎在桥上来回开了三趟，到第四趟的时候，他叫停了车，自己到桥边查看。

沿着桥栏，马志友越走越心寒，一种难以言喻的悲伤升腾起来。他领着付晓虎和梁薇下到结冰的河面上，三人弯着身子检查起冰面。

"在这儿。"梁薇的声音阴沉沉的。

马志友和付晓虎走过去，见煞白的冰面内封着冰纹，那是冰面碎裂又重新冻结的证明。

马志友感觉冷气顺着气管灌进身体，他站直了身子，不由得仰望那擎在夜空中的大桥。它屹立在河上，早就注视到了这沉默的真相。

在马志友的坚持下，刑侦大队最终在两公里外的河路下游捞出了李仁杰父子的尸体。

时隔一周，冷菲一家的案件终于以灭门案正式开启调查。

b

北方夜杀

他听见一个声音在心间盘旋着，
救她，救冷菲，救冷菲就是救自己。

细雨如烟，密密地洒在码头青灰色的石面上。远处的渔船发出轰鸣。赵荣强拎着蓝色的尼龙网兜，里面装满了海物。他站在一栋还未完工的大厦的三层，远眺波光粼粼的海面。

工头见有人没戴安全帽，气势汹汹地冲上来要骂人，却被这个五十多岁的男人泪眼婆娑的样子吓住了。工头立刻调整了口气，客气地问赵荣强是干什么的。

"给你添麻烦了。"赵荣强不急不缓地道歉，他抹掉眼泪，跛着脚绕过工头，小心翼翼地挪下了楼。工头尴尬地站在原地，见赵荣强刚才站的地方摆着两块砖头，中间夹着一支尚未燃尽的香烟，刚被压制的怒火又燃起。他骂骂咧咧地将砖石踢开，又一脚踩灭了香烟。

神经病！

烟是给郑志明点的，今天是他的头七。赵荣强准备做一桌好饭祭奠他。自己最拿手的菜是炖带鱼。早先赵荣强给渔民老张留了话，帮他找远海品相最好的野生带鱼。捧着手掌宽、周身泛着冷峻银光、眼睛清得像崭新的花色弹球的野生带鱼，赵荣强高兴坏了，连声说好。

炖带鱼看似简单，却十分考验手艺。赵荣强从老张那里听来了海上的吃法，他觉得简陋，回去琢磨了几次，摸索出了自己的独家做法。

他洗净鱼身，故意留下了银色的鳞皮。银鳞无腥无味，是优质脂肪，补体虚开脾胃。虽说这顿饭是祭祀死人，但还是要让吃饭的活人受益。

当初，赵荣强选中了和歌市这座刚开始发展的南方小城落脚。那时他身体尚硬朗，冬日的阴寒对他来说还影响不大。他用敛来的一点钱财打点了周边，在棚户区开了一间棋牌室，取名花花棋牌室，开业至今没愁过生意。

赵荣强很精明，见牌客多了，又在棋牌室后面拓了几间房，安排了几个姑娘，一年四季都穿着短裙在棋牌室内外溜达。

平日里，赵荣强自己嫌棋牌室里烟味太大，生意由手下的陈皓、阿德、蛇子三个人轮流在店里看着。和这几个男孩的缘分是在狱里结下的，赵荣强念旧，自己出来了，还记挂着他们的生计，所以生活刚安稳下来，就把他们仁安置到了身边。

三天前，陈皓三人从北方回来。

当天晚饭后，赵荣强留下实心眼的阿德问话。

"顺利吗？"

"还行。"阿德修剪着窗台上的盆栽，简单地回复。

赵荣强最烦别人说模棱两可的话，他上前夺下阿德手上的剪刀，放在一边。

阿德顺从地跟随赵荣强坐到红漆木大沙发上，看着赵荣强的眼睛又重复道："老爸，都挺好的。"

"说说过程……说说郑志明见到你们都说什么了？"

"他……没说什么啊。"阿德歪着脑袋想了想，想不出更细致的答案。

"什么都没说？"

"没说。"

赵荣强陷入了沉思，这和他期待的大相径庭。五年前，郑志明卷走了赵荣强的棺材本，带着团伙的秘密人间蒸发了。赵荣强又怕又恨，自此没睡过一个安稳觉，折磨得他生不如死。赵荣强发誓要找到郑志明，夺走他的一切来惩罚他，让他赎罪。

时间一晃就是五年。

古董行内流通的小物件让赵荣强找到了线索。他让陈皓三人假装买家去见了中间人，以购画为由引出郑志明。计划还算周密，谁知交易在最后一步被临时叫停了。中间人说，最近警方那边的风声太紧，卖家想再缓缓。

赵荣强知道自己找对人了，这等行事风格，那个隐在后面的卖家必是郑志明。于是他狠下心，远程指挥陈皓三人揪出郑志明，让他真正地消失。

隔天，阿德就传话回来，说郑志明已经改名换姓，结婚生子，过起了安稳日子。

赵荣强听了如五雷轰顶，原来只有他一人如履薄冰，艰难度日。电话的另一头，阿德猜不出赵荣强的心思，他笨拙地复述跟踪郑志明和他老婆的经过，赵荣强却再也听不进去了。

"老爸，你想怎么办？"

"能怎么办呢？"赵荣强想到自己不时闪过的留恋和不舍，更加怒不可遏。他让阿德早点动手，人一个不留，东西能拿的都拿回来。

显然，阿德也是这么执行的。赵荣强心如明镜，他知道亲近的手下里，阿德虽然蠢笨，但对自己最忠诚。

第二天一早，赵荣强又找了个机会跟蛇子单独聊聊。蛇子说的远比阿德说的精彩，或许还加了他杜撰的细节。

他勾画起郑志明的面容，说他戴着细细的金丝框架眼镜，留着时髦的中分发型，气质完全变了。

赵荣强尽力掩盖住自己的情绪，追问道："到底是哪儿变了？"

"原来明哥又瘦又冷，像我小学的班主任，阴森得很啊。但这次不一样了，他圆润了，还有点慈父的感觉。"蛇子盯着赵荣强的反应，一边回味一边描绘。

慈父？笑话。

在厨房忙活的时候，赵荣强突然又想起了蛇子的话，他恨得牙根痒痒。臭读书的，有什么了不起。赵荣强在心里嘀咕，但脑子里全是戴着金丝框架眼镜的郑志明。

油烟顺着锅边腾起，聚拢在厨房不高的顶棚上。一层细密的汗珠爬上了赵荣强的额角，他故意忽略胃液的翻涌，麻利地把食材下锅，可翻炒了几下就觉得不妙。

一股绞痛冲向赵荣强的心窝，他心想这下可完了。他犯过心脏病，就在郑志明消失之后。那是一次地狱之旅，病发过程他至今难忘。

赵荣强猛然后悔起自己的大意。

本该到家就先吃药的。

本该将药瓶贴身带着的。

本该离开这里，去海岛晒太阳享清福的。

他用手抵着胸口，抽着腿，哆哆嗦嗦往厨房外挪腾。但疼痛加剧，他顷刻间失去了平衡，身子一歪，一把扯下了厨房门上挂着的红色珠帘，珠子噼里啪啦地随他一起跌落在地上。

再次醒来时，赵荣强已斜躺在厨房外的红漆木沙发上。他张张嘴，舌根依然僵硬。陈皓递了温水过来，赵荣强接过水杯望着陈皓，眼中竟泛起了泪。他低下头，小口抿着水，不敢再有一点点情绪波动。

赵荣强是真的怕了。

这辈子他一直在为别人活，还没过上无牵无挂的日子，老天就要收了他？这太残酷了。

"强哥，慢点喝，把药吃了。"陈皓把硝酸甘油放到赵荣强的掌心，随即清理起地上的塑料珠子。他低声嘱咐赵荣强药要随身带，赵荣强听话地把药瓶揣进兜儿里。

赵荣强再次躺倒在沙发上，他盯着陈皓的背影，还是不住地怕。他执意不让自己的脆弱暴露在孩子们面前，若不是陈皓发现，自己可能就没命了。赵荣强感叹着，突然记起火上的锅，他匆忙起身往厨房跑，却在垃圾桶里发现了烧煳的带鱼。

"这可是志明的头七啊。"赵荣强泄了气，嘟囔着坐回沙发。他缓了缓神，见陈皓倚在窗边抽烟，平展的肩膀撑在枣红的皮夹克里，俨然是个身着铠甲的战士。

赵荣强的视线从他的肩膀滑到后颈，一小块露出的皮肤像巧克力一般微红发亮。他仿佛能穿透健美的肉体看见皮肤下健康的血液在体内狂奔，陈皓散发出一种年轻生命的气息，这让赵荣强不自觉地羡慕。

"年轻可真是好啊。"

"嗯？"陈皓漫不经心地转身，没听见赵荣强的自言自语。

"都说身体是革命的本钱，到我这个岁数你就知道了，健康才是最宝贵的。"

"不放心就再去趟医院吧，好好查查。"

"看来看去都一样。"赵荣强走到窗边和陈皓并排而立，盯着窗外的棋牌室，继续道，"我就是这操心的命，你看这生意刚要给你，老天就不乐意了……"

赵荣强盯着陈皓的眼睛，他在观察陈皓内心深处压抑的野心。赵荣强善于观察，喜欢从细节看人。陈皓的手指甲修得整齐，他烟瘾大，烟不离手，但从不见指甲上有烟渍留下。他在打扮上不花心思，四季的衣服双手就数得过来，但他身上没异味，还能闻见淡淡的皂香。这些细节让赵荣强很喜欢。更可贵的是，陈皓规矩，知恩图报。赵荣强愿意施恩，前提是他觉得这个人值得。

"昨天有个来闹事的，打发回去了。"陈皓绕过了赵荣强的试探，用汇报的语气再次明确他与赵荣强的上下级关系，他让赵荣强始终把握着控制权。

赵荣强笑了，说邻里邻居的，以和为贵，什么都好商量。这是套话，陈皓完全清楚赵荣强的意思。

"趁他俩不在，我可跟你说点心里话。这些年咱们几个混到现在这样不容易。万一哪天我没喘上这口气，没留句明白话就走了，我是真不放心啊。阿德是光长块儿不长心，蛇子倒是聪明，可嘴里没句实话。我清楚，几个人里只有你靠得住。"

赵荣强无儿无女，人到晚年总要面对家业继承的问题。

之前他不明说，也没人敢提。管辖区谁多占了点，钱谁多拿一点，私底下陈皓、阿德、蛇子之间避免不了相互猜疑。这正是赵荣强有意为之，好维持三个人的平衡。

大概是陈皓又救了自己，赵荣强现在正感动着，他趁着这种偏爱语重心长地对陈皓说："走上咱们这条路就别想太多了。你看我也该知道，没有回头路可以走啊。人生不如意之事十有八九，那能怎么办呢，只能硬着头皮往下走。一路走下去，就能走出自己的天地。我的东西，是我的，也是你的。"

赵荣强握住了陈皓的双手，陈皓的手指在赵荣强的手心里微不可察地挪了挪，但这抗拒还是被赵荣强捕捉到了。事实上，陈皓回来后总和人保持着距离，他本身性子独，这变化一般人看不出来，但赵荣强足够敏感。

陈皓抽走了双手，快步出了屋子。赵荣强顺势望向窗外，见一个胖子架着手臂，进了花花棋牌室的大门。让陈皓紧张的是这个不速之客，并非自己。赵荣强自嘲地笑了，他确实是操心的命，任何超出掌控的人、事，都容易让他多虑。

等了一会儿，赵荣强终究放心不下店里，决定自己去看看。他跛着脚下了楼，没走两步就被街坊的小姑娘从后面抱住了大腿。五岁大的孩子毫不认生，反而是她的外婆孙老太急火火地挥着手，让她赶紧回来，别打扰爷爷。

赵荣强摆了摆手，让老人安心。

"怎么了，宝贝？"

赵荣强蹲下，与女孩视线齐平。他看到自己裤脚夹着颗红色的珠子，就随手递给了她。小姑娘肉乎乎的小手握着珠子，嘴角挤出更大的笑容。她一张嘴，将珠子吞进嘴里。赵荣强一惊，迅速掐住她的双颊，从舌头根处抠出了珠子。

小姑娘吓得哭了起来，但赵荣强如释重负。

嘭。

棋牌室中一阵骚动，短促的碰撞声夹杂着惊呼声一起传出。牌客们从大门拥出，先一步跑出来的人又忍不住停下脚，半张着嘴往门里张望。

赵荣强将小姑娘交给她外婆，急忙进了棋牌室，只见里面一片混乱，几张麻将桌翻在地上，刚才的胖子坐在正中，挑衅似的舔了舔酒瓶口。

赵荣强什么都没管，先去了后院，见颜影无力地岔着双腿掩面而泣，一眼会意。他上前拨开其他人，抬手给了颜影一个嘴巴。

这些臭婆娘，只会给自己生是非。

赵荣强气急败坏地往棋牌室走，在跨进门的一刹那，迅速换了副笑模样。他抹掉脑门的汗，郑重其事地来到闹事的胖子面前。

他赵荣强在棚户区也是有脸面的人，他低个头说句话，就是给对方台阶下。在江湖混，自己要脸也得给别人脸。

然而，胖子一抬手，抢了赵荣强一巴掌。

这一下打得突然，赵荣强被抽得原地转了个圈，假发都甩出去了。他慌慌张张地俯下身去抓假发，身边人影一晃，赵荣强抬头，只见陈皓一翻手把胖子干脆利落地撂在了地上，地板都跟着震动。

赵荣强似被扇晕了，兀自笑了。他想起第一次见陈皓时，对方刚满二十岁，是大人了，但一眼看去还是个孩子，棱角中带着清秀，让人想疼惜。

棋牌室里乱作一团，没人注意他悄无声息的快乐。

南方的冬季是湿润的，雨淅淅沥沥地下了好几天。

赵荣强把陈皓叫进屋里。他从人台上脱下未完成的白色衬衫让陈皓套上，袖子不服帖，怎么调整都奇怪。赵荣强又拿出皮尺重新量了尺寸，出去这段时间，陈皓瘦了两圈。

赵荣强心疼，从抽屉里又抽了钱塞进牛皮纸信封里，让陈皓拿去。

"给过了。"陈皓说。

"让你拿你就拿着。"赵荣强不由分说地把信封塞进陈皓的裤兜里。

七年前的合影还挂在墙上。

那时的赵荣强提着刺青枪，气色好，脸上有光。左边是陈皓、蛇子和阿德，几人都比现在身形单薄；右边则是裸着肩膀的郑志明，他肩头上龟蛇相抱，渗出血色，那是赵荣强刚完成的作品。

赵荣强看着照片，长叹一声。

"你别记恨我，我不是为了我，是为了大家……"

陈皓点点头，掏出一张郑志明的一时照，放在赵荣强的桌上。

"你要的。"陈皓说。

赵荣强把小照片捧在手里，像见了郑志明本人，照片中的他和记忆里的一模一样。赵荣强心一软，又是一声深深的叹息。

打发走了陈皓，房间空了，赵荣强的心更空了。他发觉自己变得多愁善感了，随便什么都能让他开始追忆往昔。他把没完成的衬衫放在一边，拿起笔伏在桌上给未完成的绿度母唐卡上色。盯着佛母，他对大慈悲心突然有了顿悟。

真正的慈悲是追求美，并容忍丑。

不分美丑，不辨善恶，消去二元对立，才是全然接纳。

赵荣强用微红的笔尖小心地勾画着绿度母法座的莲花，仿佛越用心，花就越有灵性。画了一会儿，赵荣强果然从空虚走向沉寂，胸口的憋闷大大缓解了。他在郑志明的照片上用红笔画了个圈，想着两人的恩怨自此了断。

那一晚，赵荣强带着多年未有的舒心安稳地进入了梦乡。

梦醒，赵荣强走出卧室，见天空大晴，心情变得格外好。他进了厨房，拉起袖管，准备大刀阔斧地操办一下。翻出冰箱里冻着的肉鸽冷水下锅，去了血沫，又加了萝卜、玉米，等一锅汤在文火上咕嘟好了，已是日上三竿。

赵荣强拎着保温桶先去了陈皓住的阁楼，推开门却没见到人，只看到床歪在一边，被子摊在床上。他关了门，拎着桶又去了棋牌室，走了一圈却只看到蛇子。蛇子说，阿德打电脑游戏打到早上，现在正在地下室里睡觉。

"让他踏实睡吧。"赵荣强嘱咐完蛇子，拎着保温桶在巷子里逛荡。

陈皓去哪儿了？他一时想不出来。

他想着应该给陈皓打个电话，却发现手机落在了卧室。犹豫之际，只见蛇子急匆匆奔向自己。

"警察发通缉了。"蛇子附在他耳边，小声道。

但赵荣强没着耳朵听，他只觉得一股烟味从天而降，抬起头，发现二楼的窗户已经是一片焦黑。

蛇子的视线也随着赵荣强看向了二楼。

"火，着火了！"蛇子惊诧地叫了起来。

赵荣强这才真切地意识到，是自家厨房起了火。他眼看着玻璃炸裂，好事的人从各门各户中跑来围观。他想做点什么，但他发现指挥不动自己僵硬的身体。

赵荣强跟跄着倒在地上，抽搐着，看着乳白色的鸽子汤在眼前倾泻一地……

颜影带着粗颗粒的脂粉香爬进陈皓的被窝，她冰凉的脚丫踹在陈皓的小腿肚子上，嘴一张一合地对着陈皓的耳朵吐气，带着笑的呼吸声在黑暗的阁楼里回荡。

陈皓挪了挪身体，伸手拿起桌上的手机，屏幕上的时间从"5：54"蹦到"5：55"。他取下耳机，将崭新的银灰色 CD 机从枕边拿起，同手机一起放在了床头柜上。

陈皓坐起身，习惯性地点了支烟。

"醒了？"颜影拽过陈皓的枕头垫在胳膊肘下，她一手支着脑袋，一手玩着自己蓬蓬的波浪发卷，语气怏怏的，又带点撩拨。

"醒了。"陈皓衔着烟，边支吾边将脚伸进裤子。

"跟我再睡会儿。"颜影从被子中伸出脚，脚趾抵在陈皓的大腿上，顺着往大腿根里滑。

陈皓没顾及颜影的小动作，穿上了衣服，他拉开台灯，让颜影赶紧回去。颜影自然没有理会陈皓，她忽然眼睛一亮，探着身子从陈皓的裤兜里拎出了牛皮纸信封，看到里面的钞票，顿时来了兴致。

"哪儿来的？"颜影的指尖在舌尖上一蹭，蘸着口水熟练地点起钱，"你说，这钱我是选条链子呢，还是戒指？"

"链子。"陈皓几乎没有犹豫。

"戒指！"颜影直勾勾地看着陈皓，亮出手指伸到他跟前。

"那就戒指。"陈皓的回复不带一丝感情。颜影跟他之间永远绕不开钱，这让他觉得挺没劲的。

颜影听得兴奋。她下了床，踮着脚走到陈皓跟前，掐下他叼着的烟，自己慢悠悠地嘬了一大口。颜影对着陈皓吐出一个烟圈，随手将半支烟扔在了阴湿的地上。陈皓没吭声，踩灭了地上的烟。她又较劲似的扯掉了陈皓的外套。陈皓默默地把外套穿了回去。颜影压抑了许久，只等一个机会让她能顺理成章地问个究竟。

"你就是有人了！说吧，你瞒不了我。"颜影边说边抢过陈皓的手机跑到窗边鼓弄。她快速翻看着短信和通话记录，直到陈皓红着脸，一把扯住她的头发。

"放下。"陈皓手里有劲，但声音是轻的，语气也是轻的。

颜影拧着脖子，挑衅的意味更重了。

陈皓扯着颜影的头发将她拽到床上，她兴奋地将手机藏在身后。陈皓站在颜影面前等她服软，颜影却把手背得更紧。陈皓把颜影翻了个面，却不再争抢手机，而是把她压在身下。陈皓沉浸在 CD 机的大提琴声中，他两手压在颜影的肩膀上，透过阁楼的窗户，注视着空中慢慢升起的曙光。

顶楼重拾宁静。

"还是送你个新手机吧，你这个太旧了。"颜影趴在散乱的被单中娇嗔道。

"随便吧。"陈皓重新塞好衣服，将颜影独自留在了屋中。

CD 机是他用卖命钱买的，两千多，里面放着的 CD 碟片是从冷菲车里拿走的。他带走了她的照片、她的 CD，而她似乎也带走了他的什么。

回来后，一想到冷菲，陈皓就去听 CD，醒着的时候、睡着的时候，一首音乐放了上千遍。

T-r-a-u-m-e-r-e-i

陈皓照猫画虎地把字母抄在纸上，他查到这首曲子名叫《幻想曲》，由一个叫舒曼的德国人所作。陈皓开始对这位素昧平生的作曲家感兴趣。

他先是迷他作的曲子，进而挖掘他的人生，最后开始抄写他的传世话语：对我来说，音乐是灵魂的完美表现。

陈皓产生了对灵魂的思考。眼前，赵荣强蹲在码头上，细心地挑选着新出水的海物。

这个头顶化纤假发、肩背尼龙网兜的人，灵魂是什么样的呢？

灵魂？

世上真的有这种东西吗？

"小伙子想什么呢？"陈皓回过神，撞上渔民老张和善的笑颜。

陈皓低下头，没有回答。他看到赵荣强眼下挂着褐色的眼袋，眼睛被挤成了细细的一条，这个人略带审视地望着自己，目光有穿透皮囊的力量。

赵荣强总是半低着头，含着胸，以一副温和的样貌示人。仔细看，就能从他眯起来的笑眼中捕捉到冷峻的精明，任何心思都逃不过他的双眼。

这让陈皓恐惧。

"什么小伙子，也是奔四的人了。"赵荣强撑着双膝，直起身来，将几只海螃蟹递给老张，"老哥，你这些东西不行啊，店大欺客，糊弄人了是不是！"

"我们这靠天吃饭的命，勤快一辈子了，但海里不出东西也是没辙啊。"老张抱怨着，螃蟹在他黝黑的手中被翻来覆去，绑出漂亮的绳结。

老张将螃蟹塞进赵荣强的网兜，陈皓接过来拎在手里。

"有空跟我去海上玩啊，晒晒太阳吹吹风，对身体好。"老张对陈皓说道。

"他怕水。"赵荣强先一步替他回绝了老张的好意。

"就是怕，才要多练啊。过两天吧，等带鱼来了的。"老张笑起来，脸上深深的纹路像龟裂的地面。他摆摆手推回了赵荣强递过去的钱，赵荣强还是将钱硬塞在他手里。

陈皓看着摊在地上的鱼，鱼鳃一翕一合，眼仁正在失去光亮。那就是失去灵魂的样子。陈皓默默地想。

接下来的日子，他依旧百无聊赖地窝在棋牌室门口，陷在命运与灵魂的问题当中，脑内循环着《幻想曲》。那琴声仿佛能将他的灵魂抽出身体，让他站在更高的地方注视着自己。

棋牌室对面有个小卖部，小卖部的店主是个孙姓的老太太。

她替女儿照顾外孙女，不打牌但很爱抽烟。她常招呼无事可做的陈皓过去，吃根冰棍，再一起抽支软玉溪。老太太总是跟他讲些神神鬼鬼的话。她告诉陈皓，人的灵魂是为了体验而来到人间，生老病死是灵魂的要求，人不该陷在什么里。

"什么？"陈皓追问。

"要感恩，感恩痛苦。不要恨。"孙老太自顾自地说。

不要恨。陈皓无端想起孙老太曾经说过的话。

那些迷信苦难是福的人，蠢啊。

　　陈皓这辈子不可能放下恨，恨是他生存的全部动力。他恨生下他又抛弃他的父母，恨把他带上歧途的同伴，恨肮脏又贪婪的女人，恨无力又悲哀的自己。他想唯有死，才是解脱，但他现在又不能死。一个虽然活着但已心如死灰的人，没有人生，更别提灵魂。

　　"想什么呢，皱着个眉头？"蛇子削着苹果将头凑过来，回来后，陈皓一天到晚不是愣神就是盯着手机。

　　"困了。"

　　"今天中午这海螃蟹还挺肥，吃不了俩就撑了。"蛇子挤出一个饱嗝，继续搭话，"突然还怀念起那酸菜饺子了。皓子，你知道吗，离咱不远的高速出车祸了，估计要死不少人。"

　　"嗯。"陈皓点起一支烟，眯着眼睛盯着蛇子，他周身疲乏，没心思应付。

　　"皓子，我跟你商量个事，你让影儿跟我好吧。"蛇子探着头，嬉皮笑脸的样子依旧不打折扣。

　　"啊？"陈皓费解地看着蛇子。蛇子个不高，人又瘦，打架时谁也不会把这么个干巴猴子放在眼里。就是这种体格上的弱势成了蛇子最好的伪装。虽然平时嘻嘻哈哈的没个正形，真动起手来却下手极狠。蛇子常说，自己打架靠的是脑子和胆子，平时是王八，关键时刻他就是王八上盘的那条花美蛇。狱友们被逗笑了，自此"蛇子"取代了他的本名。人如其名，他也越发阴毒妖娆。

　　"我知道你不待见她。直说了，我就喜欢这种屁股大好生养的。我妈也想要孙子了，我得圆老母亲这么个梦，你说是不？"

　　"是吧。"陈皓冷冷地回复。

　　陈皓被颜影逼过婚，也正是因为这个，两个人明面上分了手。他知道颜影心里一直都只有他，但他不知道怎么回答。结不结婚能怎样呢？颜影还是要接客，自己也还是要给她介绍男人。

蛇子住了口，三两下削好一个苹果递给陈皓。陈皓没接，只说乏了要去歇着就起身离开了。蛇子满口应和着，跟到门口就停下了。两人彼此忌惮，但面上的关系都还维系着。

《幻想曲》在陈皓的脑海中再度响起。

那是舒曼写给克拉拉的定情之曲。两人儿时相识，因为钢琴结缘，到了情窦初开的年纪，自然而然地萌生出爱意。但克拉拉的父亲阻挠了两人的婚事，还带着女儿搬了家。

舒曼与克拉拉开始了漫长的分离。

直到多年后，舒曼偶闻克拉拉在独奏会上演奏了他的作品，才恍然大悟克拉拉对自己的心意不变。他以孩童时两人相伴的回忆为灵感创作出了《幻想曲》。故事的最后，舒曼和克拉拉有情人终成眷属。

陈皓不知为何会想起这对恋人，他尚未体会过百转千回的爱恋，没法想象也没法相信。他数着经历过的女人，他也为她们短暂地着迷过，但迷劲儿过了就味同嚼蜡，他对爱情没有幻想。

陈皓不觉打了个哈欠，却被个擦身而过的大块头撞了个跟跄。那是个不折不扣的胖子，身体浑圆，散发着异样的肉腥味，他目空一切地走着，像辆破旧的战车。胖子被戳在门口的蛇子迎进了门，门内响起蛇子清亮的声音。

"欢迎光临。"

陈皓打了个哈欠，加快步伐跑回自己不被打扰的阁楼，他要在大提琴的低诉中闭一会儿眼。那场夜杀让他背了人命，从那一刻起，他就跨进了炼狱之门——彻夜失眠，无缘由地泪流满面。

陈皓手上沾过血，他本无所畏惧，现在却不知被什么从麻木中唤醒，令他灵肉俱痛。

他合上了眼睛。在一片黑暗中，他感觉到了冷菲的气息，幽蓝色的，伴随着细密的白色气泡，冰冷得令他每一根汗毛都战栗起来。

她在那里静默着，在陈皓混沌的意识中间，挥之不去。她的一呼一吸都带着气泡，气泡裹着她似有若无的香，撞击着他的身体。陈皓在逐渐溃散的意识中与她缠绕在一起，在翻滚的记忆中逆流而行……

冬季的北方，人们像倦鸟归笼一样赶在余晖落尽前回家。挤满了四层红砖楼的小区中，不知谁家飘出了排骨炖豆角的香气。熄了火的车子冷得坐不住人，阿德和蛇子前后脚跑下车躲进小饭馆里暖身子，只留陈皓一人继续蹲守。

陈皓困顿，他下了车，在风里抖动坐麻了的腿脚，用立起的衣领挡风，勉强点着了烟。寒冷如利刃划过耳尖，他想起了扔在座位上的白围巾。这围巾是赵荣强单独给他的，赵荣强翻了他的行李，嫌他带的衣服都太单薄。

"没事，我扛冻。"陈皓接过赵荣强递上的围巾和旧照片。照片上是曾经的同伴郑志明，这次远行的目标。

"不用，我认得出。"陈皓把照片还给赵荣强，把围巾塞在挎包的最里面。

挎包被陈皓扔在了藏身的工厂办公室里。然而来绥市的第三天，气温骤降，陈皓不得不把围巾当衣服加上。那围巾三掌宽，一米长，针脚细密，线孔均匀，手感异常柔软。听赵荣强讲，那线是羊驼毛拧的，纯纯的外单货。

"准是哪个小娘们儿送的。影儿，准是影儿！"阿德嘴里塞着酸菜猪肉馅的饺子，笃定地对蛇子说道。

"可不是嘛，你可真聪明。"蛇子嘴角一翘，顺势调侃道。他跟阿德从不正经说话。

天很快黑了下去，小区里各家各户逐渐亮起了灯。陈皓躲在楼后车棚的死角，这里安静又挡风，视野清晰，进退皆宜。他像是动物，有敏锐的直觉。

第一声弦音响起总是在晚上八点，时间不差分毫。陈皓看了眼右手腕上的旧手表，狠狠地嘬了最后一口烟。他来回跺着脚，寒气已经浸透了衣服。他盘算着自己找到人，蛇子安排行程，动手的就该是阿德了。阿德是屠夫的儿子，没有杀生的忌讳。

郑志明现在过得如何？陈皓好奇时突然心脏一抽，眼前一下就看不清东西了。这症状来得突然，头一天他盯梢到幼儿园外时就犯过一次，差点儿晕在路边，多亏过路人扶了他一把，又塞给他糖吃，他才慢慢缓过来。陈皓猜想，这是身体对寒冷的生理反应，就像小时候站在起跑线后会不自觉地干呕。

他做了几下深呼吸，闭起眼听着心跳声如潮汐般退去，耳边仿佛又响起阿德如雷的鼾声。

陈皓祈祷着一切尽快结束。

两分半长的乐曲重复到第十七遍时，阿德和蛇子匆匆而来。

"哥，冻坏了吧。"蛇子拎着一盒饺子，不是给陈皓的，而是给为他们提供藏身之所的小保安打包的。

"走吧，回车上去。"陈皓很警惕，三个人戳在别人家窗外太过显眼，得低调行事。他拾起扔在地上的烟头揣进兜里，又反复检查了地面才快步离开。

引擎轰鸣，车玩命地颤抖，过了好久才有热风送出来，温暖却让陈皓更加疲惫。

"不知道明哥见到咱们会是什么反应。"蛇子借着车窗上的雾气画了只龟，在龟背上又画了条蛇，赵荣强曾在郑志明的肩膀上文过相同的图案。只是蛇子不擅画画，抹来抹去变成了乱糟糟的一团。

阿德打了个饱嗝，显然对蛇子的话头没兴趣。他一字一句地强调："今晚一人一个，谁也别躲。"

这是阿德第三次提起，这一趟是三个人的投名状。

"哥，咱俩别听傻子指挥，好久不见明哥了，就当是叙旧。"蛇子不以为然，他探到陈皓身边嬉皮笑脸。阿德厉声反驳，这显然中了蛇子的套，惹得他笑得更加放肆。

电台里说今日小雪，注意防寒保暖。

一人一个……陈皓在心中叨念。北方寒冷的城市让他感到陌生，他不喜欢失控的感觉。

时间到了午夜，三人开始行动。

阿德用袜子缠上皮带扣，一边上楼一边打碎了楼道里的灯泡。到了三层，蛇子用万能钥匙打开了中间的防盗门。三人在门口套上了手套和鞋套，慢步轻声地走到了屋内，没想到浴室里居然传来了水声，好像有人在洗澡。

陈皓留在浴室门口准备随机应变，卧室的门都开着，一间屋里传出轻微的鼾声，阿德和蛇子轻轻走进去，电晕了熟睡的郑志明，把他撂到了客厅地板上。之后，阿德来到浴室前，准备冲进去快速解决里面的人，水声却在这时忽然停了。阿德顺势躲到浴室门旁，准备从旁边突袭。

时间陡然被拉长，陈皓屏息而立，他似乎能听到每一颗心脏的跳动声。

浴室里的人似乎也感觉到了什么，站在门里不出声。

这是一场无声的对决，看谁在对抗中先沉不住气。

门终于开了，一个女人带着水汽走出来，她一眼看到了陈皓。女人愣了愣神，阿德将电击棒戳在她的脖子上，女人应声倒地。陈皓拉着她的脚腕，将她拖到客厅，又去了另一间卧室。

双层玻璃的窗户焊着铁护栏，护栏上用尼龙绳捆着手扎的木质鸟笼。笼子里没有鸟，只听见防盗护栏上防寒的塑料布发出呼呼的声响。

床上的男孩蹬了被子，双腿正夹着枕头安心酣睡。陈皓不由得叹气，这窗户封得死死的，没给孩子留一点活路。陈皓想起了自己的童年，他有张单人小床摆在楼道里，每晚他都借着天花板垂下来的一只灯泡看小人书。

蛇子跟进卧室，见陈皓愣神，就自己拿了枕头压在孩子脸上。陈皓转过头，见到一束月光打在白色的衣柜上。衣柜门上贴着孩子的蜡笔画：蓝色的是海和天，黄色的是沙滩，一只白色的鸟正张开翅膀，穿过红色的太阳。蛇子完事抱着一动不动的孩子出了屋，临了跟陈皓说："事已至此，就别磨叽了。"

陈皓的脚趾又麻又痒，小腿像灌了铅一样沉重，他挪回客厅，见两个昏迷的大人已经被五花大绑好了。蛇子提起大提琴盒将孩子扔进去，然后出了门，阿德随即扛起郑志明也跟了出去。陈皓找来拖布，开始仔细地清理起客厅地面。他只觉得脑子是热的，手是冰的，身体是不受控制的。等阿德回来扛起女人时，陈皓已经抹去了三人的痕迹，他跟着阿德出了门。

出门前，他揣走了两张照片，一张是郑志明的，另一张是这个

只有河流知道你的秘密

可怜的女人的。

她叫冷菲，陈皓在照片背面看到了她的名字。

在哀婉绵长的大提琴曲中，陈皓将郑志明家的捷达车开出了光华小区。

雾更重了，灯光变得遥远暗淡，随着车子的离去灯光被黑雾彻底吞噬。车驶上绥河大桥，开到一半被阿德叫停了，他从后座拎出了琴盒，对着河面正中把琴盒一抛，甩下了大桥。一声闷响随即传来。

车子再次发动，陈皓一动不动地注视着前路。

他在内心演绎着撤退路线，如何丢弃尸体，清理脚印，烧毁汽车，再开着他们原本的车逃离绥市。他让自己专注于事情本身，不去多想其他。雪悄然而下，雪花大片大片地打在车玻璃上。

车子停在了河床边。

阿德从后备厢里拎出了郑志明，他用小刀划破郑志明的脸颊。郑志明被痛醒，发出呜呜的声音。蛇子确认四下无人，取下了塞在郑志明嘴里的袜子，说："有什么想要捎的话，你只管说。"

"我知道，我早就知道了。"郑志明的鼻孔喷出热气，他咬牙切齿地说。

蛇子点点头，问他还有什么要说的。郑志明哼了一声，依旧重复着"我早就知道了"。蛇子检查了绑住郑志明的绳结，确认绳扣结实后，他跑上车，从后座拿来一个铝制饭盒。

"皓子，给开个灯呗。"蛇子对呆坐在驾驶座的陈皓客气地说。

陈皓打开了车头灯，见郑志明正试图站起身。阿德照着郑志明的膝窝轻轻一撩腿，郑志明随即又扑倒在地上。

"真没什么要说的了？"蛇子附在郑志明身边，挤出一个礼貌的笑容。

"赵荣强，你不得好死！"郑志明突然发力，试图在地上拧过身子，蛇子直起身朝他脸上来了一脚，阿德又泄愤似的朝郑志明的头猛踢了一脚。这一下力大，郑志明仰过了头，喷出一颗碎牙，嘴里呼呼地冒血。阿德顺势骑跨在郑志明身上，扯下他的衣服，露出了整个肩膀。

郑志明的左肩有个玄武刺青，是老大赵荣强亲自文上去的。这次，他们授命出来是要将赵荣强给予郑志明的所有东西都带回去，这刺青也不例外。

"就在这儿，他给洗了。"

蛇子又打开了手电，在强光照射下，郑志明左肩头处泛青的肉疤清晰可见。阿德没迟疑，一刀扎进了郑志明的肩膀，旋下了肩头的整块皮肉。他熟练地把血刃在郑志明身上一抹，将人皮扔在了蛇子递上来的铝制饭盒中。阿德用琴弦勒紧不断挣扎的郑志明的脖颈，哀号声渐渐小了，郑志明缓缓地瘫在地上，再也不动了。阿德和蛇子一头一尾抬起还冒着热气的尸体，走上了冻住的河面，往被砸开的冰窟窿处走去。

陈皓衔着烟，像看客一样注视着这场夜杀，心里明白，自己早就无路可退了。他听见蛇子的催促，让他赶紧动手。

陈皓摁灭了烟头，打开车门，走到了打开的后备厢前。

后备厢里，冷菲双手被绑在身后，睡裙卷在胸下，露出微微凸起的小腹。她的额角不知何时受了伤，头发被血水打湿了，一缕缕凌乱地贴在脸和脖子上。污秽之物透过棉袜从她的嘴角渗出。陈皓来回打量了几遍冷菲的脸，他想不起在哪儿见过她。

如果两人素昧平生，他为何有如此强烈的熟悉感呢？

陈皓看到了她眼角的血痣，和自己的很像，他猜那是最近一年长的，照片上还没有。

小时候听老人讲，眼角有痣的人，命不好。过去他是不信的，但现在他有点想认命了。

可不是嘛，自己已经没有任何回头路了，而这个无辜的女人则要在今夜被自己杀掉。

陈皓拨开了冷菲脸上的碎发，抓着她的下巴将她的脸扭向自己，看见了冷菲眼底充斥的惊恐与愤怒。他拉下冷菲的裙摆，遮好她泛红的肉体。他抄起瑟缩的冷菲扛上肩头，走上了细雪覆盖的冰面。

陈皓走得极慢。起初他还能分辨鞋底与冰面的摩擦，慢慢地他只觉得心脏的嗡鸣声排山倒海而来。他抓着冷菲大腿的手指已经留下了血印子，他感到自己的喘息正在与冷菲身体的起伏融为一体。他听见一个声音在心间盘旋着，救她，救冷菲，救冷菲就是救自己。

陈皓的世界错了方向，他不知现在是何时何日。一场梦又袭来。陈皓登上了老张的渔船，船开了很久，停在了不见彼岸的海中。老张的脸在月色下阴阳分明。他说，别看现在风平浪静，但巨浪就要来了。他还说，如果幸运，船可以赶在风暴前收获些真正厉害的东西。

"什么是厉害的东西？"陈皓问。

"这还用说，就是求而不得的东西啊。"

于是，陈皓走到船边，拖起沉重的渔网往回收。海水不断地刺痛他双手的划伤，但他并不住手。

月光变得暧昧，橘色的光晕洒在海面上，激起剧烈的起伏。

渔船随着风浪在海上摇摆，仿佛随时会被海浪吞没。

"来不及了！"老张在驾驶室中，朝陈皓用力地喊。

陈皓舍不得放下渔网，更加拼命地往上收。骤雨混着海水打在甲板上，湿滑得让他使不上力。

"来不及了啊！"老张继续高声催促着。

陈皓将渔网缠在大臂上，又裹在腰间，死命地往上拖拽。雨水让他视线模糊，他干脆闭起眼睛任由海水扑面。船开始在风浪中旋转，他失去了方向，几欲呕吐。

老张抓着锚绳，从驾驶室移到了陈皓面前。他拉住陈皓的手臂，温热的感觉立刻传导进了陈皓的心房。

"回去吧！"老张说。他有蛇一样黄绿色的眼睛和细长的瞳孔，他嘴里念着个名字，薄薄的嘴唇上下碰触。

陈皓被那一开一合蛊惑住了，也跟着念起他口中的名字。老张放开了抓着陈皓的手，手顺势一扬，将陈皓推进了风浪。

陈皓猛地惊醒，是司机踩了刹车。他搓揉着脸颊，让自己尽快从噩梦中醒来。

陈皓瑟缩着走下银灰色的小车。

他一个人穿过道边的矮树走下河床，踩着泛白的冰面，向河中拉着的警戒线走去。

a

立案调查

一片慌乱中，老俞忽地钻出水面。
他大喘一口气，显然已没了力气，
任凭渔民把他往船上拽，
一具孩童骸骨被他紧紧地搂在怀里。

灭门抛尸的结论起初并没有得到足够的重视，但马志友还是顶着压力坚持要求破冰捞尸。他反复地写报告，终于，领导同意调拨警力实施打捞作业。

　　制定方案时，大家你一言我一语地出主意，有的说去找专业潜水员，还有的说要用声呐探测仪。最后，马志友找来了有经验的捞尸工老俞。

　　老俞自小长在绥河边，子承父业入了这偏门的行当。他年近五十，塌腮，干瘪，一对眼珠子凸在眼眶外，看着着实吓人。

　　老俞来到作业现场，见桥下的冰面已经砸开了个大洞。他没废话，活动了身体，就跳进冰窟窿里开始找人。

　　打捞地点选在这里，是马志友的决断。根据他的分析，既然是灭门抛尸，犯罪嫌疑人肯定害怕尸体被发现，因此通常会在尸体上捆绑重物，让尸体沉入河底。

　　警戒线外，围了不少看热闹的人，大家目不转睛地盯着冰面，生怕错过尸体。作业从中午开始，河水冰冷刺骨，老俞下水坚持不到两分钟就得爬上来暖和身体。这样往返了十多次，还是一无所获。

"看不清啊。"老俞嘴唇绛紫，看着隐去的太阳终于坚持不住了，打捞作业也随即停止。

马志友心里有些嘀咕，这样无异于大海捞针，得再调整方案。

老俞见马志友犯愁，犹豫了一下，凑过来说，绥河两公里外河道拐出条支流突然收了口，成了回水沱，要是听他的就去回水沱里找人，他想再试一试。马志友被老俞说动了，直接安排人第二天就去封锁现场，让老俞再次下水捞尸。

任务安排下去，有人私下传话质疑老俞的能力，毕竟上一次失败了。

"下次水就两千，这钱挣得是快。师傅，明天要是再捞不到，怎么办？"付晓虎一脸愁容地问马志友。

"捞不到最好。"马志友淡淡地说道。

"捞不到这案子就立不了，前面的工作也就白费了。"

马志友挥挥手，让付晓虎去一边待着。他打开素描本，画起了捞尸体用的锚钩。

没有人比马志友更清楚捞不到尸体的结果。这是他坚持要查的案子，他想证明自己是对的，但又希望一切是误判。绥市不大，治安一直很好，若真有人光天化日下灭门弃尸，那必是大案要案，他不希望这种事情真的发生。

第二天早上，老俞上完三炷高香，太阳终于从阴云中露了出来。马志友搓着冻僵的手，和付晓虎、梁薇站在岸边观望。

砰的一声闷响，一股水柱夹着碎冰块直冲起十几米高。马志友身后响起一阵窸窸窣窣的交流声，附近的居民们不知从哪儿得了消息，又跑来围观。

又一声闷响过后，喷出的水柱明显矮了。帮忙破冰的渔民朝马志友挥挥手，示意一切就绪。老俞在船上活动了下膀子，腰上系上麻绳，绳子的另一头系着捞尸工自制的钩子，在太阳升到脑袋顶时，老俞一个猛子扎进了水里。

马志友在心里默默读秒，数到五十三时，一团青灰色的水草浮上了水面。梁薇惊叫起来。水草裹着泥沙，仔细看，才能从中认出腐烂的手骨。

老俞浮出水面扒上了船，裹上棉服取暖。船徐徐驶向岸边，老俞拽着麻绳，麻绳牵引着浮萍缓缓靠向河岸。待船停稳了，老俞收起麻绳费力地一拎，青褐色的烂肉挂着冰碴子露出水面，一股尸臭随之而来。

老俞站在船尾，对着马志友呼喊道："还有一个，捞不捞？"

"捞啊，一定要捞上来！"付晓虎抢在马志友前面喊道。

马志友起了一身鸡皮疙瘩，他最坏的预感应验了。

老俞是明知故问，他当然知道警察要见尸体，但这尸体实在让他犯难。

刚才他下水时，起初感觉很顺利，钩子在水里划了两下就带上了劲。他提了提绳子，憋着气潜得更深一些。当指尖摸到滑腻的一片时，他就知道自己找对了。这不是水草，而是人的头发。

老俞下好钩子反身往回游，却见水中竖直立着个一米多的人形，朝自己漂过来。老俞心里咯噔一下，他咬着后槽牙只当没看见，用光了所有的力气向水面游。竖在河里的尸体不能捞，是祖宗留下的规矩。因为传说那不是人，是鬼煞，动了会招事情。

"要加钱啊。"老俞低着头，不好意思地说。

"加多少？"马志友问。

老俞亮出手掌，比出个五。

"好。"马志友没打磕巴，顿时应了下来。

船又回到回水沱的边缘，老俞没犹豫，娴熟地扎进了水里。

可这一猛子下去，半天不见动静。付晓虎按捺不住，在岸边喊了几声"人呢"。马志友怕出事情，赶紧招呼渔民收起麻绳把老俞往上拉。船在水中左右摇摆，岸上的人都捏着把汗。一片慌乱中，老俞忽地钻出水面。他大喘一口气，显然已没了力气，任凭渔民把他往船上拽，一具孩童骸骨被他紧紧地搂在怀里。

纵火案升级成凶杀案，马志友成了光华小区灭门案的负责人。

任务会开到后半夜，马志友回到家，才察觉身上酸痛无比。他盯着洗手间的镜子，镜中的自己眼睛通红。他坐在马桶上，回想这一周来没日没夜地加班，预感一切只是开始。

马志友裹紧毛毯缩在沙发里，一闭眼就是老俞怀中的死孩子，那皮肉剥离的骇人样子令他久久不能平静。马志友不住地叹气，他揉了揉酸涩的眼睛，才发现自己一直在流泪。他无奈地起身用凉水又洗了脸，将一听冰啤酒一饮而尽后，重新钻进了毛毯里。

马志友有意想些别的事情来换换脑子，注意力逐渐转到自己睡沙发的日子上来。

他努力地回忆，发现分床是从杨荻转编失败开始发酵的。

杨荻是银行的合同工，工作了十年，差不多能转编制时碰上老领导罕见的调动，转编的事被耽搁了，之后彻底没了动静。这些年，能走动的关系夫妻俩都试了，但毫无结果。杨获就这么凑合着，工作不清闲，心里又有积怨，久而久之，身体就"闹情绪"了。

半年前，杨获开始整夜整夜地失眠。杨获有个姑妈叫杨爽，平日里跟杨获走动最多。她听说了这事，就说杨获是因为年纪大了，没生孩子，身体失调了。本就焦躁的杨获听到孩子的事，火气蹿上脑门。她吼着说让杨爽自己再生个，正好别再找自己要钱。

杨获火气来得凶猛，杨爽收起了昔日的牙尖嘴利，嘀咕着说，自己也是为了杨获好。

但杨获的火气没发泄完，当晚又推醒了熟睡的马志友。

"你就是不懂心疼人，屋子乱成这样，你也不知道收拾。"杨获说。

马志友沉默着，没有回答，他不知道该说什么好。

"说到底还是你太自私了。你天天在外面忙，也没见你混成个局长啊。一个小破队长哪来的那么多事？"杨获又换了方向数落，"你知道我为这个家付出了多少吗？你找了我是你家祖坟上冒青烟，可你呢，你对我怎么样，你倒是说说？"

马志友成了导致杨获失眠的罪魁祸首。她越说越激动，越激动就越说个不停，最后开始逼着马志友认错。

马志友不认同、不解释、不反驳，沉默是他面对婚后争执的终极方法。他只是无数次问自己，当初那个羞赧又温柔的杨获去哪儿了，是什么让她变成这副狰狞的样子？

是我吗？马志友自问，是我把她逼成这样的吗？

马志友揉搓着眼睛，杨获的巴掌又盖了过来。

杨获说过，沉默的马志友更让她厌恶，她恨他的沉默。

"你不自私？孩子有我一半，你不要怎么不问我要不要呢？"

马志友忍不住脱口而出。

马志友的话是致命的。他为了要孩子戒酒戒烟，熬了一年，结果杨获背着自己去做了流产手术，连个像样的原因都没给。马志友的心被深深挫伤了，但他什么都没说，像一口沉默的井，吞下了黑暗与埋怨。他在等待一个时机，把一切愤怒都发泄出来。这一晚，他挥出了这记"重拳"，但这一击把两人维系多年的平衡打翻了。

杨获以为马志友不知道自己去堕胎的事，这是她自己的秘密。在这个夜深人静的时刻被戳穿，杨获不知道该如何面对他，更不知道该如何面对自己。杨获哭着砸了台灯和电视，砸了她能抓到的一切东西。她高喊着要跟马志友离婚，要结束痛苦的生活。

这样对谁都是一种解脱吧。马志友预感自己的婚姻早晚会走到尽头，他在经年累月的吵架与和解中已经变得麻木。离婚对两人可能都是最好的选择。就在他放弃求和后，杨获逐渐冷静下来，她破天荒地说了软话。马志友对两人的小家也有万般不舍，两人最终还是和解了。

但马志友也预料到了，暂时的和解无法带来本质的改变。杨获好了两天，突然又冷了脸。在又一次争吵后，马志友索性抱着毛巾被去了客厅沙发。从夏天到冬天，毛巾被换成毛毯，马志友蜷缩在双人沙发里过了两季。

杨获的失眠好转了，马志友也习惯了与沙发相伴。

马志友越想越清醒，干脆起身来到窗前。他摸出支烟叼在唇边，烟草味让他感到安定。马志友觉得自己像钓竿上的鱼漂，被一条隐形的线牵制着，在冰冷的水中无力地漂荡。

马志友一早与廖大夫通了电话，得知冷菲身体情况稳定，依然不愿开口说话。

"创伤后应激障碍吧。"廖大夫又提起早前的推断，人在遭受重创后，精神和身体上都会留下痕迹。

挂了电话后，马志友派付晓虎去调查李仁杰的社会关系，自己则带着梁薇重新梳理案情。冷菲一家在光华小区的家中被劫持，犯罪分子利用冷菲家的汽车将一家三口带离小区，选在僻静的绥河河道杀人弃尸，完事后又将车子焚毁，换其他交通工具逃离现场。

马志友理到一半，听有个叫冯金宝的人找他，便让警员把冯金宝带去讯问室等着。

马志友带着梁薇继续分析冷菲家的现场，一个小时后他叫梁薇把捞尸的现场照片和文件夹一起放到讯问室，再给冯金宝送杯茶，让他稍等一下。梁薇马上明白了马志友的用意，她不再多问，按照命令把文件和茶一起送到了冯金宝跟前。

梁薇在讯问室的单向玻璃后看见冯金宝果然打开了文件夹，他毫无防备，被尸体照片吓得失神。

正在此时，马志友进了讯问室，梁薇也跟了进去。

看了照片的冯金宝已经挤不出笑容，马志友则笑着问他，唐卡画卖了没。冯金宝点点头，赶紧补充说，画就卖了两千块钱。

"找不回来了？"

"找不回来了！"冯金宝的语气中满是后悔。

马志友听了点点头，把一张粉色旧拖鞋的照片推到冯金宝面前，一脸遗憾地宣布冯金宝被列为灭门案的重要嫌疑人。

冯金宝激动地大喊，辩解说不是自己干的。他主动来找马志友，就是为了洗脱嫌疑。

马志友喝令冯金宝冷静，冯金宝吞了下口水，润了润干燥的喉

咙，垂下头开始交代。11 月 22 日，他打牌输了钱，又喝了大酒，
晕晕乎乎爬上楼时滑了个大跟头。这跟头摔得莫名其妙，以至于他
忘了是怎么进了冷菲家的门。他一眼就看上了客厅里挂着的绿度母
唐卡，没多想就"顺"走了，打算卖掉来弥补自己输钱的损失。

"酒醒后我就后悔了，我思来想去想把画给人送回去，但没找
到合适的机会。我想晚上再去一次，结果发现她家还是没人在。我
就又动了歪心思……"

"你还拿了什么？"马志友打断了冯金宝的话，直接提出问题。

"没什么，就是块表、手机，还有几百块钱……就这些。"冯
金宝示意马志友从他的衣服口袋里掏出了一把皱皱巴巴的钱，见马
志友和梁薇没反应，就继续解释，"就换了这么多钱，多一分都没
有。他家的好东西，我真的一个都没见到！"

"什么好东西？"梁薇忍不住追问。

"我碰巧见过那男的拎个木头盒子，神神秘秘的，不愿人打听。
说是古董。"

"你为什么要穿那双拖鞋？"马志友不再纠结钱的问题，他指
着现场的照片给冯金宝看。

"警察不都是看手印脚印吗，我不想给自己找麻烦，就换了女
人的鞋子。"冯金宝心虚地低下了头。

"地也是你拖的？"

"啊，那倒没有，反正我都换鞋了。"冯金宝如实回答。

"你想得挺周到。你这叫喝醉了？"梁薇一声冷笑，手里的笔
没停止记录。

"我都招了，警察同志，我说的千真万确，不带一点隐瞒。我
跟他们无冤无仇，他家人真不是我杀的。"冯金宝说着说着，竟然

哭了起来。

马志友合上文件夹，盯着冯金宝问："老冯，你是不是后悔没早点把画卖了。没准儿那样我就怀疑不到你了。"

"命吧，我看那画就觉得挺好看的，不知道为什么就想放屋子里多挂两天……警察同志，我是来自首的，我没杀人，我是鬼迷心窍掉钱眼里了，但我真的不是杀人犯啊！"

马志友递了支烟给冯金宝，他让梁薇补全口供，自己走出了讯问室。

马志友想起那日所见的绿度母唐卡，觉得冥冥中有种力量将他牵引过去，仿佛并非人去揭开谜题，而是谜题找到了某个人。

对于死者李仁杰的调查，付晓虎带来了一个令马志友始料未及的结果：李仁杰的身份是假的。

马志友立刻决定重新取证。付晓虎开着车，三人又到光华小区的居委会报到去了。

虽然凶杀案的细节不能透露，但言语间，居委会的大姐们还是猜了个八九不离十。梁薇反复叮嘱让大家保密，但所有人都忍不住交头接耳起来。

光华小区一行并没有什么突破，获得的唯一新信息是冷菲一家是在 2000 年从和歌市搬来的。

"从南到北搬这么远，你们没问过原因吗？"付晓虎好奇地问。

"做生意呗。无利不起早，从大南边来咱东北的，都是响应政策，搞外贸挣大钱的。"大姐的拇指和食指一捻，笑了笑。

没有什么新收获，马志友三人继续上路，赶去了弃尸现场边的木材厂。案发现场的鞋印确认了，来自这家木材厂的女儿和父亲，女儿一米六三，父亲一米八，最初报警的正是他们。

"姑娘、儿子都上学去了？"马志友和善地与盘腿坐在炕上的老板娘搭话。

"啊，姑娘上学，小子已经不上学了。"女人的脸上绽出一片皴红，她望着一旁的丈夫，有些心神不安。

马志友将这些看在眼里，他起身摩挲着墙上挂着的棕褐色羚羊角。

他说来这里是例行公事，征集一下知情人的线索。11月23日，省道上有个女的差点儿出意外死了，多亏遇到好心人把她给救了。现在伤者醒了，想找到好心人酬谢。

一旁的梁薇和付晓虎听了，面面相觑。

"师傅，真有奖金？冷菲不是还没有说话吗？"三人上了车，梁薇迫不及待地问。

"没有啊。"

"啊？"

"碰碰运气。"马志友解释道。

"咱师傅就是爱给人下套，故弄玄虚。"付晓虎转向梁薇，笑着说。

马志友让付晓虎把重金答谢救人司机的单子印了发下去。三人路上简单吃了口东西，又开车去了大宁剧院，那是冷菲所在的乐团平时演出的地方。团长刘永富正带着乐手们在排练。

剧院不大，但建造年头不短。舞台上的红漆木地板坑坑洼洼的，人走在上面会发出嘎吱嘎吱的声音。

马志友三人站在台下听完了一整首《莫斯科郊外的晚上》，刘永富这才看到他们，赶紧挥挥手，让团员们稍作休息，自己快步下台来到马志友跟前。

"您就是马队长吧。"刘永富伸出手。

"刘团长,打扰了,咱们到一边说吧。"

刘永富带着马志友三人出了侧门,来到四下无人的楼道,人刚一站定就问起冷菲的情况。马志友只说冷菲人没事,案子也正式开始调查了。

"太好了,人没事就好。"刘永富肉眼可见地开心起来,如释重负地笑着,眼角的鱼尾纹显露无遗。

"团里的人都知道了?"马志友问。

"我肯定是按照领导的嘱咐不去多说……但出了这么大个事,要说大伙不知道不实际。"刘永富面露难色,看马志友没有接话,有些支吾。

"没关系。我们这次来呢,主要想了解下冷菲的个人情况。"

"其实冷菲进来也就一年多,我们对她的了解确实不多……"刘永富瘪了嘴,明显想撇清关系。

梁薇提了一连串问题,诸如冷菲搬来的原因,冷菲的婚姻家庭关系,还有她丈夫李仁杰的买卖,但刘永富头摇得像拨浪鼓,一个劲地说他也不清楚。

"那冷菲的老家在哪里呢?"梁薇盯着刘永富,显然不太相信他的答案。

"老家?这样,我去找找档案,把当初她填的表给你们。"刘永富似乎有些慌神。

"冷菲的琴拉得怎么样?"沉默许久的马志友,突然问了一句。

刘永富挺意外,但这个问题让他轻松了不少。他仰着头,思索了一下说道:"我们是业余团,硬说这里谁的水平有多高,那肯定不客观。平心而论，冷菲是个独特的存在，你要是听过她拉琴，就能感受到她练琴是真下过功夫。演奏技巧固然重要，但有感情才是最可贵的。冷菲她是真的热爱音乐。"

马志友不由得想起冷菲家书架上整齐码放的套装 CD。

刘永富的话音刚落，侧门突然被推开，一个黑色直发的女孩出现在门口。她拉着脸，带着点怒气问什么时候开始排练。

"吴文文，跟冷菲一样，是大提琴手。"刘永富尴尬地介绍道。

"那正好，我们就跟她聊几句吧。你先去忙吧。"马志友拍了拍刘永富的臂肘。

"冷菲在团里跟谁关系好？男的女的都算在内。"付晓虎来到吴文文面前，开始发问。

"警察同志，你什么意思？"吴文文点了支烟，直勾勾地看着付晓虎，突然笑了。

"我问什么，你就照实说。"付晓虎皱了皱眉头。

吴文文把烟灰一弹，带着冷笑对付晓虎说："我不怕跟你们说实话。我不喜欢冷菲，跟她关系也不好。她这人平时就挺傲的，还喜欢搞那些特殊化。"

"特殊化是什么意思？"梁薇插话进来。

"你说她琴拉得多好，也就那么回事吧。但她跟团长关系好，就能当首席。你们知道她兼做财务的事吗？"

"你直接说。"付晓虎的语气强硬了几分，他不想再听吴文文的阴阳怪气。

"她说想多挣点钱给孩子，就跟刘永富哭穷呗。谁不想多挣点啊。"吴文文又冷笑一声，用手拨拢着头发，嘟起嘴将脸转向一旁，不再正视付晓虎。

"刘永富说他和冷菲并不亲近。"付晓虎听出了吴文文语气中的嫉妒，义正词严地纠正道。

"还是那句话，不亲近，团里的账能给她做？钱不给媳妇管，能给她管？就因为她想给孩子多赚点钱？警察同志你们想想吧，要是你们信他说的，那就是呗，就不亲近呗。谁还不是一张嘴，随便说。"

"那你有证据吗？"付晓虎追问道。

"我没有，我就是普通群众，我哪儿有什么证据。"吴文文把烟扔在地上，用脚踹灭，当着几人的面表现自己的不满。

马志友看在眼里但没作声，他从手包里拿出那个 CD 外壳，给吴文文看。

"你知道这个吗？"

吴文文瞥了一眼，有些不屑地说："《幻想曲》吧。就她自己想拉这个。这剧院是我们最大的舞台了，平时你知道我们都去哪儿演出吗？都是去俄餐馆里。人家在那儿吃肉喝酒，我们在那儿演些风花雪月的东西，合适吗？乐团能搞起来不得有点市场经济的脑子吗？充什么高雅艺术。我们是想当艺术家，但我们也得吃饭吧？要吃饭就得演老百姓喜闻乐见的东西，整那些有的没的……她能吃老公、用老公的，还在团长那儿哭穷。我们呢？我们这一天到晚上着班、排着练，不就是想别荒废了手艺，还能赚点钱吗？真的，我们该捐的钱也捐了，再逼我们掏钱，我就带头第一个不干了！"

吴文文的一通抱怨让马志友头疼，还好，法医卢建新打来电话，告知马志友尸检报告出来了。

马志友让付晓虎留了吴文文的联系方式，就放她回去继续排练了。三人离开时，舞台上又回荡起《莫斯科郊外的晚上》的乐声。

"这歌俗吗？通俗但不庸俗，我觉得挺好的。"车上，付晓虎哼起《莫斯科郊外的晚上》这段旋律。

马志友没心思听徒弟说了什么，他的心已经被尸检报告牵动了。

马志友和卢建新算是老搭档，两人同一时间入队，打过几次交道后都觉得跟对方脾气很对路，成了好兄弟。

卢建新皮肤白净，人斯文挺拔，说话懂分寸，入职第二年就被局里领导相中，发展成了女婿。专业能力强，又有一线经验，人到中年的卢建新在技术部门已经坐上了头把交椅。李仁杰父子的尸体一捞上来，马志友就给卢建新拨了电话。他说了几句案子定性上的难点，卢建新立刻会意，承诺会亲自盯着尸检，尽快给他一个回复。

马志友让付晓虎带着梁薇先去跟法医对接，自己则去了卢建新的办公室，老朋友讲话没旁人更自在些。进了办公室，马志友见卢建新已经泡好了两杯熟普，正等着他。

"老马呀，你这脸色好啊，跟这茶汁一样，油亮油亮的。"卢建新嘴巴毒，爱损人，但说什么话都是笑盈盈的样子。

马志友听出老友话里的戏谑，并不急着回击，只是两指捏住小茶杯，仰头将茶一饮而尽后，幽幽地说："说来也奇怪，你也不是成天泡在福尔马林里，怎么还这么白呢！"

"哈哈哈，老马，你他妈真是所有脾气全用在我这儿了。"卢建新笑得有些放肆。

"不瞎扯了，说正经事。"马志友看了眼时间，卢建新立即会意，收起了笑意，正了神色。

马志友了解卢建新，他是明白人，事情的轻重缓急、人情的亲疏冷暖他比谁都敏感。此时此刻，看着卢建新，马志友突然意识到，他比平日更加敏感地关注着自己的情绪。

马志友推断接下来要面对的一定不是太好的消息。

卢建新顿了顿，开诚布公道："老马，这案子将成为你人生的里程碑。不是里程碑，也是转折点。"

马志友有些不明所以，尴尬地笑了出来。

"跟你推断的一样，父子二人并非溺亡。气管和肺泡里没什么气泡和藻类异物，具体的内容去看报告，其他内脏和血清检测都佐证了非溺亡的结论。"

"那致死原因？"

"男的是被勒死的。颈部有明显伤痕，舌骨骨折，加上胸前到腹部能看到些尸斑，应该是后背朝上、趴在地上被勒死的。"卢建新为了便于马志友理解，用图像复原了李仁杰被杀时候的身体状态，"当然，尸体在水里泡了那么久，有外伤也能解释得通。只是有一块伤，我们研究了一下，值得跟你好好说道说道。"

"哪儿？"马志友疑惑地看着卢建新。

"死者左肩有一处面积比较大的开放性伤口，伤口边缘是比较整齐的，很像是用刀一类的尖锐物品整个割掉的。"

"割了肉皮？"

"对，割了整片皮肤。那是他身上最大的一处伤口。"

"是在死前还是死后割的呢？"

"有争论，但我倾向于死前。"

马志友点点头，心想，被割掉的皮肤可能标记着死者的真实身份信息。

"那……孩子呢？"

"唉，说到这个真的是……"卢建新起身走到一边缓了一口气，"老马，你知道吗，当父母的最看不了这个。"

"不为人父母，也受不了……"

"报告是我出的，本来还想锻炼锻炼新人的，回头一想还是算了，别折磨别人了……从尸检报告上看，孩子的死因跟李仁杰不一样，尸体呈粉碎性骨折。"卢建新摊开笔记本指了要点给马志友看，"很不幸被你说中了。孩子很有可能是从那座桥上被扔下去的，那之前他还活着……"

马志友感觉一股热气冲上了脑门，他一下子站了起来，在屋中来回踱步，依然压抑不住内心的怒火。

卢建新早就预料到了马志友的反应，他等了一会儿，直到马志友稍微平静了一些，才继续说出了让他更在意的疑点：孩子身上有旧伤。

"看，在孩子锁骨和小臂处的裂纹，那是骨折后骨头再生长的痕迹。"

"你是说，孩子生前遭受过虐待？"马志友大为震惊。

"这个问题就只能交给你去回答了。"卢建新撕下了自己手写的笔记，递到了马志友的手中。

马志友一路斟酌着该如何告知冷菲她丈夫和儿子的死讯。

她死里逃生，正是最脆弱无助的时候，又要面对打击，老天对她有些残忍。马志友这么想着，脖子灌进一股冷风，他打了个寒战，见梁薇默默地把车窗又开大了一些。

"师傅，我得喘口气！"梁薇一阵干呕。

"尸臭味，停尸房待久了身上都得沾点，你习惯就好了。"付晓虎一边开车，一边淡然地向梁薇解释。

梁薇鼓了鼓鼻孔，使劲用鼻子把气喷出来。

"去医院喷点酒精，把衣服晾晾。"马志友竖起衣领，也闻到了自己衣服上沾到的臭味。他下意识地又闻了闻手指，烟草留下的气息令他怀念。

后来，付晓虎私下告诉马志友，梁薇在停尸房吐了三次，胆汁都吐出来了。梁薇也偷偷告诉马志友，付晓虎看了孩子的尸骸，气得猛踢墙围子，甲沟炎都犯了，有两个星期都穿不进皮鞋。马志友清楚地记得，那天从停尸间到人民医院，三人一点案情都没讨论。

那时的三人，心里都揣着案子，但也都需要一个喘息的时间。

马志友在人民医院门口硕大的红十字下多站了一会儿，他觉得对冷菲的仁慈是让她晚一点知道这个消息。

于是，马志友安排付晓虎和梁薇去护士站核实冷菲的情况，顺便把衣服上的味道去一去，自己则先去找负责的廖大夫再聊聊，先不去打搅冷菲。

廖大夫刚查房回来，他抿了一口凉了的茶水，招呼马志友坐下。

两人默契地省略了寒暄，马志友直接进入正题，问冷菲的病情。廖大夫说，冷菲恢复得比想象中快得多，冻伤清理得很好，肺部的炎症也消下去了大半。

"那她现在可以接受询问吗？"马志友急迫地问道。

冷菲是整个灭门案的关键人物，警方需要从她那里得到更多有价值的线索。

廖大夫蹙着眉头想了一会儿，点头说可以。

马志友起身谢过大夫，没再犹豫，朝着冷菲的病房快步走去。

在病房外，马志友遇到了提着他的外套的梁薇。他接过外套，浓重的酒精味确实稀释了那股从尸体中不断渗出的令人作呕的异味。

"走，去和冷菲聊聊。"马志友套上外套正要进门，却被梁薇拉住了胳膊。

"师傅，对不起。"

"怎么了？"

"对不起，冷菲现在聊不了。"

原来，梁薇和付晓虎从护士那里拿到了用药记录和费用清单，但梁薇心急，她没等马志友，直接拉着付晓虎上前做起了自我介绍。冷菲的外伤肉眼可见地好了很多，梁薇更加放心，就多着胆子问起案发那晚的情况。

"你可以不说话，如果我说得对，你就眨眨眼或者点点头。"梁薇在冷菲跟前一字一顿地解释道，"11 月 22 日那晚，你是和丈夫、孩子一起在家吗？"

梁薇停下来，等待着冷菲的反应。然而冷菲只是呆呆地看着前方，没有任何回应。

"我再问一遍，11 月 22 日那晚你是和丈夫、孩子一起在家吗？"梁薇提高了嗓音。

梁薇的声音引来了过路人的侧目，可冷菲依然无动于衷。

她想可能冷菲伤了脑子，听不懂话，也说不出来，得换个法子再跟她沟通。她翻了翻包，掏出从法医那边拿来的证据照片。

梁薇小心避开了冷菲丈夫和儿子的尸骸照片，只从中选了一张物品照片——由几片木板拼合复原的黑色大提琴盒。

梁薇把照片放在冷菲眼前："冷菲，你看看，这个是你的琴盒吗？"

冷菲的眼皮像触电一样抽搐了一下。

梁薇十分兴奋，她觉得这法子有效果，于是又把照片拿近了一些："你认出来了，是吗？"

冷菲的抽搐迅速从眼皮蔓延开来，全身都开始剧烈地抖动，幅度越来越大，梁薇根本控制不住。

"护士、医生！"付晓虎见情况不对，赶紧用胳膊圈住冷菲，大声求助。

大夫应声而来，见冷菲已经翻起了白眼，嘴角流出了白色的沫子，立即将他们推到一边，开始采取急救措施。付晓虎丢下不知所措的梁薇，窜去找马志友来。

在注射了大剂量的氟哌啶醇后，冷菲终于安静下来。

廖大夫对马志友说，现在的冷菲需要更加专业的精神治疗，转去专门治疗精神问题的医院会更好。

梁薇为自己的鲁莽一直向马志友道歉，她说自己会想办法弥补。

两天后，梁薇写了报告，以"特护需求"为由申请为冷菲转院。接收单位的接收函附在申请后，盖着"绥河康复中心"的红章。

梁薇只说托了亲戚，是对方帮忙安排的。

转院的事都安排妥当了，梁薇拉着马志友和付晓虎一起去绥河康复中心看望冷菲。当设计繁复的铁艺大门在马志友面前徐徐打开时，他才明白这就是梁薇所谓的"弥补"。

绥河康复中心有个敞亮的前院。如果从上空鸟瞰，可以看到康复中心的大楼是一个"日"字形，楼间圈出了两方自然的天井。

车子顺着地面的指示一路左拐，穿过楼间的拱形门洞，进了后院的天井。接待的董秘书看样子已经在停车场里杵了很久，见警车过来赶紧迎上来指挥停车。

"这位就是马队长吧，您好，您好。我是小董，院长秘书。走，我带大家参观参观。"董秘书冻得脸都僵了，但还是努力挤出了一个微笑。

"不用麻烦了，先见见院长吧。"马志友委婉地拒绝了。

"明白明白，那咱们直接去住院部找梁院长吧。"董秘书特意强调了一下院长的姓氏，然后一个人走在前面推开了住院部的大门，"这个大白楼可是有百年的历史了。看，这是爱奥尼亚柱，是老的，有年头了。"

"什么柱？"马志友走在前面，摸了摸董秘书指着的石柱。

"爱奥尼亚柱。"董秘书又重复了一遍，"这种造型起源于古希腊，柱子整体看上去纤细，柱头有内扣的涡旋装饰。"

这栋建筑散发出一种破败的华丽感，让马志友有说不出的不适感。进了住院部，三人走上巨大的回转楼梯，皮鞋与格纹地砖相互摩擦，发出吱吱的响声，回荡在空中。

"这楼挺高的。"付晓虎仰着脖子向上望，见一层大厅足有五六米的挑高。

董秘书借着付晓虎的感叹解释说大楼是俄罗斯人盖的，之后还被日本人占领过一阵子，后来解放军部队在这里驻扎了很久。到了二十世纪九十年代，才转给福利机构改建成现在的样子。

马志友兀自点头，他理解了这栋建筑透露出的怪异气息。等他再抬头时，见梁院长已经站在楼梯口迎接众人了。

梁院长穿着白大褂，一头灰白色的细发趴在头顶，看上去十分疲惫。

"对不起啊，马队长，今年冬天病人突然就多了，招工又难，单独病房加全天陪护不好安排啊。"梁院长一上来就给马志友道歉。

马志友看看一边面不改色的梁薇，回答说双人病房就可以了。

"封锁消息的事情我听说了。我们这边肯定比医院好一些，出入、探病都有专门记录，院里也安了挺多监控摄像头。哦对，我把病历档案也特别处理了一下，主要是保护病患的安全。"梁院长一板一眼地解释。

马志友一听，明白梁薇虽然嘴上没说，但私下里做了许多细致的安排。

两次捞尸作业吸引了不少记者追踪案子，警方将案件性质定为谋杀后，论坛里就出现了相关的帖子披露案件细节。紧接着电视台也找上门来，要做系列报道。

马志友在例会上强调过纪律，对外要保守案件信息，更要保护唯一幸存者的人身安全。梁薇听进去了，还把每一个要点都传达落实下去了。想到这里，马志友心里一暖。

"太感谢了。"马志友发自肺腑地道谢，他还想说点什么，又找不到合适的话，便没再多言。

"那我们再去看一下冷菲吧。"梁薇迫不及待地说。

"她刚吃了药，正睡着。"梁院长微微调整了语气，以慈爱的口吻对梁薇说。

"没关系，我们就看一下。"梁薇很坚持，她转向马志友寻求支持。

"那就看看吧，图个安心。"马志友夹在中间有些无奈，他当然也想确认一下冷菲的情况。梁院长见马志友开口便也不再坚持，把一行人领到了冷菲的病房。

病房很普通，两张床靠着墙摆开，每张床配了一个床头柜，条纹布单洗得有些褪色了。冷菲穿着条纹病服躺在被子里，看不到手脚，只露脑袋在外面。

她呼吸均匀，安静地睡着。冬日的阳光浮在她苍白的皮肤上，像给五官蒙上了一层薄纱。马志友想起门前的古希腊石柱，想起素描本上画过无数次的维纳斯神像，他盯着冷菲注视了许久。

见冷菲安排好了，梁薇解决了一块心病，眼见着轻松起来。赶在员工食堂下班前，董秘书带着马志友三人吃了饭，又带着三人从后院溜达到前院。

董秘书说康复中心的改造花了很多心思，他指着前院的小花园介绍说，病人们喜欢花园中心的喷泉景观，那里有散养的鸡、鸭、鸽子等追着人要食。

"这康复中心像个动物园。"付晓虎一阵感叹。

"不是我自夸，咱们这儿就是吃得好，环境好。平时还会组织大家看电影、下围棋、做蛋糕、开联欢会。怎么乐呵怎么来。"董秘书说着看看梁薇，"也都是领导管理得好。"

马志友走了一圈，觉得这里确实要比医院更适合冷菲。局里警力有限，医院那边监控摄像头比这里少很多，24小时派警力看护又非常困难。这里有精神类治疗手段，监控也多，便于他们的工作。他告知董秘书，他们应该每天都会过来。董秘书说，他已经跟门口的保安打过招呼，让领导们一定放心。

安排好一切，马志友带着两个徒弟准备回局里继续工作。

付晓虎开车，梁薇坐在后座翻看起冷菲的病历——打什么针，吃什么药，上面记录得很仔细。

唉。

后座的梁薇不由得长叹一声。

马志友转头之际，付晓虎突然一脚刹车，三人由于惯性都向前一扑。

挡风玻璃外，一只孔雀扑棱着翅膀朝铁艺大门外狂奔。保安从传达室夺门而出，追逐的样子更是惊得孔雀乱飞。眼见着孔雀即将"越狱"成功，一个穿着藏青色棉服的男人用胳膊一拐，拦下了孔雀。他揪住这大鸟的脖子，抓起它的翅膀，将其牢牢制伏。保安赶紧引着男人进了大门，将孔雀重新放回了花园里。

"虚惊一场。"付晓虎再次发动警车。车子顺着盘山路一路而下，将矗立在半山腰的康复中心甩在了视线之外。

6

彷徨之地

陈皓不由得问自己，为见冷菲一面，他愿意付出多大的代价？
他想着都觉得自己好笑，
他没钱没权，能付出的只有短暂的自由和卑贱的性命。
他问自己愿不愿用这两样去赌。

太阳挂在头顶时，是一天中最暖的时候，但陈皓走在冰面上只觉得冷。

警戒线外钓鱼的老头见有人走近便摆摆手，示意他放缓脚步，免得惊扰了冰面下的鱼。陈皓捡起老头脚边锃亮的冰穿子，在手中把玩。不一会儿，鱼漂下落，钓竿扬起，巴掌大的柳叶小黑鱼从冰窟窿里被拎上来，蹦跶着落在陈皓面前。

"我知道你是干吗来的。"老头拎起鱼嘴甩进板凳边的方盒中，他漫不经心地边打量陈皓边上饵，"没错，就是这儿，人就死在这儿了。"

"不是没死吗？"陈皓哑着嗓子，压抑着惊诧。

"死了啊，肯定死了啊。"老头放了钓竿，指着不远处一块布满碎纹的冰面，"人就是从那儿顺下去弄死的啊。"

老头的笃定让陈皓哑口无言，他松开手里的冰穿子，拖着沉重的双腿蹀回河岸上。岸边，一辆银灰色的出租车没熄火，车身抖动着，像在这极寒中为自己造热一样。

陈皓坐进小车，年轻的司机说开冰捞人那天自己也来围观过。陈皓一听，寒气如冰锥扎穿心脏，从肩胛的骨缝里捅了出去。陈皓疼成了个虾米，缩在后座动弹不得。他不得不闭上眼，逃离受困的身体，让精神暂时躲藏起来。

陈皓的异常是回到和歌市后逐渐加重的。

最初，他只是吃不下睡不着，不久精神也开始恍惚。

陈皓怕别人发现自己的变化，就去巷子里的网吧泡着。那里的人都顶着乌青的眼圈，被彻夜光亮的屏幕吸了魂，顾不上多看谁一眼。陈皓包了个单间，把自己关在黑黢黢的小隔断里，塞上耳机，一遍遍地重复听《幻想曲》。

密闭的空间让陈皓感到安全，他避开了纠缠的梦境，难得睡了几次长觉。他以为事情过去了，自己好了，却在最不设防时在论坛里撞见了一张男孩尸骸的图片。

陈皓再次见到了郑志明一家三口的合影。他盯着电脑屏幕，像痴呆一样，不知过了多久，才从字里行间剥离出"冷菲生还"的意思。

陈皓感到恐惧，也唯有恐惧，他明白留在赵荣强身边只会落得跟郑志明一样的下场，他像惊恐的动物一般快速逃离了和歌市。等他有了知觉，才发现自己已经到了绥河边，回到了一切变化的起点。

"就去你说的地方。"陈皓勉强挤出一个声音，"罗马假日，罗马假日洗浴中心。"

小司机很开心，揉了揉满是红血丝的眼睛，有一搭没一搭地和陈皓聊着天。

"大哥，你看到那山头上的'碉堡'没？那里就是绥河康复中心，听说那女的就被送到那儿去了。"小司机伸出手，指着车窗外半山处的围墙说道。

之后几天，每到黄昏陈皓都会走上半山，他小心地避开监控摄像头，沿着红色的围墙走啊走，直到夜幕降临。天气好时，陈皓会在康复中心的后面倚墙抽一支烟，望着山坡下的公路和一片湖面，陈皓突然发现自己混沌的脑子清明下来了。

老天指引他回到这里是在为他筹划一条重生之路：从绥市的边境出逃，逃离过去，成为一个全新的人。

想到自由，陈皓情不自禁地兴奋起来。兴奋间，他见到围墙内的高楼楼顶，一个女人的身影一晃而过。她乌黑的发丝仿佛飘动在陈皓眼前。陈皓闭上眼，一股熟悉的气息混在干冷的空气中钻进鼻腔，陈皓感受到五脏六腑的震动，他的心被点燃，瞬间沉浸在狂喜中。陈皓笃定，那人就是冷菲。

陈皓压制住这种情绪，回到了罗马假日，直到躺在热水池中狂喜才逐步退去。他把幻想与现实的影像在脑中重叠，复现出冷菲的身影。澡堂里雾气缭绕，光屁股的男孩从池边一蹦坐进水池，水花四散，溅了陈皓一脸。陈皓用水扑面，抹掉眼角滚落的咸涩液体。在氤氲中，《幻想曲》的第一声弦音在他的世界里响起。

陈皓决定在离开绥市前再做点什么，他想去见冷菲一面，让自己心安。

陈皓来到了绥河康复中心的大门口，他在洗浴中心换了别人破旧的藏青色棉服，手里拿着招工的告示给门卫看。

"包吃包住，工资能接受吧。"

"能。"

"带身份证了吧。"

"带着呢。"

"你等着，我叫人来接你。"

门卫老王拨电话的空隙，一只秃了尾巴的孔雀受惊一样冲出大门。

老王撂下电话慌慌张张地跑出传达室，孔雀已经被眼疾手快的陈皓掐住后颈、拎着翅膀制伏了。警车从他身边开过，陈皓警惕地拎起孔雀遮住自己。

老王带着陈皓和孔雀往院子里走，陈皓问出了什么事。老王说院里来了个漂亮的女疯子，一家都被杀了。陈皓想了想，没再接话。

应聘的过程很顺利，董秘书看了陈皓一眼，就让锅炉房的老徐过来接人。

"赵达太，是吧？你今天运气可真好！"董秘书拿了陈皓递上的身份证，把他推到老徐面前，"赵达太，归你管了。"

"看他身板不行啊，没劲儿。"老徐斜着眼打量陈皓，见他棉服下的身形有些瘦削，便不悦地撇了撇嘴。

"还他妈挑三拣四上了。"董秘书一脚踹在老徐的屁股上。

老徐赶紧换了张脸，他干笑两声，弓着身子退到了陈皓身边，突然伸手捏了捏陈皓的胳膊，感受到他结实的肌肉，老徐龇着牙惊诧地问："这是你的衣服吗？"

陈皓摇摇头："澡堂子里穿错了衣服。"

老徐朝董秘书点点头，示意陈皓跟自己去后院的锅炉房。

穿过天井的路上，老徐叮嘱陈皓，凡事都要讲规矩。

"你听我话，好好干，就有甜头儿吃。"老徐边走边说，又上手掐了掐陈皓的胳膊。

锅炉管道年久失修，时不时就出问题，必须有人就近守着。新来的陈皓自然成了守着锅炉房的人。

老徐叫陈皓把行军床拖去锅炉房正对着的半地下室，那里有间所谓的宿舍，窗子像垛口，一半在地上，一半在地下。

陈皓成了临时帮工，担了所有的体力活，他像哑巴一样任老徐差遣，一声不吭。他不但不说话还不乱跑，整个人像长在了锅炉房里，每餐只让老徐从食堂随便带点饭菜糊口。老徐监工了几天，得出陈皓极好控制的结论，他心里满意，嘴上却不依不饶地挑刺。陈皓从不反驳，一如既往地埋头干活。老徐试探够了就彻底大撒把，他借着拉煤灰的机会，每次都在外面蹭顿大酒，快活一宿，第二天早上再回来。

陈皓懒散惯了，突增的劳动让他浑身的肌肉像灌了铅，每动一下就酸痛难忍。他的手掌磨出了一排血泡，挑破了流了脓，伤口还没好就又磨出了新的。半地下室的窗缝漏风，夜晚的屋子经常越睡越凉。但陈皓心里没有一丝抱怨，他从繁重的体力劳动中获得了前所未有的慰藉。更让他惊讶的是那些关于冷菲的病态的念想，似乎退潮了。

陈皓发现自己的肉体越劳累，梦就越安宁。陈皓不由得迷信起来，他觉得一定是自己做对了什么，上天才愿放他一马。于是，他把自己封在锅炉边，用心力浇灌每一铲子煤，他把炉火烧得极旺，愿在某个病房内的冷菲也能感受到他内心的赤诚。陈皓觉得自己曾把她遗弃在冰冷中那么久，现在他必须要先温暖她。

过了大概一星期，老徐突然在晚饭的点儿跑来锅炉房找陈皓。

他拎起藏青的棉袄往陈皓的膀子上一搭，说要带陈皓去个地方。

陈皓顺从地穿上衣服，跟着老徐出了锅炉房。

老徐带着陈皓绕到了锅炉房后，用藏在墙根下的一根钢条撬开了配电井的井盖。老徐拍去手上的浮灰，裹紧军大衣，缓缓下到井中。陈皓把钢条重新藏好，麻利地跟着老徐潜入了地下世界。

井下的空气更加阴寒，陈皓踩着墙面上的铁梯一步步下到井底。老徐打开了备好的手电筒，照了照两人头顶上的井口，光束在井壁一半的地方就散掉了。陈皓问老徐有人踩空掉下来怎么办，老徐一手拨拢起腰间的钥匙串，说这地方没人来，让陈皓别瞎操心。

老徐熟悉地道，他在前面走得飞快。陈皓跟在后面，脚步迈得更加谨慎。

"没想到吧？"

"什么？"

"有暗道啊！"

"老家有地窖，有时候也会挖条路，但没这样的暗道。"

"但凡是打过仗的地方都有这些，碉堡、要塞、秘密暗道，只是外人不知道。"

"我们去哪儿？"陈皓止住脚步，他摸着阴冷的石头墙问老徐。

"问那么多干什么，去了不就知道了。"老徐转过头，见陈皓僵持在原地，只得又返回到陈皓身前，"跟你小子讲啊，这大白楼是原来的战略要地，这暗道就是为打仗修的，四通八达，哪儿都能去……"

"要去哪儿？"陈皓只是再次重复了问题。

"怎么，怕我坑你啊？你小子呀，一天到晚不见人也不见光，还以为你瞒着什么事呢……我要带你去的，绝对是好地方，说好了，你可要保密啊！"

老徐故弄玄虚，他拉起陈皓轻车熟路地左拐右拐。陈皓借着手电筒的余光，发现这暗道连接着大小不同、高低错落的密室，结构错综复杂。陈皓不再担忧，老徐在隐秘的地方更不可能是自己的对手。

"暗道是迷魂阵，是进路也是退路，能救人也能杀人！"老徐滔滔不绝地讲着战争年代的各种传奇故事，陈皓对故事并不在意，他想到了来时看到的湖面，忙追问老徐暗道是否能通去湖边。

"何止，想去哪儿都通。不是说了吗，这大白楼是战略要地！什么是战略要地？就是站在楼上四面八方的情况都能看得清楚，楼下面东西南北都能通。往南走直通去湖岸边，往东走就是林区，往西是火车站……"老徐住了口，照亮两人跟前的铁梯，咧出了黄板牙，"你不知道的事还多着呢，别废话了。"

老徐攀上铁梯，他粗重的呼吸在狭长的通道中回响，胶臭味的皮靴在陈皓头上，每蹬一级铁梯都有煤灰渣子散落下来。老徐蹬得格外用力，欢快地从圆形井口钻了出去。他很兴奋，陈皓不知道他为何兴奋，也不关心。他只知道通过这条四通八达的密道，可以去他想去的任何地方。

陈皓爬出井口，头顶是一片明朗的星空，脚下是大白楼的水泥天台，原来两人兜兜转转上了病房主楼。老徐得意地拽着陈皓跑到天台一角，他移出一块青色的方砖摆在一边，不一会儿白色的蒸汽从砖孔中飘出来。老徐扒拉着陈皓的脑袋让他往里面看，透过砖孔，陈皓看见了一片白花花的肉体。

老徐说，这个时间来洗澡的都是院里的小护工。她们爱美爱干净，不管是要上班的，还是刚下班的，都愿意趁人少时来好好搓搓洗洗。

陈皓撑着膝盖，直起身子管老徐要了支烟。偷窥的快感远不及对自由的想象。陈皓摇晃着身子闪到一边，仰起头，嘴唇一碰，将口中酝酿出的烟圈轻轻推向澄净的夜空。烟圈向四周扩散，变得又圆又大，在套住圆月的一刹那消失不见了。

"你小子是害怕吧？没事，这里没人来，不会有人看到。"老徐不耐烦地解释道。

陈皓依然望着天，不愿多说一个字。

"这有什么的啊！"老徐鄙夷地说，"快来！"

陈皓在心里默数三下，三下后老徐厌了，骂了一句便转身把脸堵在了洞口，不再理会抽烟的陈皓。

陈皓站到天台边缘，眺望着远处的烟囱。天幕上缀着几颗遥远又璀璨的星星，一种沉重的庄严感震慑了他。他不自觉地摆正身体，不敢展现一丝一毫的不敬。

陈皓情不自禁地跪在地上，置身于无言的夜色中，感受着来自天幕的骇人力量，他的魂被一点点抽离出来，穿越时空重溯他前半生流转过的城市，走过的街巷，穿过的门房。他看到了闪烁的时间细线，看到了深邃的洞口正向自己缓缓开启，从洞中射出的光束令他眩晕。

陈皓听见自己正向着光许愿：请再给我一次机会，一次重新来过的机会。

整点的钟声响起，陈皓从出离中回归。他低头看见自己用手指夹灭了香烟，粉红色的嫩肉露在外面。熄灯后黑沉沉的大楼中，忽然有一间屋子亮起了灯。陈皓被光吸引，抬头正见到冷菲的身影出现在窗框中。陈皓的心狂跳不止，他仿佛看见幽蓝的夜空中血色的圆月升得更高，犹如太阳般射出橘色的光芒打在他身上，让他无处可藏。

锅炉房里有个长方形的隔间，里面用塑料板围了个简陋的盥洗室，一条黑色的胶皮管子沿着墙边连上热水龙头当作花洒，平时就随意地被扔在地上。地面铺的六棱形白瓷砖，年头长了已经泛黄，墙上半人高的镜子被水渍覆盖，几乎照不见人。在这儿洗澡的工人不讲究，只是图个方便，用热水没限制。

陈皓举着胶皮管子冲了个漫长的热水澡，他光着身子出来，在窗缝边坐了半晌，依然浑身燥热。陈皓躺在行军床上，在半梦半醒的混沌中，贪婪地沉浸在对冷菲的遐想中。

鬼迷心窍，自投罗网。一个声音说道。

陈皓好不容易熬到天明。他小心地避开监控摄像头，下山坐公交车去了绥市中心的青风外贸市场。陈皓走进一家杂货店，租用了收费电话。铃声的间隔显得格外漫长，等到第三声铃响，陈皓主动挂断了电话。他又等了五分钟，再拨过去，听筒里传来了颜影疲惫的声音。

"你在哪儿呢？"颜影的声音很轻，但语气中难掩担心。

"我需要点钱。"陈皓说。

"多少？"

"你现在手头有多少？"

"浑蛋。"颜影顿了顿，重新调整了情绪追问，"你到底哪儿去了？"

"别问了，我需要钱。"陈皓叹了口气，颜影不知道他的行踪才是安全的。

"赵荣强要是死了，你会回来吗？"颜影忽然激动起来。

"他的事与我无关了。你有多少钱准备多少钱。算是我借的，你要是信我就帮我，之后我会双倍还你。"

"呸，浑蛋，你太自私了，我是为了谁才来这儿的……你个没良心的，你一个人跑了……"颜影的声音颤抖中带着哭腔。

"准备钱，等我联系你。"陈皓不再解释，他干脆地撂下电话，临走时还偷偷把电话线拔了。

陈皓到青风外贸市场的卸货区找趴活的运输车队碰运气。他十几岁时做过几年货车司机，有跑长途的经验。

陈皓给管事人递了烟，说自己出过事，正经路子开不了车，请大哥给个机会。这机会当然要用钱来买，陈皓交上钱，管事人告诉他算上搞签证、办证，要一周后才能跟车走人。

一切都比想象的顺利。陈皓如释重负地回到康复中心。他擦干净盥洗室的镜子，用新买的刀片把脸刮得干干净净。陈皓看着镜中的自己，很是陌生。他皮肤光洁，竟比在南方时更加明亮。他换了干净的工服，在饭点儿走进了员工食堂。

正值轮班，食堂里格外热闹。从澡堂子里出来的小护工脸蛋红扑扑的，半湿的头发垂在肩膀上，她们结伴而行，咯咯的笑声飘满了大厅。

陈皓捞了剩下的棒骨，又捡了两个馒头，一人坐在角落里埋头吃饭。他不张望也能感受到周围慢慢会聚的目光。护工们好似发现了新宝贝，明目张胆地讨论起这个新来的人。

老徐端着饭盘一屁股坐在陈皓对面，问他这一整天跑哪儿去了。

陈皓听出老徐的语气有点不满，不慌不忙地回答，无聊了出去遛遛。

"你小子就不懂找乐子。"老徐说着，眼神已经跟着路过的小护工飘到了邻桌。

"我这人是没劲，不懂找乐子。"陈皓没抬头。他用馒头蘸着棒骨汤，漫不经心地说。

陈皓从来不缺女人，如果需要他也能即兴讲上些黄段子令人捧腹。但今天他不需要，他只需要让老徐滔滔不绝，让其得意忘形，让其卸下防备。陈皓已经有了自己的计划。

吃完饭，陈皓拎着两瓶白酒摞在老徐跟前，他抓了一把花生、一把瓜子，放在《健与美》封面女郎的胸脯上。陈皓给自己倒了一瓷杯底，又给老徐倒了一杯。他说自己不爱说话，也不会说话，他有什么毛病，老徐只当是对自己亲儿子，可以随便打骂。

"老大，我就死心塌地跟着你了！"陈皓把酒一饮而尽，倒扣瓷杯，示意滴酒不留。

"有你这句老大，我就不见外了。以后谁要是欺负你，你就报我名。"老徐咕咚咕咚也把一整杯酒喝尽了。

酒过三巡，老徐的脸上涌起一团团红色的酒疹，他瓢着嘴，刨问陈皓的家底。

他问陈皓他爸干吗的。陈皓说是工人，铁道上的。他又问他妈干吗的。陈皓说是跳舞的，搞文艺。老徐的手开始不受控制地哆嗦，他叽歪了会儿，说你爸和你妈不般配，出身不一样，在一起长不了。老徐挤出最后的结论，身子一歪就打起呼噜来了。

陈皓就等着这一刻呢，他扳平了老徐，解开老徐的腰带，取下了上面挂着的钥匙串。陈皓披上了老徐的军大衣，又从抽屉里取了手电筒揣进兜里。他带上了门，从地下室快步去了配电井口。

陈皓环视四周，确认无人后打开了井盖，潜入了防空洞。井下的潮气让他适应了一会儿，当他跳下最后一阶铁梯时，明显感觉身上的大衣变重了。他借着手电筒微弱的光在地下穿行，凭借记忆校正着前进的方向。

陈皓没走错一条分支，顺利找到了通向主楼天台的铁梯。陈皓满心欢喜，抓着冰凉的扶手向上攀爬，爬到一半就听到楼里响起了熄灯铃声。陈皓像是突然从梦里醒了过来，他停下来，再次问自己，你到底在干什么呢？

我要确认冷菲平安。他有了自己的答案。

陈皓一跃蹿出了天井，住院部的大楼已经熄灯。他裹紧衣服，倚着天台背身坐下，腿在大衣下不住地抖。

陈皓不由得问自己，为见冷菲一面，他愿意付出多大的代价？他想着都觉得自己好笑，他没钱没权，能付出的只有短暂的自由和卑贱的性命。他问自己愿不愿用这两样去赌。

第二天早上，老徐把陈皓喊去洗衣房帮人干活。老徐前一晚喝美了，开始护犊子，捡了轻省活给陈皓干。

陈皓撂下铁铲，戴着白手套直接去了洗衣房。机器转着，三个女工找了个太阳好的空地，边晒太阳边打扑克。

"什么活？"陈皓问。

"玩牌的干活。"三人中，管事的吴姐热情地拉过陈皓。

吴姐皮肤白，烫着满头的小发卷，嘴唇薄薄的，说话总喜欢眯缝着眼。吴姐揪着陈皓汗津津的胳膊，用消过毒的毛巾给他擦干了汗，又把他拉进了三人牌局。

打牌是院里基本的社交活动。

陈皓整日守在炉子边，这对闲来无事的中年妇女来说已经足够神秘。昨晚在食堂，陈皓终于露面，被眼尖的吴姐对上了号。听说有人开始惦记陈皓这个小伙子，吴姐一早就来找老徐，近水楼台先得月。

"老家哪儿的？"吴姐问。

"东城的。"

"没听出来啊。"另一个马脸女工瞪着眼，仔细打量着陈皓。

"出来挺多年了。"

"看你好几次了，都不爱说话，还以为是小伙子呢……媳妇在老家？"

"没媳妇，打光棍了。"

"胡说八道！"马脸女工大声惊呼，她抓着没说话的付大姐使眼色。

"那怎么不可能，男人野呗……不在这儿找一个？"吴姐吐了瓜子皮，试探性地问陈皓。

"没钱，养不起媳妇。"陈皓甩出张牌。

"我看你是招女人的模样，赶紧找个对象踏实过日子吧。跟姐说，你待见什么样的？"吴姐不死心，话题一直没离开搞对象。

"都是别人挑我，哪有我挑人的理啊。"陈皓看得懂女人的心思，他说着逢迎的话让大姐们开心。

"我大哥家闺女刚离，有个孩子，但也不碍事，结过婚有孩子的女人会疼人。我看你俩处处呗。那闺女大高个儿，皮肤也挺白，手艺好，酸菜炖棒骨可拿手了。给你介绍下？"

陈皓不准备再接话，甩出最后的牌，先一步逃了。

"他倒是跑得快。"付大姐一直专心听着，她撂下一手没出的烂牌，不情愿地掏了钱。马脸女工也从兜里摸出五毛钱扔在桌上。

"这是给我娶媳妇的钱。"陈皓说着，把三人的牌钱拢在一起，放在一边。

陈皓的话并不好笑，但她们笑得花枝乱颤。

牌局继续。几个女工为了拉拢陈皓，把压箱底的秘密都拿出来分享。陈皓稍加引导就把吴姐的话题引向了冷菲，她是他留在这里的唯一原因。

"听说那女的全家都被杀了，凶手还没抓到，每天都有便衣来。"吴姐照常开了个头。

"听说那女的是搞文艺的。那样的女的风花雪月惯了，我估计是外面招惹的事弄家里来了。"马脸女工分析。

"小赵你听我句劝，娶媳妇要找丑。不是说漂亮的不好，是漂亮的不顾家，就忙着招蜂引蝶。男人要娶个红颜祸水，就会克死一家子。"吴姐拉着陈皓的胳膊，一句句地警告他。

"她住啥病房啊？"陈皓猛然开口问了一句。

这一句就引起了不爱说话的付大姐的警惕："啊，你要干吗啊？"

"我想看看她到底有多漂亮。"

陈皓说完兀自笑了，洗衣房里再次响起女人们欢快的嬉笑声。

议论冷菲的远不止这几个人，事实上在康复中心，人人都对这个便衣警察每日探访的女人感到好奇。陈皓决定冒险去向其他人打听。

午饭后，陈皓绕去了天井的花园。他站在冷菲的病房窗下，点了从老徐兜里顺出来的烟，瞄着散步的精神病人，挑选下手的对象。

"这里不许抽烟。"

一个稚嫩的声音从陈皓背后传来。他转头见到个齐头帘的圆脸姑娘，她上前来，从他手里夺下香烟扔到地上，然后拎起裤脚露出冷白的袜子和球鞋，使劲将烟踩灭。

"这里不让抽烟，也不能点火，因为这些都很危险。"小圆脸郑重其事地警告他。

陈皓打量着这个十多岁的小姑娘，她像年画里的娃娃，细细的脖子上顶着个大脑袋，眼睛溜圆，看起来还挺正常，不如就跟她聊聊吧。

"你怎么了？"陈皓主动发问。

小圆脸皱起眉头，白了陈皓一眼。

"看不出你有什么毛病，为什么要和这些人关在一起？"陈皓一边解释，一边又掏出一支烟叼在嘴边，"你放心，我不抽了。"

"我没啥毛病，就是挑食。"小圆脸掏出个苹果咬了一口，嚼了几下又吐到地上。散养的鸽子被食物吸引，会聚过来，在小圆脸和陈皓中间一啄一啄地吃食。

"怪不得这么瘦。"陈皓的语气缓下来。他环视周围，并没有人注意他俩，于是放心地继续套话。

"男孩不都喜欢瘦瘦的吗？"小圆脸又神奇地从兜里抓出把玉米粒撒在地上。

"男孩？我不知道，我只知道男人不喜欢。"

"哦，是吗？"

"嗯。"

"无所谓，不喜欢就不喜欢，反正他们什么也不懂。"小圆脸坚定地说，"我想再长高点。"

陈皓不住地点头，他深谙获取信息的精髓不是自己说了什么，而是顺着对方的话让一切生长。即使面对的是精神病人，他想知道的事情也会自然而然地结出果子。

"因为挑食才来这儿治病？"

"还不是时候。"小圆脸的目光落在一只圆滚滚的鸽子身上，"嗯，简单来说就是时间不对。我学习很好，读了很多书，我的老师和同学都可以证明。我只是个子矮，但我知道很多事情，很多，这里有博士，有大学老师，他们都很有学问，都能为我证明。"

陈皓观察着小圆脸的表情变化，他不去质疑她，只是去熟悉她独特的表达方式。陈皓看了眼那扇玻璃窗，想把话题往冷菲的病房上转，小圆脸突然问陈皓见没见过熊瞎子。

"熊是一种又傻又聪明的动物，是被黑洞控制的动物。"小圆脸神神秘秘地解释。

"黑洞？"

"黑洞无处不在，无时不在，控制着一切。"

"我还是第一次听说。"

"黑洞打开时会发信号，熊接到信号就会开始吃东西。虽然也有不想吃的时候，但没有办法，必须依照黑洞的指令严格执行。黑洞非常可怕，能摧毁一切，所以只有听话才是安全的。当然熊总会有吃饱的时候，如果吃不下了就去睡觉，睡一觉起来就可以继续吃东西了。"

"你说的是动物的冬眠，熊要储备脂肪过冬。"

"不，并不是表面那样，冬眠是骗人的。人只会相信自己看见的，而不愿相信自己看不见的。但真相总是看不见的。"

"所以你不吃不喝，是在等待黑洞传讯？"陈皓觉得荒唐，以难掩轻蔑的口气问小圆脸。

"嘘。"小圆脸摆正脑袋，警告陈皓不要再说了。

"动物是动物、人是人，不一样。黑洞管得了动物，但管不了人。"

"不。黑洞才是这世界的主宰！"小圆脸言之凿凿。

"你看得见？"

"当然，我看得很清楚。"

"是吗？那我告诉你一个秘密，那里就是我的黑洞。"陈皓指了指冷菲的窗口。

"222 病房。"小圆脸顺势道出了病房号，陈皓大为惊异。

"你不是记者吧？"小圆脸的脸色突然变了，她悻悻地看着陈皓问道。

陈皓盯着小圆脸的眼睛，顿了顿，摇头否认。

"不是就好，你最好别打什么坏主意。"小圆脸变得冷漠，丢下一句话，蹦跳着离开了。

晚上，陈皓拎了白酒和奶油花生又去找老徐聊天。老徐吃吃喝喝，一通胡侃，直到白酒见底。等老徐打起呼噜，陈皓熟练地换了老徐的装扮，带着防水胶带三访地下暗道。

陈皓用不同的图形当路标，标注出每一条通道的出口方向。他花了两个晚上摸透了院里院外的出入口，第三天绘制出了路线图。他拓印了每把钥匙，记下了用处。

陈皓白天照常干活，只在晚上探路，不睡觉的他不觉疲劳，反而感到兴奋。

他相信只要见过冷菲，他将沿着地下密道逃离这里，跟着车队越过国境，重获自由。

陈皓去青风外贸市场买了件厚皮衣换上，又拿了两条烟从车队管事那里取了签证和车证。他拎着烟酒，坐上了回程的公交车。车经过火车站时，上来一大票扛大包的倒爷。陈皓窝在座位上，置身于忙碌的人群中，恍如隔世。

火车站对面有一座黄白相间的基督教堂。陈皓没有信仰，但他好奇，如果他向一名神父认罪忏悔，他还会是一个罪人吗？他随手揭起了手指上的血痂，新鲜的血液从创面渗出。他挤出几滴，在前座靠背上留下了一个血染的十字。

未来还是会好的。陈皓安慰自己。

回来后，陈皓先去了康复中心的传达室。他从怀里掏出一盒软中华放到了老王的抽屉里。老王开心，见陈皓换了新皮衣，忙凑过来伸手摸了又摸。

"你这衣服不像是新货啊。"

"旧的我才买得起。"陈皓不再客套，躺在了老王的折叠床上，说，"跑了半天，累得不行了。"

老王拿了香烟，说正好要去蹲坑，二十分钟，够他眯一小觉。

老王出了门，陈皓赶紧给寻呼台拨了电话，他给颜影的呼机留了一串数字，是新的银行账号。陈皓知道颜影对他是嘴硬心软，她会给他转钱帮他出逃的。想到这里他有些自责，他知道自己害过她。但他安慰自己，颜影还年轻，以她的姿色，找个愿意娶她的男人并不难，总比跟着自己靠谱。等他离开久了，颜影就会死心，把他忘了。

趁老王没回来，陈皓翻了访客记录，看到警车一天不落地进出这里，不禁为自己捏了把汗。他记下车牌号，又原封不动地把访客记录放回了原位。他又从老王的抽屉里找了纸笔，抄下了康复中心的平面图。一切完成后，他出了传达室，埋头往锅炉房走。路上，他不自觉地笑了，他遗憾没人能见证自己此刻的疯狂。

陈皓等待着夜幕降临。

月升日落，夕阳余晖未尽时，陈皓已经把炉子加满了，炉火翻涌将温暖送进大楼。老徐看不下去，推搡着陈皓，大骂他败家。

陈皓忍不住笑了，笑了许久停不下来。老徐没见过陈皓大喜大悲，骂骂咧咧地说他也染了疯病。陈皓笑得更大声，他揽着老徐的肩膀往房里走，将早就准备好的酒放到老徐手里。

陈皓陪老徐喝到半夜，人醉了但心出奇得平静。一切就绪，他穿好为出逃准备的皮衣，又在外面套了老徐的军大衣，拎起手电、钥匙进入暗道，不慌不忙地顺着路标爬上了主楼天台。陈皓吹了吹冷风，酒醒了一些。他按照摸索出的路线爬去了二层的住院部，那里睡着他朝思暮想的人，他在这里最后要见的人。

通过活动室不常开的暗门，陈皓避开了有人值守的铁栅栏门和监控摄像头，直接绕进了住院部。在楼梯转角，陈皓突然一阵耳鸣，他用手抵住耳道，快步走到了门诊大厅。面前有左右两条岔路，往里有两扇门栏，一宽一窄。宽门中有光亮，应该是护士站。陈皓走向窄门，选了幽暗的通路进入病房区。

病房区内鼾声起伏，漆在门框上的病房号已磨去了大半。陈皓站在楼道尽头让意识重新跳回花园，跟随记忆的引导来到长廊尽头，透过门上长方形的观察口窥视病房内，终于确认了冷菲的所在。他掏出曲别针一扭，插进门芯，几下就开了门。

陈皓呼了口气，小心翼翼地进了病房。他先认出了靠近门口病床上的人，是那个神神道道的圆脸姑娘。他的目光定在更靠近窗户的病床上，那个平躺的人静悄悄的，几乎听不见呼吸。陈皓缓步走到床尾，他看着暗影中熟睡的人脸，冷菲比他记忆里的样子更瘦削、更苍白、更脆弱，她的眼角似乎还残留着泪痕。

陈皓感觉心窝一阵剧痛。

她一定受了很多苦。

陈皓心中升起万般懊悔，他跪在冷菲身边无声地道歉。是我给你带来了这么深重的苦痛啊，是我亏欠你的，我亏欠你太多。

陈皓想着，大颗大颗的眼泪落在地上，心窝的痛却舒缓了。

一定是冷菲听到了自己的忏悔。

陈皓觉得不可思议，他激动地抹去脸上的泪水，贴近冷菲，寻找一切蛛丝马迹。冷菲仍闭着眼，气息轻浅，没有任何变化。像老徐说的，这里的人吃了安眠药便会睡死过去，什么都不知道。

他注意到冷菲露在被子外的手，粗糙红肿，指关节上还结着疤。他一冲动，抓起她冰凉的手指攥在自己手里。他见冷菲毫无反应，便奓着胆子将她的掌心贴在自己的脸上。

他感受着冷菲温柔的掌心，他跪在冷菲的床头，侧脸枕在了冷菲的一侧。闭起眼，冷菲的眼眸出现在他的脑海。那是双含着水的眼睛，饱含着深情。

直到双腿酸麻，他才站起身，盯着冷菲又看了一会儿，随后悄声离开了。

陈皓本该就此离开康复中心，但他没走。他在天台上看了冷菲一整天。他见她发呆、吃药、睡觉，见她脸上的色彩随着太阳落山而隐去。

陈皓在天台冻了一天，但心比身体更冷。入夜，他从洗衣房拿了干净的病号服，又去了冷菲的病房。他决定就此和冷菲进行最后的告别。

通往冷菲病房的暗道已经走熟了，陈皓觉得生命终于要轻盈起来。他压抑着小小的兴奋进了病房，冷菲却不在病床上。

陈皓走上前查看，见被子平平整整地盖在床上，被子里还有残存的温度。

三更半夜，她去哪儿了呢？

陈皓想着走到窗边，四下张望，窗外的喷泉池上，一只孔雀悄然攀上了假山。陈皓一抬头，见到冷菲正站在对面的天台上，她磨白的病号服被月光穿透，身形单薄得如幻似雾。

陈皓即刻看清了冷菲的念想，他飞也似的跑出病房，撞进活动室，经过暗门和暗道，在黑暗中冲向天台。

陈皓脑子里只有一个念头，那就是冷菲不能死。

他不知自己是如何爬上天台出现在冷菲身后的，当他注视着冷菲受惊的眼眸时，才一瞬回神，他想，这下完蛋了。

大难临头，陈皓惊出一身冷汗。他停滞在冰冷的月光中，等待着冷菲漫长的审判。

"你是院长派来的？"冷菲颤抖的声音发出对陈皓的第一声质问。

陈皓没听清，他正恍惚着。

冷菲等不到回答，她胸口起伏得愈加厉害，泪珠不住地从眼角滚落。

"你是院长派来的吧？"冷菲哽咽着，用更尖锐的语气逼问陈皓。

"不是。"陈皓的声音飘进冰冷的空气中，听起来不容置疑。

"你到底是谁？"冷菲濒临崩溃，她抹掉眼泪，绝望地追问。

陈皓错愕，冷菲似乎真的不认得自己，这让他一瞬间心乱如麻。

"你别过来！"冷菲发出了警告。

陈皓停下缓慢移动的脚步，脱下大衣，扔到了冷菲跟前。

"先披上衣服。"陈皓放轻声音，尽量用平常的口吻缓解冷菲的紧张。

冷菲摇摇头，她看看陈皓，又回头望了下身后的天空。

陈皓再次确定她已不认得自己。

此时的冷菲如同惊弓之鸟，受不得半点刺激。

冷菲绝不能死。

陈皓脑子里仅有这一个念头，他抖着手，缩着脖子，一步跨到了天台边，背着风点着了烟，对着夜空吐出一个烟圈，然后不紧不慢地说："你别害怕，我不是坏人，就是这边值夜班的，过来透口气……怎么了，这么想不开？"

冷菲瘪了瘪嘴，声音柔软下来："你快走吧，不关你的事，就当没看到我。"

陈皓半仰着脑袋，盯着湮灭的烟雾不发一语，他盘算着如何让冷菲退回到安全地带。

两人在静谧的天幕下各自揣测着对方的行动。

陈皓突然走向冷菲，她慌张地后退，退到了天台边缘。陈皓停下来，手举着香烟递到了冷菲面前。

橘红色的烟头微热，散出暧昧的光晕，为冷菲惨白的面容添了一抹红。冷菲不明所以。陈皓靠得更近了一些，他两指捏住烟嘴送到冷菲唇边，盯着她的眼眸，目光肯定。

"来口冷静下。"陈皓用漫不经心的语气说道。

冷菲轻启双唇，衔了烟，一团烟雾喷在陈皓脸上。

陈皓突然鼻子一酸，一行泪随即滑落："你怎么能忘了我呢？"

冷菲眼中涌出更深的迷惑，叼在嘴上的烟随风飘落而下。她推开陈皓，随着飘零的火光而去。陈皓伸手抓住了冷菲的脚腕，他用蛮力将冷菲拖回天台。

　　冷菲试图再次爬向天台边，却被陈皓压在地上。她惊声尖叫，抓过陈皓的手狠狠地撕咬。陈皓的头抵在冷菲的肩膀上，他感受着疼痛从手背扎入心房。陈皓不做挣扎，他闭了眼，忆起了绥河那夜的雪，雪花晶莹，完美无瑕。

a

疑点重重

马志友在薄薄的几页纸上看到了冷菲的前半生：
她无忧无虑的童年时光美好但短暂，
之后便一次又一次被命运卷进风暴，逃脱不掉。

光华小区街口有家家常菜馆，店面不大，但生意不错，一到饭点，店里的六张方桌总能坐得满当。中午十一点刚过，马志友带着梁薇坐进了店里。两人本想着吃口东西再开始询问，眼看着身上的警服"赶走"了两桌客人，有眼力见儿的梁薇便进了后厨，在生意忙起来前找老板聊了起来。

　　马志友换去了角落里的小方桌，他用热茶将两人的餐盘、筷子涮干净后，便百无聊赖地看着店家的小儿子蹲在收银台后啃冻梨。

　　一会儿，梁薇随老板娘端着两盘饺子回到了座位上。梁薇急着汇报，却被马志友拦下来，说有什么吃完再说。梁薇听话地合上笔记本，倒了一小盘醋，开始吃饺子。

　　她握筷子的方式很特别，几根手指攥在一起，像握笔一样。马志友看着梁薇将盘子里的醋灌进饺子，倒出来，又灌进去，反复几次才下嘴吃。

　　"我小时候每次吃饺子都会被烫着，这么吃凉得快。"感受到马志友费解的目光，梁薇自顾自地解释起来。

立案仅是个开始，马志友深知他们要面对的是一系列繁重枯燥的调查工作。

通过调阅监控，他们发现了一辆较为可疑的车辆曾在案发前多次出入光华小区，继续追查下去却发现那是一辆套牌车，他们只能继续寻找目击证人。

光华小区周边的商户有几十家，到现在大范围的摸排已经完成了，但这边流动人口太多，在短时间内找到关键证人似乎成了一件拼运气的事情。

"师傅，别光我一人吃，你也多吃点啊。"梁薇夹了饺子放在马志友的盘子里，她擦了擦嘴角，招呼老板娘，又要了两碗饺子汤，"对了，晓虎什么时候回来？"

"明后天吧。"马志友看梁薇吃完了，这才几筷子把盘里剩下的饺子包圆了。

马志友清楚梁薇很在意付晓虎的工作表现，她总想承担更多工作，好快点稳固自己的地位。马志友正想借着这个机会和梁薇聊聊，让她别着急证明自己，心太急容易出差错。刚要开口，梁薇的手机响了，她看都不看就挂断了。铃声再次响起，梁薇翻了个白眼，没好气地背过身接起电话。

马志友从梁薇的反应中，听出电话是她男朋友打来的。

梁薇没说两句，直接挂断了电话。马志友尴尬地不发一语，两人沉默了几秒，还是梁薇先开口解释道："我男朋友偷看我跟晓虎的聊天短信，然后开始跟我这儿犯浑。"

"嗯？"

"师傅，你可别多想啊。"

马志友不禁一笑，自己竟然没有意识到梁薇和付晓虎还有工作外的联结。

"我说别多想别多想，师傅你还是瞎配对，怀疑谁也别怀疑我跟他啊。"

"看你说的，这么嫌弃晓虎？"马志友调侃道。

梁薇脸上有点挂不住，她收起了尴尬的笑容，板起脸严肃地解释："不是嫌弃，是我跟他确实没什么。"

马志友点点头，梁薇是真实直接的人，有什么说什么是她习惯的表达方式。

"你跟晓虎聊什么了？"

"能聊什么？都是工作上的事情。我问他南方那边怎么样，同事配合不，李仁杰的线查到哪儿了，这不挺正常的吗？"梁薇挑着眉毛，一脸无辜地看着马志友。

"是挺正常的。你男朋友是太爱你，太在意了。"

梁薇听完扑哧一下笑了。

"怎么，我说的不对吗？"

"没不对，就是从师傅你嘴里说出'爱'这个字，挺奇怪的。"梁薇解释道。

梁薇谈起了自己的男朋友，说他是中学老师。两人刚认识时他就爱管东管西，那时候两人正是你侬我侬的甜蜜时期，时时报备梁薇也不嫌烦，时间一久就让她觉得吃不消。

"他说男人的爱是束缚，越爱，管得就越多，师傅你同意吗？"梁薇问马志友。

马志友清清脑子，想起扎着马尾辫的白雪，想起初吻时他掰过白雪的头就亲上去。那些散落在记忆深处的画面纷繁而至，让他一时慌了神。

"算同意吧……"

梁薇看着马志友，一脸的不可思议："你们男的就会维护男的。"

"不是维护，是男同志总要对女同志有点保护，我觉得他想说的是保护。"

梁薇的脑袋摇成了拨浪鼓，她眯着眼对马志友说："什么保护，他是怕自己被戴绿帽子。可笑！"

正聊着，店家的儿子不动声色地走过来，他递给马志友一张单线格纸，斩钉截铁地说："喏，你们要找的人。"

马志友接过纸，见上面一高一矮画着两个人，正围着一张方桌在吃饺子。

"这瘦子跟胖子说，他很会杀人。"

话音刚落，梁薇的手机和马志友的手机同时响了，康复中心来电话说，冷菲开口讲话了。

这是天大的喜讯。马志友联系了同事来给男孩做笔录，他和梁薇立刻出发，赶去了康复中心。

董秘书依然在停车场迎接两人，三人会合后去了院长办公室。路上，董秘书介绍说院长给冷菲安排了单人病房，条件比之前更好，楼里新加了监控摄像头，保证管理更严密、更安全。

马志友没顾上听，一路快步来到院长办公室，他太期待从冷菲这里得到突破了。

"马队，我们先聊两句。"梁院长已经等在办公室门口了，一见面，他就把马志友叫到了一边，"冷菲的情况，我要先给你打个预防针，她确实能说话了，但说的都是胡话。"

"什么意思？"马志友注意到梁院长的手背上有两道血红色的

抓痕，像是新弄伤的。

"她失忆了，自己是谁、发生了什么、怎么来的这儿，一概都忘了。"梁院长拍拍马志友的肩膀，态度更加亲昵地安慰道，"不过，马队，你也别担心，我们会负责到底的。"

负责？马志友只觉得梁院长的口气有些异样，但他来不及琢磨。他只想先见见冷菲再做定夺。两人一前一后进了办公室。

冷菲坐在沙发上，目不转睛地盯着茶几上的现场照片。

"没关系，你再好好看看，看能想起些什么。"梁薇坐在冷菲身旁，嘴里说着安慰的话，但神情上有压抑不住的焦躁。

冷菲看看照片，轻轻摇摇头，用不带语气的声音问梁薇："你是谁？"

梁薇回头看向马志友，她显然也意识到了冷菲的失忆。

"我叫梁薇，这是马队，我们是来帮你的！"梁薇放慢语速，耐心地解释道。

冷菲注视着马志友，像是在记忆中搜寻匹配的脸。她闭上了眼睛，深呼吸后再次睁开，过了很久才喃喃地问："我是谁？"

"你叫冷菲。"

"我叫冷菲……我叫冷菲，冷菲……你是谁？"

"我是警察，来帮你的。"梁薇快步走到梁院长身旁，在他耳边低声问道，"大伯，她是怎么了？"

"我，怎么了？"冷菲鹦鹉学舌一样，重复着梁薇的问题。

"你被人袭击了，你的家人……受伤了。你要帮我们找到凶手，将他们绳之以法。"

"绳之以法……"

马志友这才真正明白梁院长所说的。他拉过凳子，坐在冷菲对面，把梁薇弄乱的照片一一码放平整。他指着光华小区的红色砖楼对冷菲说，这是她前年跟着老公李仁杰带着儿子李明浩一起搬进的新家。

冷菲无力地眨眨眼，看着照片没有反应。

马志友拿起乐团的合影摆在冷菲面前。他指着中间穿黑色高领毛衣的男人说这是刘永富，是乐队指挥，也是你的团长，你原来是演奏大提琴的。

冷菲看着照片，眉头微微蹙了起来。马志友见状又选了光华幼儿园的照片，指着蓝色的幼儿园小楼继续对冷菲说，你记得吗，每天你都要去幼儿园接送孩子。

"孩子，孩子。"冷菲喃喃着，双腿连带着身体不由自主地颤抖起来。

梁院长一个箭步赶到冷菲身边，他用一双大手按住冷菲的肩膀，让她不要再想了。梁薇抓着冷菲瘦得皮包骨的手腕，轻轻叫了一声师傅。马志友的询问起了作用，再有几句话可能就会唤醒冷菲的记忆，梁薇不想让调查在这节骨眼儿上被叫停。

马志友也不想。

他狠了狠心，拿出了手包里的小型 CD 机，执意在院长办公室里放起了《幻想曲》。大提琴的琴音伴着他沉着的鼻息而出，马志友期待着冷菲意识的苏醒。

没想到，冷菲发出一声凄厉的尖叫，她一下甩开了梁院长和梁薇两人的手，哀号着扑向马志友，夺过 CD 机重重地摔在地上。

门外的护工像是早有准备，听见声响立刻推门而入。他们从身后抱住发疯的冷菲，用束缚带干脆利落地将人一缠，然后将她架出了办公室。

马志友的脑袋嗡嗡作响，他眼前突然一黑，伸手一抹竟是一手鲜血，刚才四溅的 CD 机碎片划伤了他。

董秘书不知何时出现在门口，他二话不说，拉起马志友去了同层的医务室。马志友伤在眉弓上，医生用酒精给伤口消了毒，见血还流个不停，就让马志友忍着点，给他打麻药缝上一针。

马志友的心思并不在自己的伤上，他脑子里全是冷菲被架出去的画面，不由得责怪自己的鲁莽，如果能缓口气再问，兴许有不一样的结果。

"刚才被架出去的女病人呢？"马志友忍不住问。

"打了一针镇静剂送回去睡觉。这种我们见多了，前一秒还好好的，后一秒就不是人了……你也不用在意，可怜之人必有可恨之处。"

"你说的可恨之处，是什么意思？"

"一会儿要活，一会儿要死，一会儿说我们害她，是真疯啊！"医生咬牙切齿地说着，又一针刺进皮肤，马志友感觉自己的眉毛又被揪扯了一下。

缝合完成，马志友把梁薇叫到身边，叫她先别着急，两人等冷菲醒了再走。

冷菲被安排在康复中心一层的监护区，她一个人睡在尽头的病房中。说是病房，其实屋里只有病床和一张掉了漆的不锈钢小桌。病房门开着，门外的防盗门牢牢锁着。

马志友和梁薇搬了两把椅子在病房外坐着。两人头靠着墙闭目养神，等着冷菲从药物中醒过来。

半梦半醒到了黄昏，马志友被暖气给热醒了。他喉咙干得发疼，眉骨和眼皮已经全肿了。屋里的冷菲还在睡着，马志友拍醒了梁薇说先去吃点东西。梁薇给马志友找了件白大褂穿在染了血的棉服外，她又洗了两个新饭盒，然后领着马志友直接去了员工食堂。

食堂人不少，马志友找了个不显眼的位置坐下。梁薇盛了两饭盒的棒骨过来，两人都饿了，在食堂闷头大吃。

吃了一阵，梁薇突然问马志友为什么不回家吃饭。马志友含混地应付，说家里两个人都不爱开火。

"师傅，师娘是干什么的？"

"银行的。"

"啊，银行啊。银行好，铁饭碗。"

马志友嗯了一声，附和说银行是好。

梁薇又继续问："师傅，你和师娘是怎么认识的，别人介绍的吗？"

"同学。"

"啊，同学啊。同学好，知根知底。你俩是什么同学，高中的？"

"初中。"

"初中！你们初中就在一起了？"

"没有，后来才在一起的。"

"后来是什么时候？"

"上警校后的事了。"

当时，马志友跟白雪因为异地太久分了手，正好在同学聚会上见到了杨荻。杨荻的父母刚去世，用她的话来说，两人那时都处于人生的低谷，需要找个人相互取暖，所以他们很快就在一起了。

马志友撂下啃完的棒骨，无奈地看着梁薇，让她继续问，把她想问的一次都问清楚了。

梁薇笑着解释她只是好奇，别的中年男人闲聊都会说起自己的老婆和丈母娘，可她从没听马志友提过家里的事。

"生活都是一地鸡毛，打打闹闹说点伤人的话，都是在所难免。"马志友看到梁薇意犹未尽的眼神，"你想知道我老婆怎么说我的吗？她说我自私，她和她家那些八竿子打不着的亲戚都这么说，说我是个只顾自己的人。"

自私的人。这是杨荻挂在嘴边的话，不光她这么说，杨爽也这么跟外人说。

杨爽炒股的钱是马志友给的，儿子犯事是马志友平的，几次险些被人骗钱也都是马志友给拦下的。马志友觉得自己的付出已经远远超出了本分，但她们总是不满意，觉得这些都是马志友应该做的。

"怎么会，你还自私？我觉得你是我见过为人最细心、最会照顾人的男的。"

"哦，是吗？"

"就是平时话太少了。你应该把怎么想的说出来，话藏在心里别人不明白，就容易误会。我觉得你应该多说话，多沟通。"梁薇的语气非常真诚。

马志友若有所思地点头，想起小时候自己每次滔滔不绝都被母亲嫌弃话痨。

"师傅，像现在，你不说话，我就只能猜你在想什么。"

"梁薇，人总是口是心非，人说什么是目的，做什么才是态度，你可以不听人说什么，但要看人做什么。"马志友盖上饭盒不再吃了，他还是想把更多秘密封闭起来，但作为师傅，这是他想要教会徒弟的第一个道理。

梁薇倔强地摇了摇头："师傅，你可以看出谎言，我也可以听出谎言。谎言是假的，假的就总会有破绽，眼见不一定为实……"

梁薇说完，也合上饭盒盖子，她可能觉察出自己语气上的顶撞，拿了两人的饭盒跑去一边清洗了。马志友咀摸着梁薇的话，看见两个穿白大褂的人快步离开，他又看看自己身上的白大褂，不禁点了点头，有时候眼见确实不为实。

吃了饭，马志友和梁薇又等了一会儿，冷菲才迷迷糊糊地喊着要喝水。

护士长送了温水到她床边，没解开手脚的束缚，就托着她的头让她慢慢喝。

马志友站在一边，看着被绑的冷菲，心中涌上一股股的酸涩感。

梁薇站在一边，心里也不是滋味。细看之下，冷菲的脸虽然还是肿的，但眼神不再黯淡。她失焦的目光绕过马志友，落在梁薇脸上。

"救我。"冷菲双唇一碰，努力发出了轻微的气音。

马志友在暗中狠狠握了握拳头。

"冷菲，你别害怕，我们警察一定会保护你。"梁薇拨开冷菲落进嘴里的头发，轻抚着冷菲的头，直至冷菲再次昏昏沉沉地睡过去。

匆匆回到局里已是晚上十点，马志友犹豫着要不要直接在队里凑合一宿，最后还是夹着包准备回家。刚出单位，梁薇就给他打电话说，救冷菲的人来领奖金了，问奖金能不能今晚就发。马志友心领神会，让梁薇把人留下，自己这就回来。

赶回局里时，马志友在门口看到一辆白色三菱小货车，车上还坐着个人，显然是在等人。马志友上前敲开车窗，一个嘴边长着软塌塌胡须的男孩瞪着眼睛问什么事。马志友说你是来领奖金的吧，男孩刚点下头又立即摇头。他说，救人的是他大哥，已经跟警察进去了。马志友说，天太冷了，让男孩跟自己进屋去等着，男孩推托不了，只好跟着马志友进了屋。

马志友带着男孩进了办公室，见到了歪坐在椅子上抖腿的小伙子。

小伙子看了眼马志友身后的男孩，马上问他怎么进来了。男孩张嘴刚要说话，马志友就开口介绍自己是刑侦大队的队长，叫马志友。

小伙子点点头，说他叫赵俊杰，是警察在找的热心市民，奖金准备好了吗？

马志友搪塞他说，领钱要走流程。

梁薇笑着把赵俊杰带去了讯问室，马志友端着茶杯进来，让他谈谈那晚救人的经过。

赵俊杰说那晚他开着车，在路边救了一个裸体女人，送去了医院。当时她像条蛇一样从黑暗中爬出来，全身冻得冰冷。马志友问他几点遇见女人的，他说凌晨两点多。马志友继续问是在哪儿遇见的，他说在绥河大桥那边的道上。

所有问题，赵俊杰都对答如流。

"你为什么大夜里来领奖金？"马志友漫不经心地问。

"我在外面跑长途的，刚回来，只能这个时间来……"赵俊杰提高了声音。

"你多大？"

"啊？身份证不是给你们了吗？"赵俊杰反问道。

"外面等着的，是你弟？"马志友换了一个问题。

赵俊杰突然笑了，往后一靠，反问马志友："什么意思？"

马志友撂下笔："救人的是他，不是你吧？"

绥河大桥下是马志友推断出的弃尸地点，以此为中心半径两公里的区域内，警方进行了地毯式的搜查，在河床边不远的省道上发现了五米多的车胎痕迹。现场没有残留物，只在地上找到了一点滴落的点状血迹。血迹检测显示，血液属于冷菲。虽然由现场的车胎印记不能直接判断具体车辆型号，但调查方向可以缩小到轻型货车这一范围里。

深夜救人一命，没有声张就离开的原因是什么？

队里为此进行了激烈的讨论，司机怕担责任是大家的主流想法。

马志友去了事故现场南边的木材厂，了解到木材厂进出的车辆多为重型货车，又发现木材厂的夫妻俩对缺席的儿子讳莫如深，隐隐觉得队里的分析方向是对的，但有什么细节被忽略掉了。最后是墙上挂着的棕褐色羚羊角给了马志友灵感——他做过走私贩私案的支援，两境相交，总有些人会钻空子，干活的同时夹带些私货。

马志友觉得这家人和他们寻觅的小货车主有关系，那个慌忙救人的司机兴许是在跑私货的夜晚目击了杀人弃尸的过程。他让付晓虎散出去的奖金通告是钩子，先碎掉村里封闭的关系，再钩出更多的秘密。

梁薇带着男孩去了讯问室，没说两句男孩就知道自己中套了，待马志友端着茶杯坐在男孩面前，这一夜才正式开启。

男孩是木材厂老板的大儿子，叫郝富强，下个月才满十六岁。暑假时他跟着村里的大孩子赵俊杰学了开车。刚学会开车难免车瘾大，经常追着拉货的赵俊杰要车开。22 号那天，郝富强吃了晚饭，又去找赵俊杰要车开，赵俊杰说他半夜要出车送货。郝富强表示自己可以帮着送货。

23 号的凌晨，郝富强开上了赵俊杰的小货车独自上路，第一次开夜车的他格外紧张。郝富强交代说，他当时差点撞到一个裸体女人，费了老鼻子劲才把她搬上车。

"碰到女人前，你在路上还看到什么了？"马志友问。

"我记得有个人在道边站着。"

"什么人，在干什么？"

"不知道，好像是在看火，看还没完全烧起来的火。"

目击者的出现给马志友打了强心剂，他连夜盘问郝富强，直至把这年轻人的脑汁"榨干"。梁薇在一旁协助记录，熬了一个大夜，天蒙蒙亮的时候，三人都已经精疲力竭。

马志友把赵俊杰扣下，准备交给二组的组长付胜利，他那边正在协助追查省里最大的走私案。郝富强则被梁薇送去值班室里休息。他没成年，被询问了一夜，人已经丢了半个魂。马志友还需要他协助完成犯罪嫌疑人的画像。

一切都安排妥当了，马志友才感觉周身酸痛，他并不想回家，于是去局里的宿舍凑合眯一觉。

马志友一沾板床就睡了过去。没过多一会儿，他听见远方有人唤着他的名字。他翻了个身猛然醒了，见是付晓虎探着身子在耳边叽叽，手还不断拍打着自己。

马志友问现在几点了，付晓虎说太阳已经下山了。马志友一下子从板床上坐起来，见到窗帘缝里刺出白亮亮的光芒，他回手啪的在付晓虎后脑勺上来了一下。

马志友睡觉时似乎压到了伤口，右眼已经肿得抬不起眼皮。付晓虎向他报告说梁薇已经带着郝富强去做画像了。马志友点点头，问他出去这一趟的结果。付晓虎拉开了窗帘，看着大亮的晴天说，他这次去南方，有重大发现。

马志友立刻精神了，他披上警服跟付晓虎一起回了办公室。

付晓虎核查后发现李仁杰是个假身份，重新确定死者身份的工作就又排到了前面。万幸法医提取到了李仁杰的一枚完整指纹，他们将这枚指纹与警方的数据库进行比对，找出了一个叫郑志明的人。

按档案信息看，郑志明的命运颇为曲折。他从山沟里以第一名的成绩考进了和歌市重点大学的金融系，本科毕业走了学工保研之路。在校期间，他进了经管学院的社会经济学课题组，跟着导师为政府项目做咨询。研究生毕业后，郑志明捧上了铁饭碗，去规划局做了科员。三年时间，他在地方基层轮转，之后重回和歌市，顺利当上了科长。

但郑志明人生的上坡路止步于此，他被人举报收受贿赂，证据确凿，被判了五年。刑满出狱后，他的档案就放在当地社保局的人才中心，一直没再变动过。

付晓虎带着对郑志明身份的疑问申请去和歌市调查，他笃定能从监狱、规划局甚至是学校中挖出更多的线索。跨省侦查走访的工作正式启动，付晓虎被属地的同行带去了位于和歌市郊的蓝湖监狱。曾经分管郑志明的狱警已经找出了他在狱中的记录。印象中，郑志明不爱说话，平时做工认真，一有空就读书。历史、文学、计算机，五花八门什么书都读，读完还会拣点有意思的历史故事讲给狱友们听。知道他是文化人，众人对他也都很规矩，没人成心找他的麻烦。郑志明在服刑期间一切太平。

付晓虎又去了规划局。老同事们听到郑志明的死讯都十分诧异。曾经在他领导下工作的年轻人如今也成了机关的小领导，提起郑志明仍是一脸感慨。他说，当初郑志明是从局里被警察直接带走的，单位从上到下，谁都不相信他会做违法乱纪的事。郑志明有能力，有担当，有抱负，工作起来是拼命三郎，谁见了都要竖大拇指。

最后，付晓虎又联系了郑志明已经退休的研究生导师。导师家里，师母抹着泪说，当初小郑每年都托人从老家捎来陈醋泡的黑豆给自己降压安眠。

走了一圈，付晓虎困惑了，在身边人眼中，郑志明是个好人，是个几近完美的人。

除了收受贿赂入狱，他的人生找不出其他污点。究竟是谁，要不远千里置他全家于死地呢？

付晓虎把问题抛给了师傅，马志友让付晓虎深入郑志明的老家再调查一下。付晓虎联系好属地派出所，便从和歌市出发，连夜赶往郑志明的老家。

腥湿的空气褪去，拔地而起的高楼幻化成破旧的土房。付晓虎在颠簸中睡了又醒、醒了又睡，终于来到了郑志明父亲的住处。

眼前的平房墙皮斑驳得透出砖色，小院乱石满地，一口古井上压着灰黑色的腐木，看起来已经很长时间没移动过了。白烟袅袅从屋顶的细烟囱中飘出，这大概是唯一一点有人生活的印记。

民警说，老爷子跟儿子断绝了关系，他搬回山里独居，估计什么都不知道。前天知道儿子死了，老爷子一直没出家门。

付晓虎进了屋，郑志明的父亲裹着花面棉被背身躺在炕上，见警察进来才缓慢地坐起身。付晓虎拿出郑志明一家三口的合影给老头看，问他见没见过儿媳和孙子。

老爷子脸上的沟壑顷刻间被泪水填满，他哆嗦着抓过照片一把扔在地上，愤怒地说老郑家早就绝户了。

"什么意思？"马志友问付晓虎。

"郑志明不行，要不了孩子。"付晓虎往座椅上一靠，他反手从座椅上的背包中掏出一个牛皮纸袋，从中拎出郑志明的体检报告，推到马志友面前，"李明浩应该不是冷菲和郑志明的儿子，是冷菲和别的男人的。我们可以做亲子鉴定验证一下。"

马志友愣了，他从没从这个角度怀疑过冷菲。马志友仔细研究过冷菲的档案，冷菲生于书香门第，父亲是大学建筑系的讲师，母亲是小学数学老师。平顺的生活在儿时遭遇变故，冷菲的父亲因为车祸去世了。他从冷菲停止大提琴考级的时间推算下来，父亲去世那年冷菲十岁，顶梁柱的离开对这个小家而言是巨大的打击。

冷菲的成绩也是从那时开始突飞猛进的，她升入重点初中、重点高中，还得过省级作文比赛的优胜奖。冷菲应该是带着对父亲的眷恋考上和歌大学读建筑专业的。那么，她是在那边遇到郑志明的吗？马志友找到了两人的交集。

档案里，冷菲大学只读到三年级，以肄业结束。冷菲辍学的原因是母亲查出癌症，已到晚期，她只能一边打工赚钱一边照顾母亲。可能是她的孝心感动了上天，重疾的母亲坚持了四年才撒手人寰。

马志友在薄薄的几页纸上看到了冷菲的前半生：她无忧无虑的童年时光美好但短暂，之后便一次又一次被命运卷进风暴，逃脱不掉。

真是个可怜的女人。马志友已经记不得自己感叹了多少次。

"没了她妈这个负担，冷菲和改过自新的郑志明有了孩子，两人决定离开和歌市去绥市开始全新生活？事实并非如此。冷菲怀了别人的孩子，郑志明这个傻帽被骗了。"付晓虎带着点嘲讽的语气感叹道。

"你说郑志明不知道，证据呢？你说冷菲骗对方，证据呢？两人的事是关上门的私事，外人不一定清楚。"梁薇出现在马志友身旁。

"一家人，除了她都死了，这里面谁最可疑？"付晓虎质问梁薇。

"他。"梁薇把素描画像贴在了案件线索梳理的白板正中间，"一米七到一米七五之间，一百二十斤上下，背头，可能戴了假发，穿深色皮夹克。"

画像中的男子有一双细长冷峻的眼，让人想起冬日夜深时山林中独行的狼。他的鼻骨直挺冲上印堂，两条浓眉锁在一起压着眼，额角的碎发蔓延至额中汇成个尖，上下唇饱满而轮廓清晰。

付晓虎起身，把板子一边冷菲的照片取下来，贴在了素描画像旁边。

两张脸摆在一起，五官一个柔和、一个锋利，气质一个清淡、一个浓郁，无论怎么对比都没有共性，但注视一会儿后，又有一种相似感。付晓虎和梁薇一左一右地站在马志友两边，三人盯着白板上的二人，一阵沉默。

"老马，好人啊！"付胜利声如洪钟，打破了房间里的寂静。

马志友从纷乱的思绪中跳出来，只见二组组长付胜利快步走到他跟前，捡起他从椅背上掉落的棉服，扫了旁边的梁薇一眼，笑着说："你就好人当到底，把徒弟再借我用用呗。"

付胜利一米八的个子，一百八十斤的体重。他中气十足，一嗓子能穿透楼板。一张横着长的大脸配了双粗短厚实的小手。他平时总眯缝着眼，一副疲倦的样子。真到了紧要关头，他瞬间就能散发出一股不怒自威的慑人力量。有人私下叫他付老虎，因这绰号太贴切，很快就流传开来。

马志友多了个心眼把赵俊杰扣下，算是帮了付胜利一个大忙——刑警在赵俊杰的三菱小货车上搜到两个大纸箱。纸箱里面是用报纸包得严严实实的小包裹，再拆开就是熊胆、鹿茸和虎骨。人赃俱获，赵俊杰无法狡辩，只能坦白两箱东西本该昨晚送去绥市富达海鲜市场旁的迎泽家属楼。这正是绥市、东市、江市三地专案组准备实施联合抓捕的地点。

赵俊杰的失约必然引起对方的警惕，即将开展的联合抓捕有了新的不可控因素。付胜利灵机一动，准备让女警扮成赵俊杰的相好一起送货，一来可以进到屋中看下情况，二来也是为赵俊杰爽约找个说得过去的借口。女警的人选，作为行动总负责人的付胜利第一个想到的就是梁薇。

走私犯持枪概率极高，同线人一起深入犯罪分子的老窝是有风险的任务。马志友自然不太愿意梁薇冒这个险，提出由男警员假装赵俊杰的同伙去执行任务，但付胜利说那帮人的反侦查能力很强，之前队里伪装成水表工的警员被他们看出来了，第二天连人带货全部转移了。

付胜利直接转头问梁薇能不能行，梁薇立刻点头说自己可以。付胜利叫了声好，拍着梁薇的肩膀，让她赶紧把防弹衣穿上。

马志友知道徒弟是好强，他让她别担心，他会跟着一起去。

去富达海鲜市场的路上，梁薇和赵俊杰一起坐在后座。梁薇换上了貂皮大衣，大衣里面贴身穿了防弹背心。她的短发卷了一下，猪血色的红唇配了一对大金圈耳环，荡在脸颊两边，分外惹眼。

梁薇跟赵俊杰对词，两人是昨晚开始腻乎的，今天起晚了，送完货还要去逛市场买衣服。

"要去吃鱼。"赵俊杰看着梁薇，动了歪心思，他嬉皮笑脸地补充了一句。

"你给我老实点！"付胜利一声吼，赵俊杰马上安静下来。

迎泽家属楼被新兴街、迎宾路、长江路三条大道围在中间，付胜利已经在各个路口安排了人手，行动一旦开始就会封锁道路进出口，不让人有跑出去的机会。外面部署完成，主要警力就进了楼中。疏散完上下两层的居民，荷枪实弹的警员们堵在了楼门口，行动准备就绪。

马志友拉过梁薇，嘱咐说不管怎样都要以自己的安全为重，梁薇让师傅放心，说自己会见机行事。

梁薇会如何见机行事，马志友想不出。梁薇自己也有种说不出的情绪，但并非想象中的兴奋或者恐惧。她吸了口气，挽起赵俊杰哆嗦的胳膊开始砸门，屋内的打牌声小了，一个男人扯着嗓子问是谁。

赵俊杰咽了下吐沫说："是我，开门。"

一阵脚步声后，门开了一条缝，一个面黄肌瘦的矮个儿男人探了半个脑袋出来，瞅着梁薇问："她是谁？"

赵俊杰用箱子顶开门，说梁薇是自己相好的，两人昨晚腻乎过头了，忘了送货。

男人狐疑地打量起梁薇，冷不防被梁薇掐了下脸颊。

男人把赵俊杰让进屋，独把梁薇挡在了门口。梁薇不管，绕过男人跟进了屋子。刺鼻的气味夹杂在烟味中，梁薇皱着眉头问：

"这什么味啊？"

男人只当她是娇嗔，没回答。

打眼望去，门厅是个没有窗户的死堂，从房顶垂下来的单只灯泡断了接线，斜斜地挂在头顶。站在门厅里能看见三道门，赵俊杰搬着箱子进了最右的门。梁薇耐不住性子，叫了声"亲爱的"，便直接迈步要跟进屋去。

然而男人伸手一拦，把梁薇挡到了墙角。梁薇内心重复着拔枪的步骤，但脸上强装镇定地问男人干啥。

男人龇着牙，手直接往貂皮大衣里伸，梁薇忙推开男人。这一推一拉，男人当是调情，更来了兴致，他抱住梁薇，踮起脚就要亲上几嘴。梁薇惊慌失措地撞开了中间的门，只见厨房里散着一地的针头针管。

梁薇下意识地摸了下配枪，这一动作被男人瞬间捕捉到。他二话不说就扯着梁薇的头发将她摔在地上，梁薇在挣扎中一脚蹬开了大门。

武警从楼道口冲进屋里，将骑在梁薇身上的男人当场制伏。

梁薇踉跄着出了屋，屋里传来"不许动"的呵斥声，她大喘着气四下寻找马志友的身影。她探头望向楼道窗外，警车已经把楼宇包围了，悬着的心放下了一半，却又瞥见了窗台上沾着血的针头。

梁薇平复了一下呼吸，终于从腰后拎出了配枪，她手持着枪，一步一步地向楼道里挪去。

一股冷风从耳边刮过，梁薇恍了一下神，那一秒内发生的事情在梁薇眼里成了慢放镜头。

一个瘦得皮包骨的男人不知从何处跳了出来，周身散发出烧焦的酸腐气息，梁薇瞬间明白那就是刚刚屋里的味道。男人将她狠狠地推倒在地，自己一跃爬上了窗台。

梁薇感觉胳膊一酸，但她还是艰难地爬起来，举枪对着窗栏上的男人高喊："警察，不许动！"

男人昂起头，披散的头发下是一张满是烂疮的脸，他歪了下嘴，分不清是哭还是笑。他无力的眼皮勉强撑起一对三角眼，眼珠子形同散黄的鸡蛋。

梁薇瞬间凝滞在原地，她从男人身上闻到了死亡的气息。

枪声从梁薇身后响起，子弹赶在男人跃出窗栏前将他打翻在地。

马志友冲了上来，给中枪的男人铐上了手铐，交给警员押了下去。梁薇望着带着笑意走来的马志友，许久，她带着哭腔叫了一声"师傅"。

马志友宽慰的笑脸在见到梁薇掌心里折断的针头后消失了。他看着远去的瘾君子背影，心里咯噔一下。

梁薇坚持要瞒着警队自己去医院做体检，确定针头是否带病毒。马志友劝不动，只能答应先不告诉队里，但必须陪梁薇一起去医院。两人去了附近的医院，大夫给梁薇安排了采血，做加急检测。

梁薇擦掉了口红，摘下了金耳环，和马志友并排坐在医院的长椅上。她开始一五一十地汇报起行动的细节：没见到赵俊杰的接头人，没弄清屋子的格局和人员，没掌握屋里人的持械情况。

开始时，梁薇还算镇定，说着说着就激动起来，边抹泪边数落自己的过失。

马志友心里酸酸的，他默默听完梁薇的话，把手轻轻搭在梁薇的肩膀上："你别害怕，我们等一等结果。"

马志友说完，梁薇哭得更厉害了，她俯下身，把脸埋在双臂间号啕大哭。

医院中满是生死别离，死神就俯卧在病床上，梁薇的哭泣显得稀松平常。马志友内心不由得升起一阵悲伤，他想起父母离世后的无数个黑夜，他就像此时的梁薇，弱小无助，被巨大的恐慌吞噬。

马志友陷入了自责，他回忆起几小时前付胜利跟自己要人的场景。如果能坚决拒绝，如果能找出其他方案，是不是梁薇就能免遭此难？

几个小时后，血液报告终于出来了。各项检查结果均正常，扎梁薇的针头是没用过的，她暂时是安全的，但几周后仍需要再来进行艾滋病、乙肝、梅毒等吸毒人员常见病的筛查。

梁薇拿着报告百感交集，马志友再次拍了拍梁薇的肩头，终于安下心来。

两人回到局里时，连停车场都黑了灯。马志友停好车，提议让梁薇明天歇一天。梁薇坐在熄了火的车里，没出声也不下车。马志友猜梁薇是心有余悸，想来两人已经熬了两夜，有什么也不好现在说，便催促梁薇赶紧回家。

梁薇还是没回话，转过头看着马志友眉骨上的伤，忽然又哭了起来。

"我只顾着自己，都没想着让医生给你看看。这伤口都发炎了……"

面对梁薇的眼泪，马志友慌了神，他摆着双手忙说没关系，回去擦点碘伏就没事了。

"师傅，那你也快回家吧。你都好几天没回去了，师娘一定着急了。"梁薇抹去眼泪，强忍着挤出一个微笑。

其实马志友几乎把家忘了，但他还是点点头，先逃下车去。下了车，马志友刚呼吸了一口新鲜空气，转头就眼前一黑，脑袋轰鸣着摔在地上。

马志友被一记重拳抡在眼眶上，缝线一下就崩断了。他捂着眼睛，感觉一股热流顺着指缝流淌而下。

将马志友一拳撂倒的人叫孙宇，是梁薇的男朋友。中午梁薇和他通过电话，下午他收到梁薇出任务的短信后，就联系不上人了。

孙宇提心吊胆，一上完学校的课就跑来局里打听。也是巧，办公室里留着的人正是付晓虎。付晓虎认出了他，将烟递到孙宇面前，说梁薇出任务去了，还夸梁薇优秀。

"梁薇什么样，用得着你小子评价！"孙宇挡掉烟，撂下句狠话，离开了办公室。

孙宇把车停在了公安局对面，一遍遍给梁薇关机的手机打电话。他在车上等到入夜，等回了警队所有的出车，可还不见梁薇。

孙宇无助地趴在方向盘上，瞪着眼盯着大门不敢眨眼。到了午夜，他终于等来了疾驰而来的小轿车，直觉告诉他梁薇必在那辆车里。

孙宇这半日积攒的情绪已经堵在了心头，他双手插兜走进公安局大门，保安也很惊讶，没想到孙宇能等到这会儿。

孙宇一路小跑去了空旷的停车场。车里黑着灯，里面的人也没动静。他绕到车尾，从后玻璃向内张望，黑漆漆的什么都看不到。他心中的火已经蹿到脑门上，一夜的愤怒即将决堤，他当即决定给梁薇和她幽会的对象一点教训。

见男人从车中出来，他二话不说举起拳头，掰过男人的肩膀照着对方眼窝就是一拳。男人没挣扎，轻飘飘地倒在地上。梁薇在一旁怒吼，喊着"师傅"跑到了男人身边。

梁薇艰难地搀扶起马志友，对着孙宇大吼："傻愣着干吗，快过来搭把手啊。"孙宇被这一吼震慑住了，他顺从地上前跟梁薇一起把马志友搀进了大楼。

马志友坐在两人中间，终于明白了事情的始末，他自己按着伤口起身去了厕所。对着镜子揪出了半段缝线，又将顺了眉眼。他在厕所多留了一会儿，看血止住了，觉得外面的误会应该也解除了，才慢悠悠地走出来。

孙宇迎上来，提议送马志友去医院看急诊。马志友摆摆手说口子合上了，线也拆了，不用跑医院了。孙宇停顿了一下，用更加真诚的语气提议马志友和他们一起去吃点东西。

"梁薇说过马队长总是饥一顿饱一顿的，现在肯定还没吃饭吧。"马志友有点意外，他没想到孙宇会发出这样的邀请，他确实又饿又冷，眼下无论去哪儿吃点什么都好。

他们去了公安局旁边的小餐馆，张罗困倦的老板娘开火做了锅包肉，又点了大拉皮。马志友的食欲一下就上来了，他几口吃光了一碗饭，又加了冒尖的一碗。

有食物垫底，三人紧绷的情绪也舒展了。孙宇拎了两瓶啤酒，给自己和马志友各倒了一满杯。梁薇用茶水涮了个空杯子，倒上一杯茶。梁薇跟孙宇说，今天她以茶代酒敬师傅一杯，没有马志友，今天她可能就没命了。说罢，梁薇一饮而尽，把自己失联的经过讲给孙宇听。孙宇一言不发地听完，端起酒杯，满脸羞愧。

"我自罚三杯，是对我冲动的惩罚。"孙宇不眨眼地喝下三杯酒。

马志友刚想按下，孙宇又举起杯。

"我再罚三杯，是对薇薇的歉意。"

孙宇又喝了三杯。

马志友知道他是有意买醉，就让老板娘把没开瓶的新酒撤下去。孙宇一拦，用筷子一撬，又开了一瓶新酒。

"马队长，这是我对你的歉意，今天都是我的错。"孙宇不管不顾地对瓶吹，啤酒沫子沿着嘴角一直往脖领子里灌。

梁薇坐在一边不劝不拦，马志友有些难受，他是被迫卷入这小两口的情感博弈当中的。

孙宇又喝完一整瓶酒，他拎着空瓶放在脚边，想说点什么却又泄了气。梁薇在孙宇耳边小声说了几句话，孙宇点点头，晃动着起身出了店门。

孙宇担心梁薇，担心到不分青红皂白，担心到头脑发热。陷在爱河里的人都是疯狂的，让外人看不懂。

"梁薇，你不了解男人。有时候男人挺脆弱的，这点不比女人，女人狠起来让人害怕。"

"这是你的想法，还是男人的想法？"

"有区别吗？"

"有。如果你这么想我会失望。如果男人都是这么想的，那……"

"什么？"

"那我看不起男的。"梁薇想了想，补充道，"因为女人不符合男人的温柔幻想，就觉得女人令人害怕？这么想的男的，真的太没意思了。"

梁薇激动得有些语无伦次，她的强硬让马志友随即退让了，他缓和道："遗憾啊，让你失望了。"

此时已经是凌晨两点了。在一个小饭馆中，马志友正在和一个二十几岁的姑娘对坐，谈论着男人与女人的话题。这让他不免觉得有些荒诞。

"孙宇知道我的想法吗？知道我的心情吗？他的失控，是因为我，还是因为控制不了我呢？你是男人，同情男人的脆弱，觉得那就是爱，可我不觉得，我越来越不这么觉得了。"梁薇盯着门口，不知是不是在期待孙宇回来，"我和他之间的感情是不是错觉，我们是不是误会了彼此？又或者说人与人之间的关系本身就是由误会搭建的，我们相信自己是爱着的就是爱着的，是被爱的就是被爱的？什么是所谓的爱呢？"

马志友没有答案，这些话听起来像是梁薇的自问自答。

"师傅，我没想好要怎么说，就是隐隐觉得有什么不对。尤其今天付晓虎回来，提起冷菲的事。"

马志友心里担心独自在外面冷静的孙宇，但又不能打断梁薇，他知道梁薇在车里就想对冷菲的事情再说几句。

"我知道你不同意付晓虎的判断，但他也有自己的依据。"

"孩子是男人的软肋？"

"绝对。"

"如果孩子是男人的软肋，那是女人的什么呢？是女人的垫脚石？"

"谈案子要就事论事。"马志友看出梁薇此刻的情绪波动，她对孙宇失态的反应远大于她自己的认知。马志友一阵唏嘘，他一下懂了梁薇，她爱着孙宇，深深爱着孙宇。

"师傅，女人的火是在心里烧的……冷菲她……"梁薇激动地说着，话被孙宇的回来打断了。

孙宇从脸到脖子的皮肤都是通红的。他睁着布满血丝的眼睛，直勾勾地看着梁薇，坐回了座位。孙宇靠着墙反复说着自己没事，两三句后便歪着头睡着了。

梁薇见他睡熟，便对马志友提了一个问题。

"什么情况下，男人才会保守老婆出轨的秘密？"

马志友的思绪被拉回了两年前，一个稀松平常的周日午后。他从局里出来，想到周末又没回家，心里有些愧疚。他没提前打招呼，直接打车去了银行接杨荻，她因为没孩子总被安排周末加班。

马志友在银行门口见到了杨荻经常蹭坐的凯美瑞。车上坐了四个人，杨荻应该已经上车了。马志友让出租车跟上凯美瑞。

第一次停车，杨荻的组长从副驾下来了，她姓张，留着齐耳短发。她裹着合身的羊毛长大衣，脚下踩着细高跟的靴子。杨荻说，她家里有点势力，仗着有点姿色生出很多故事。

第二次停车，下来的是小丁，杨荻也跟着从后座下来。两人拉着手说了几句话，告别后，杨荻换到了副驾。

马志友看着凯美瑞再次启动，告诉司机继续跟着。出租车司机忌惮马志友身上的警服，战战兢兢地问是在出任务吗？马志友点了烟，摇开了半扇车窗，任凭风呼呼地涌进来。

他认出了，现在凯美瑞开上了回他们家的路。

眼看着凯美瑞停在了家门口，马志友叫停了出租车。他塞给司机一百块钱，远超过打表的钱数。

"是嫂子不？"司机给马志友递上一支烟，一脸好奇。

马志友接过烟扭头点上，压着嗓子挤出一声"滚"。

马志友远远看着杨荻下了车，手里拎着个纸袋子，又多回了次头，多笑了笑给车里的人看，然后心满意足地甩着袋子回了家。等杨荻进了楼道，那辆凯美瑞才干脆利落地离开。

马志友缓缓抽完一支烟，看完这一幕，才慢悠悠地回家去。

那一晚依旧稀松平常，马志友和杨荻说了些可有可无的话。到了十一点，他推说自己要赶报告，让杨荻自己先睡，杨荻一反常态立刻钻进了卧室。马志友假装写了半小时报告，确定杨荻已经睡着后，才蹑手蹑脚地去了玄关。他惦记了一晚上的纸袋子就挂在玄关的衣架上。

马志友取下纸袋，里面有个布袋，他解开布袋从中拎出只皮包。包四四方方，硬挺，有真皮的味道。他上下打量了好一阵，才把包放回了布袋，系好绳子装进纸袋里。他开始细想杨荻的每一个皮包，想这包应该不便宜。如果包是开凯美瑞的男人送的，杨荻敢大大方方地拎回家，那就说明她足够坦荡，说明她单方面问心无愧。

马志友精神头上来了，他翻出家里的相册来看。和杨荻的合影不多，照片里杨荻总是抿嘴微笑，一只手挽着马志友。马志友已经忘了自己身形瘦削时的青涩模样，他盯着照片看了很久才想起当时他看镜头时总会不自在，所以照片里他的神情总是带点怯懦。他又翻出了儿时的家庭照，看到母亲的一瞬间，他流下了眼泪。他想到自己无父无母无儿无女，突然觉得孤单得要命。

马志友在三十五岁生日的子夜下定决心要一个孩子，这个孩子将成为他的铠甲和软肋，使他孤独的生命旅程获得延续的意义。

马志友从回忆中回过神来，先将梁薇和孙宇送回家，自己又回了局里的宿舍。他找了张空床躺下，却被一股股涌上来的脚的酸臭味熏得辗转难眠。女人的心像火在烧，男人发现不了吗？只是不去揭穿罢了。因为他还不想失去。他终其一生都在生命之河中打捞，把欲望捞进自己的网，男人建造自己的王国，最终都会成为孤独的国王。马志友沉沉地睡了，睡梦中他听见杨荻越走越远，她嗒嗒的鞋跟声一下下踩在他的心窝上。

"师傅、师傅，你快醒醒。"付晓虎再次摇醒马志友，"康复中心出事了。"

"什么？"

"冷菲跑了！"

马志友全身汗毛直立，一下子清醒过来。

b

暮色生变

陈皓将车开得飞快，但他无论如何也甩不掉自己不堪的过去。
颜影的到来将他对新生的幻想撕得粉碎，
他握着方向盘的双手随着倾泻的恨意颤抖起来，
他对着天咒骂、嘶喊，为什么老天要给他这样痛苦的人生，
每一次都将他想重新开始做个清白好人的念想断得干干净净。

心电监测仪平缓的嘀嗒声衬得手术室中人声窸窣。

无影灯下，赵荣强光着浮囊的身子躺在手术台上，嘴里插着管子，靠呼吸机续命。不大的手术室中挤了麻醉科、心内科、体外循环科三个科室的医护人员以及见习的医学生，准备见证这一场生死博弈。

手术有序进行，不一会儿，鸽子蛋大的血栓从左心房移到了手术盘中，手术室的气氛一瞬间轻松起来。赵荣强流了一滴泪，泪水顺着之前的泪痕滑进了脖子。麻醉医生看到了，赶紧逐一检查设备，还好是虚惊一场。

"唉，知道你心里苦啊。"麻醉医生掌心搭在赵荣强的脑门上，温情地说。

"众生皆苦啊……老爷子，我们这么多人陪着你，你要坚持住啊。坚持，坚持就是胜利！"主刀医生也在给他加油打气。

"老哥，你身子遭罪了，受了皮肉的苦，你只当是梦一场。梦里你不遭罪也不受苦，想去哪儿去哪儿，想干吗干吗，什么都能心想事成。"麻醉医生看了看吊瓶上的名字，用近乎命令的语气说，"赵荣强啊，你就想让你开心的事，让你高兴的人，想那些好日子！"

赵荣强不确定是不是真有麻醉医生这么个人，也听不清对方到底说了什么，他只感觉随着那造梦的声音，他见到一簇膨胀的光团翻滚而来。他无法抵抗地被其笼罩，他的双手双脚融化在光芒中，感受到超越语言形容的宁静与平和。

光束将他卷进记忆里的夏天。蝉鸣渐起，不合情理的桂花香气弥漫，他任凭阳光穿透树叶的缝隙洒在脸上，慵懒又温暖。他仿佛看见蓝湖监狱的铁门在身后拉开，留着寸头的犯人们被放出来，他一眼就看到了郑志明。

藏在盒子深处的东西被重新打开了。

郑志明拎着个透明的塑料袋。他没有多余的行李，一人步履轻盈地横穿马路，来到赵荣强面前。赵荣强弹掉手指夹着的半截香烟，迎上去给了郑志明一个拥抱。

"志明，辛苦了。"

郑志明回握住赵荣强的手，点了点头，泪花在眼眶中打转："终于出来了。"

感叹完，郑志明从塑料袋中取出一本《山海经》的画册。他把画册郑重其事地放在赵荣强手里，说你爱画画也爱听故事，这本书你拿去看吧。

赵荣强摩挲着封面泛黄的旧画册，爱不释手。他把郑志明拉上了金杯车，车从蓝湖监狱开往城市另一头的夜巴黎洗浴中心，那是赵荣强用顶罪入狱的报酬盘下来的。

最初，他留下了正经搓澡的师傅，不再做沾荤腥的买卖，生意坚持了一年实在干不下去，他二话不说卖了轿车填上。赵荣强打定主意要将生意扛到郑志明出狱，给他个重新开始的新念想。为了这一天，他甚至准备了全新的西装、皮鞋。

车经过海边，赵荣强摇下车窗让咸湿的海风灌进车里，他痴痴地望着荒地上肆意生长的花海，点了一支烟，问沉默一路的郑志明那是什么花。郑志明说那不是花，是蓖麻，野生蓖麻长的第一茬就是火红火红的。赵荣强对满腹学识的郑志明再次钦佩起来，他把痴痴的目光从那片蓖麻转回来，转向郑志明鼻梁上的旧镜架。

他听郑志明讲起吃蓖麻种子中毒的童年糗事，对方不紧不慢的嗓音在车中荡漾。赵荣强眼前跳出个皮肤黝黑的野蛮小子，他光着脚丫跑在林间，爬上树枝采摘树上的野果。

郑志明按下播放键，车载音响中传来邓丽君的歌曲。郑志明与赵荣强不约而同地笑了。笑过后，郑志明指着那片红艳说，你要记住这里，记住这儿现在的样子。他的语气比平常还要认真。赵荣强把注意力从郑志明的眼镜转回来，把大海与蓖麻的画面印入脑海。

洗浴中心营业的最后一天，赵荣强给搓澡工王师傅包了个大红包。王师傅给赵荣强递上了最后一支烟，两人坐在更衣室一起抽。王师傅多少有些惆怅，他没忍住，劝赵荣强当大老板的总不能单从搓背上赚钱。赵荣强无奈地笑了笑，说自己不想干那个了。

"为啥？"王师傅追问。

"想当个好人。"

"嗐……可好人赚不着钱……"王师傅一拍大腿，真心实意为赵荣强可惜。赵荣强不再吱声，王师傅明白了他的意思，也不再多说，脱掉衣服，穿着三角裤衩，甩着毛巾进了浴室。

一人的更衣间，赵荣强仰头向空中吐出烟圈，烟与水雾混在一起，笼起了愁云。

赵荣强无法抑制地笑了起来。

"真好啊，原来有人依靠，穷途末路也能这么轻松。"

赵荣强的第一次穷途末路是在三十岁。年轻时，他跟着镇上的大哥去异国讨生活。那时，他模样俊美，勤快懂事，因此干活他总比别人多得一些钱。赵荣强的心愿很简单，打工攒钱回国开个小饭馆。他喜欢做饭吃酒，想过无忧无虑的生活。

赵荣强忍受着孤独与寂寞，没日没夜地干了五年，靠倒卖生活用品赚到了人生中的第一桶金。消息很快传回国，他迎来了村里的一众兄弟出来投靠。

那么多人要吃要喝，日用品的利润显然不够，赵荣强动起了做大麻生意的念头。他虽是个外行人，但几次小买卖做下来很快就有了名气。只怪他当时没城府，被眼红的人设套对上了地头蛇。一场突如其来的火拼后，赵荣强钱没了，货丢了，还被子弹打掉了一个脚趾。

赵荣强脚跛了，他把自己关在屋子里待了一个月，再出来时，他带着全部家底去了地下赌场，结果在赌桌上把余下的钱输了个精光。

曾经前呼后拥的兄弟们此时都对他避之不及，他走投无路，在海滩上坐了一天，一无所有地逃回了国。

那是赵荣强的灵魂暗夜，三十岁人生的危机与转机。回国后，他一无所有，就替人顶了罪。

监狱里，他有大把的时间去思考自己该何去何从。他收敛锋芒，第一次学会了不露声色。他观察着形形色色的人，明白混子们虽然够勇够狠，但争斗不过是为了一时意气或蝇头小利。他们看不到他人，也看不懂人性，正如曾经的自己。

　　赵荣强很清醒，这群傻子不管在哪儿都是别人的工具。他需要笼络的人，要有脑子，有知识，有格局。赵荣强选中了郑志明，他是自己理想的副手。赵荣强承诺自己先出来打点好一切，等郑志明重获自由，两人就携手干事业。

　　如今，赵荣强的承诺只兑现了一半，他等来了郑志明，但值得两人携手拼搏的事业在哪儿还无从知晓。

　　郑志明用柚子叶拍了身子，搓了盐浴，从头到脚成了干净的新人。他穿上赵荣强准备的新衣新鞋，尺码刚好。郑志明要了一份和歌市的地图，查看了新修的道路，开着金杯带着赵荣强去了和歌市地理位置最高的半山公园。

　　"你烟抽得太多了。"郑志明的语气微妙，责备中夹杂着关心。

　　"是吗？没注意……抽过这个月，我就戒了。"

　　金杯的空调开了跟没开一样，赵荣强摇下车玻璃吹风，他看向窗外："志明啊，不瞒你说，这洗浴中心怕是走到头了。"

　　"是啊，早晚的事。"郑志明话接得很快，没有半点可惜的意思。

　　赵荣强还是自责，他想起之前夸下的海口，觉得辜负了郑志明的才华而心神不宁。赵荣强把自己的半截烟递给郑志明，他记得郑志明烟瘾很大。

　　郑志明接过烟，浅吸了一口，仰头将烟雾叶向了车顶。

　　"早就戒了，就算现在能抽了，也不想沾了。"郑志明把烟往车窗外一弹，一脚油将车子开上了山顶。

　　赵荣强跟着郑志明下了车，两人找了个好视角眺望城区。

　　"在老家的时候，我经常一个人去我们那边最高的山头，一待就是两小时。"

"干什么呢？"

"不干什么，就是看山。我们那儿什么也没有，除了山就是山。老家的人在山上种东西收东西，生孩子养孩子，一辈子转瞬即逝。"

"你不一样。你从山里走出来了，是好样的。"赵荣强拍了拍郑志明的肩膀。

他想着郑志明和自己本是一类人，都是不甘平庸的人，也难怪他见了那么多奇人、怪人，唯独对郑志明打心眼里钦佩。

"哥，你看那边。"郑志明伸手指向一片突兀的高层建筑，它被杂乱低矮的棚户区圈了起来，"我就是因为那片楼进去的。说来唏嘘，都说进了号子要好好改造，忘掉过去，重新做人。我忘了很多东西，唯独那块地的规划像烙在脑子里了，忘也忘不了。"

郑志明随手捡起一块石头，在地上画了起来。

他标出了城市一边的湖海，待搬迁的棚户区，并按照顺序标注了序号："原来我跟你说过南方北方，要选南方；内陆沿海，要选沿海。出力气的拼不过用脑子的，人生的叫钱，钱生的叫财，我们出来了，就不能再傻下去了……"

赵荣强注视着那片城市中的洼地感叹道："你是读书人，你有知识，有智慧，你说的我都信。我哪儿都没去，就在等着你出来，等着你好好规划。你说要做和地有关的买卖，我就选了洗浴中心那地方，你不能说那条街不够繁华……可你看，这世道容不得我们做干净生意。"

"我知道，我们还没走到那一步。"

"哪一步？"

"赚干净钱的那一步。"郑志明理性地回答。

赵荣强想，郑志明知道自己的过去，他走私的路子还没有断，用钱还能捡起来。

郑志明在棚户区圈了一个圈，回头望向赵荣强继续说："你说过，你最懂我。哥，我是替人背锅进去的，是有政治污点的人，我回不了头了。但我也好、你也好，我们没对不起谁，我们问心无愧……哥，你若不嫌弃，我们就从这里涅槃重生吧。我们得去过好日子。"

赵荣强从郑志明的眼中看到了锐利的光芒，犹如尖刀一样穿透他的胸膛，他狠命地点头："对、对，我们要过好日子。"

"你我肯定不够，我们得有自己的人。"郑志明说。

"人，可以有，可以有啊！"赵荣强激动起来，好日子的图景随着阿德、蛇子、陈皓的脸一起浮上心田。

"有人，就要赶紧弄钱，按部就班来不及。我们得先人一步，尤其得先有钱人一步。这是场战役，一场要打得又快又好的战役。"

"好！脑子和胆子，你我凑齐了，就没有打不赢的仗。"赵荣强露出了势在必得的笑容。

"有了第一桶金，就立刻去棚户区买房子，能买多少买多少，然后就等着。等待的时间就做里面人的生意。"

"什么生意？"

"赚钱的生意，亘古不变能赚钱的生意。"

"我不碰毒了，那东西和我不合。"

"那就不碰毒。你知道做这些不是目的，是路径。我们要做的是跑赢时间，躲过别人的眼睛让钱悄无声息地积累，让钱变成资本，等城市发展。等到那一天，我们有资本，有地皮，就能在荒地上建起属于我们的大楼。"

"等到那一天，就能用钱去赚钱，过我们想要的生活？"赵荣强难掩激动地问。

"对，我们就去过想要的日子。"

郑志明的笑容浓烈得犹如黄昏之光，两人雀跃的心情一直持续到夜深。赵荣强喝了点酒，看郑志明更觉得亲近，他有一肚子的话急着倾吐。但赵荣强告诉自己不要急，志明刚放出来，以后的日子还长呢。

他在床头点了支一等一的檀香，香气犹如春风拂木般令人心神荡漾。

屋里弥漫起薄如纱幔的烟雾，赵荣强透过烟雾看到郑志明盘腿坐在床边，他撕下肩膀上灰绿色的腐肉拍在自己的脸上。一股腥臭扑面而来，赵荣强失声尖叫，把自己从梦中唤醒。

病房中，心电监测仪发出坚定有力的嘀嘀声。阳光穿透玻璃照射在白被单上。

赵荣强知道自己没死，他又活过来了。

赵荣强从入院到出院，满打满算刚好七天。

在极致的疼痛中，他好像忘了生与死、爱与恨、过去与未来。什么都没有，只有纯粹的、清醒的、无止境的痛苦。在他被推至生命边缘、将死未死的那一刻，他感受到苦楚突然消失了，像它从没造访过一样。

赵荣强遵从医嘱，喝了大量的水冲掉了身体中的造影剂，所有事务一概顺从护士的安排，吃饭、排泄、睡觉，一切正常。

赵荣强肉眼可见地好了起来。主治医生说他身体底子好，恢复力堪比小伙子。赵荣强作揖，他感谢现代医学昌明，感恩医生妙手回春。留观期一过，阿德就开车接赵荣强回家休养。

厨房墙壁贴上了彩色的面包砖，灶台换去了朝南的方向，烧黑的毛玻璃换成了茶色的，即使临街也看不到屋内。赵荣强看出这番布置是花了心思的，即使他完全不喜欢也不在意。他点着头对后面的蛇子说谢谢，谢谢他费力为自己着想。

蛇子把住院的单子摊在桌上，最上面放着赵荣强应急用的银行卡。他说阿德粗惯了，还是要有人把账算清楚。蛇子把卡里有多少钱、花了多少钱、还剩多少钱，一一报给赵荣强听。

"大难不死，必有后福啊。"蛇子搓着手，说着恭维的话。

赵荣强拿起卡，又重新放到蛇子手里。他请蛇子多费心，以后帮自己去医院跑个腿取个药。蛇子没想到生病后的赵荣强变得如此温柔，他知道对方爱说软话，但也从来没像现在这样倚重自己。赵荣强拉起蛇子的小臂，手指在褪色的文身龙鳞上摩挲，他点了几处，要给蛇子补色。蛇子没想到，赵荣强连多年不碰的刺青手艺也要捡起来了，他断定赵荣强萌生了退意，于是连声应和让赵荣强先多休息。

赵荣强觉得自己变了，在生死危机后突然有了觉悟，他生出了一种对众生的同情，在他看来，每个人都不容易，太不容易了。

出院第二周，赵荣强腿脚有了力气，让阿德送自己去寺庙里拜拜。他一个人跪在佛前，心里全是感激。他觉得自己的命是神明救回来的。拜完佛，捐了香火钱，赵荣强神清气爽地走出寺院，被一个中年女人拦下了。

"看看相吧。"女人凑到赵荣强身边，"老哥，我看你面相是有佛缘的人。你脑门开了三眼，有佛光，你家中三世都与佛祖有缘。我们今天能在此处相遇，就是缘分，我给你看看，不占你多少时间。"

赵荣强在异国时也遇到过一个会算命的女人，那时他走投无路动了自杀的念头，一个人带着手枪去了海边，想最后看一眼家的方向。那个女人感知到了他的念头，围上来叽叽咕咕地说了很多话，她夺下那把沙漠之鹰，清空了弹匣，用子弹在沙滩上摆了个箭头，又围着赵荣强画了一个圈。女人提着枪走了，赵荣强在沙滩上坐了一天，直至太阳下山，她也没再回来。他自己跨出圈，拾起子弹沿着箭头的方向走，遇到了带自己跑回国的船工。

赵荣强还是有点信命的，他停下脚步，任由女人拉着他去了树荫下。

"老哥，你是能做事业的面相，做好了还能做到海外去。"女人边说边点头，"请问老哥的八字是？"

赵荣强报上了出生年月时辰。

他看着算命女人，算命女人看着他的掌纹，赵荣强确定她是个骗子。赵荣强默默笑了，笑自己，也笑这世事。他觉得这是老天给他的考验，他要全力配合。

"老哥，不对呀，你是贵妃命啊。"

"哦，你说说看。"赵荣强语气平和，心中却起了涟漪。

"老哥，你这一生不愁吃喝，走好了有两步大运。"

"哪两步大运？"赵荣强问。

"第一步是二十六到四十六，第二步是六十一到八十一啊。"

赵荣强不自觉地点了点头，他想到还有那么多年能活，能攀爬到新的人生高度，不由得感到兴奋。

"可老哥啊，眼下你怕是时运不济啊。"算命女人生出些感慨，"我说的没有错。你生性是极善的，智谋高志向远，只是太过心软。人若是心太软，最后就成不了事。"

"是吗？"赵荣强脸上挂起了和善的笑容。

"但老哥的八字漂亮，你年轻时朋友多、贵人也多，只要能静下心修行，还是可以化险为夷、渡过劫难的。"

"劫难？我有什么劫难？"赵荣强忍不住追问。

"桃花劫。"

赵荣强扑哧一下笑出了声："桃花劫，好一个桃花劫。你再说说我有什么桃花劫。"

"再说下去，就破了天机了。天机不可泄露啊。"女人停顿了一下，拉着赵荣强不放手，"不过，我看老哥特别面熟，我们一定是有缘的，我也是真心愿意帮你……"

先是算命，再说有劫，然后就劝人拿钱改命，破财免灾，老套。赵荣强在心中感叹，他识破了把戏，依然给女人手里塞了钱。赵荣强上了车，感觉轻松异常，他想自己又通过了老天给出的考验。

沿海的高层楼房已经开始封顶，曾经的荒地已经消失殆尽。赵荣强想起蓝湖监狱的夏天，想起酷热的牢房中他和郑志明一首接一首地念着诗，想起郑志明细细长长的眼睛，薄薄的眼皮，疏离的目光。

赵荣强无声地叹息，郑志明的背叛是扎在他心上的刺，想一遍，刺就扎得深一些。他希望自己释怀，但他做不到。他有个玻璃瓶子，里面装满了蓖麻籽，那瓶子就摆在厨房最显眼的地方。

赵荣强像积攒千纸鹤许愿的孩子一样，将憎恨的种子一颗颗收集起来。他曾经每天睁眼就许下同一个愿望，愿离开自己的郑志明不得好死。

但重生后的赵荣强变了，他觉得他对郑志明的恨淡了，对往昔的背叛也彻底释怀了。

"紫色雏菊簇立在更深色的瓶内，在刻镂着福与寿字的古老花瓮，在异乡的风里凄愁。"赵荣强吹着海风，想起了他和郑志明一起读过的诗句。

"老爸，心情挺好啊。"阿德回头看了眼，提醒道，"医生说你不要吹风。"

赵荣强笑笑，便摇上车窗，顺从地隔窗欣赏着风景。

回到家，赵荣强借着好心情去了陈皓的阁楼。他开窗散去了霉味，收拾了床铺，捡干净一地的烟头。待清理完房间，赵荣强的小腿已经不自觉地抖了，他赶紧坐到床上休息。

"狗娘养的东西啊。"赵荣强的心头涌上一股怒火，他从床上弹起来，开了陈皓的柜子，从黑麻麻的衣服中抽出了自己织的白围巾。

赵荣强攥青了自己的指节，当即找阿德从棋牌室后院拉出了颜影。一顿劈头盖脸的毒打后，颜影跪在赵荣强脚边，嘴里还狡辩着自己什么也不知道，让强哥相信自己。

"好好，我相信，我相信。"赵荣强喃喃自语道。

阿德把颜影拎起来，再一巴掌抽倒在地上。颜影被打得头晕眼花，躺在地上一动不动，阿德一脚踹在她肚子上。颜影几乎要失去意识，嘴里还念叨着让赵荣强相信自己。

蛇子不知何时从门后走进来，他掏出把小刀抵在颜影满是血沫的脸上，恶狠狠地说："想让强哥相信你，就快点说啊！皓子去哪儿了？"

"他有女人了。"颜影哼唧着，肿着眼睛看向蛇子，"他是有别的女人了。"

蛇子放下刀，抓着颜影蓬乱的卷发，嘶吼着逼问颜影那女人是谁。颜影躺在地上，嘴里重复着："我不知道，相信我，我不知道。他不要我了……"

赵荣强蹲在颜影身边，他随手拿了白围巾，一点点拭去颜影脸上的血污。

"孩子，我相信，我相信。"赵荣强把围巾随意地盖在颜影脸上，他转头看着蛇子笑了。他走过去，摸了摸蛇子的脸颊，嘱咐说女孩的脸最重要，让蛇子给颜影弄点药，别让她脸上留疤。

赵荣强在屋里点起了安神香，他拿起笔重新填涂绿度母的线稿。

他想起寺庙门前的女人，她说的没错。大难不死的他，在手术台上看到了人世间的答案。他看透了蛇子的贪、阿德的嗔、颜影的痴，无须思考就能预知他人的言行。鬼门关一行让他涅槃重生，运筹帷幄间有如神助。

当天夜里，颜影肿着脸逃离了棚户区。她打黑车去了公交枢纽，又搭大巴去了火车站。她以为难于登天的出逃进行得异常顺利。天边生出鱼肚白的时候，她坐上了绿色的铁皮火车，车厢各处传来乘客高低缓急的呼噜声。颜影的眼皮越发沉重，她偏过头抵着冰凉的玻璃安心地睡了。

和歌到绥市没有直达的列车，中途颜影换乘了一趟，终于在次日中午到达绥市火车站。

颜影套了件黑色粗呢大衣，大衣下露出花里胡哨的喇叭裤。她缩着脑袋去候车室买了根老玉米充饥，吃到一半，她被告示栏上的通缉令吸引了。通缉令很简短：2002 年 11 月 22 日绥市发生了一起入室杀人案件，犯罪嫌疑人现已潜逃。现面向全国征集信息，提供准确线索的有十万元人民币的奖励。

通缉令上的画像是陈皓，颜影一眼就认出来了。陈皓的命值十万。

颜影撕下通缉令，慌张地跑去墙边，她低头呕出了带着玉米渣的酸水。颜影感觉瞬间头昏脑涨，她用通缉令盖住了地面的狼藉，趁没人注意跑出了大厅。

颜影预感陈皓出事了，但没想到是和人命有关。陈皓毕竟和阿德、蛇子不一样，他不是浑不吝的人，赵荣强知道这点，也从不勉强他干脏活。他怎么会背上人命呢？

颜影失魂落魄地走在街上，一不留神撞到个四十多岁的男人。那个男人指了指路边趴活的黑车，问颜影走不走。她不知道该去哪儿，就叫司机送她去了"人民照相馆"。

陈皓不告而别后，颜影料定他是心里有人了，一气之下把他住的小阁楼翻了个底朝天。最终，颜影发现了那张照片：一个女人拥着把大提琴，她下巴抵在琴身的曲线上，露出一段光滑的脖颈。

她用最狠毒的目光盯着照片，火气直贯脑门。她手里死死地攥住照片，回到沾染着陈皓气味的被窝里，开始仔仔细细地端详照片。

冷菲。

相纸背面写着个名字。颜影记下了这个名字，记下了这个名叫冷菲的女人的脸。

颜影摩挲着相纸上的烫金字样——人民照相馆，她对着想象中陈皓与冷菲纠缠在一起的肉体啐了一口吐沫。

呸，陈皓也不过是下贱的男人，管不住自己的裤裆。

颜影想好了所有恶毒的挖苦，她随时准备与他对峙，但陈皓再也没回来，谁也不知道他的去向。颜影去了和歌市所有的人民照相馆，没有人认出冷菲。颜影无计可施，她心一横，爬进了蛇子的被窝。颜影问蛇子陈皓去哪儿了，蛇子笑笑说他还要问她。

"等着赵荣强自己弄清楚吧。他要是回不来，我再替他弄清楚。影影，你知道吗，不管赵荣强这次是死是活，你都没好果子吃。"蛇子系上皮带，嬉皮笑脸地恐吓颜影，"他陈皓完蛋了，你就彻底死心吧。我劝你少动那些鬼心眼子，知道什么你现在就告诉我，也只有我还能护着你。我才是你最重要的男人，听见没？"

"护个屁。"颜影打掉蛇子的手，抓着他的脑袋往自己的胸口按。

颜影的气在无尽的等待中消散了，取而代之的是被遗弃的恐惧。颜影活着的信念就是她和陈皓之间的羁绊，有羁绊，关系就断不了，那陈皓就还是自己的。大概两周后，颜影盼来了陈皓的电话，他的声音很平静，开口就要钱。

颜影嘴上骂了很多浑蛋，但心里窃喜，他还需要她，两人之间的关系就不会彻底断了。颜影赶紧办了银行卡把积蓄都转到里面，还在枕头里藏了一包钱。

颜影有了精神头是她露出的最大马脚。赵荣强出院后的第二周，颜影猝不及防地被阿德从棋牌室后院拎上了陈皓的阁楼。颜影看着赵荣强把薄被叠成豆腐块摆在床尾，他瘦得有些嗛腮，颜影看了不由得可怜起赵荣强。

赵荣强从小柜里一样样取出颜影的现金、银行卡，把所有东西摊在地上，用气音问颜影为什么要这样对自己，为什么要背叛自己。

为什么要这样对他？

她从没想过要如何对待赵荣强，她只是没把他放在心上，她一心想的全是陈皓。

阿德冲上来，一巴掌将她抢在地上，让她一阵头晕目眩。

颜影知道这顿打是逃不过的，说什么只是走走过场，她的一言一语或者微不足道的表情都只是为这场凌虐提供一个借口。她从小到大经历了太多这样的场面，已经了如指掌。

颜影放声大哭，用绝望的声音呼喊着自己什么都不知道，她只希望赵荣强能因为自己的反应痛快些，他的情绪发泄完了，阿德也就能住手了。

"陈皓去哪儿了？你是不是要去找陈皓？"赵荣强轻声细语地问。

"我不知道，我真的不知道啊。"颜影故意扑倒在赵荣强的脚边。

"你看着我。"

颜影喘着粗气，唾液滑过干涸的喉咙，已经感受不到疼痛。赵荣强抹去颜影的鼻血，一下下拍打着颜影的脸颊。颜影费力地睁开眼睛，看着赵荣强。

"阿德爱我，蛇子怕我，我以为你是又爱我又怕我。但我错了。你跟陈皓一样，你们既不爱我，也不怕我。"

"强哥，我真的什么也不知道，你要相信我。"

"好好，我相信，我相信。"赵荣强推开颜影，示意阿德继续。

颜影又被阿德一顿拳脚相加。她蜷在地板上不停地呜咽，疼痛似乎已幻化成毒虫爬了满身。她在心中呼唤着陈皓的名字，她在替他承受惩罚，他亏欠了她，欠债就要还。颜影许愿，愿老天把陈皓还给她，她愿用疼痛作为交换。

颜影哭到一直隐在门后的蛇子听不下去，一手扯过她来。

"想让强哥相信你，就快点说啊！皓子去哪儿了？"蛇子用刀抵住颜影的脸颊。

"他有女人了，他是有别的女人了。"颜影暗自揣度，是时候把注意力移到别人身上来保全自己了，她眯着眼睛，看到赵荣强飘忽的眼神，心里更加笃定这招奏效了，"哥，你相信我，钱我都可以给你。陈皓不要我了，他走了，我才慌了的。我对天地发誓我什么都不知道……"

赵荣强用白围巾擦去了颜影脸上的血污，他眼里噙着泪，一遍遍地说："孩子，我相信，我相信。"

当晚，颜影偷听到蛇子和阿德的谈话，他们提到了陈皓与绥市。她问了同屋的女孩，绥市是哪儿。女孩说那个地方在边境。夜深，颜影偷了女孩的细软，又穿上对方刚买的黑呢子大衣，跑出了棚户区。

颜影坐在驶向人民照相馆的黑车里，北方城市的萧瑟让她陌生。车停在一个小门脸前，说是照相馆，却是座不起眼的二层小楼。

颜影在橱窗前踟蹰了会儿，推门进店就看到了那张冷菲与大提琴的照片，一模一样，被放大挂在墙上。

老板拎着袋柿子从颜影身后进来，他一边往柜台里面走，一边问颜影想拍什么样的照片。

颜影拿出冷菲的照片，问："这张照片是在这里拍的吧？"

老板站定，上下打量着颜影，问："这不是那个老公、儿子都被杀了的女人吗？你怎么有她的照片？"

颜影信口开河道："这是我远房表姐，最近联系不到她人，怎么会……她现在在哪里？"

"唉，听说她受了刺激，在精神病院呢，也是，谁碰上这种事不疯啊……"

颜影小跑出了照相馆,她沿着街道一路跑下去,跑到腿酸得抬不起时,她拐进了"小美美发店",对着正嗑瓜子的夫妻俩说自己要染个头。

再坐进出租车时,颜影换上了一头红发,染发药水的刺鼻气味飘在车中。颜影向司机要了支烟,在后座默默地抽。

她在美发店探听到了故事的全貌,绥市发生了一起灭门案,男的和小孩都死了,就女的活着。这幸存的女人叫冷菲,先是被送到了绥市人民医院,现在被关进了半山上的绥河康复中心。

车就朝着半山开,红色的残阳与白色的月牙一同闪现在天空。颜影的心沉甸甸的,却没有声响。

她敲开了康复中心传达室的小窗,把陈皓的一吋照片递给保安:"师傅,你好心看看这儿有这个人吗?"

保安瞥了一眼,说:"这不就是锅炉房的赵达太?你是谁?"

颜影笑了笑,将一缕头发别到耳后,说:"我是赵达太的老婆。"

保安给锅炉房挂了电话,不一会儿,老徐裹着军大衣跑到了门口。

颜影跟着老徐一路去了半地下的宿舍。老徐指着窗下的板床,让颜影在那里等他。颜影坐到床上,脱去自己的外套,用陈皓留在床尾的旧棉衣裹住自己。

老徐问:"你是来探亲呀?"

颜影点点头。

老徐从鼻子里发出哼的一声,带上门出去找陈皓,准备看好戏。老徐刚一走,颜影就掀开被褥床单,俯身翻看床下,检查四边的床沿。她不知道自己在找什么,只觉得陈皓潜在这里一定是为了冷菲。她要找到揭开陈皓与冷菲关系的那样东西。

颜影找了一会儿，什么都没发现，她气喘吁吁地停下来，目光转向枕头，她记得陈皓睡觉从不枕枕头。她从枕套内抽出了一条毛巾，毛巾上绣着个"菲"字，那是陈皓从冷菲的病房中悄悄拿走的。

颜影悬在半空的心，终于死了。

她这辈子的伤都是她以为的"好人"留下的。

颜影出生在小县城，母亲有些许姿色，但命不好。头两次婚姻选了同一类男人，喝了酒就会把她吊在门梁上打。第三次改嫁她长了记性，找了个长相丑陋的瘸腿男人给颜影当爸爸。后爸对母女俩很好，晚上还会哄颜影睡觉。

颜影十四岁月经初潮，后爸兴奋得难以自持，这让她觉得奇怪。她找母亲说了四年来和后爸两人的小秘密，母亲羞愤地抽了她一嘴巴，禁止她出去胡说八道。

十五岁，颜影上了中专，学护理，认识了同学比她大五岁的哥哥。哥哥喜欢颜影，每天骑着摩托接她上下学。后爸知道后气得跳脚，断了颜影的学费，她便辍学跟着哥哥去了其他城市打工。哥哥过往有如麻的案底，她并不介意。可来到外地后，哥哥原形毕露，颜影忍受了两年的打。两年后的冬夜，她突然梦醒了，推开压在自己身上的醉汉，一溜烟地跑了。她不想回家，就来到了和歌市。凭着遗传的姿色，她成功迷住了小诊所的老大夫，她学过的那些护理技能足以帮她重返人生的正轨。

颜影觉得自己看透了男人，不再对他们有任何感情，但陈皓出现了。

她见到陈皓盖着黄土与血的俊朗面容，看他无畏地从塌方中救出工人同伴，颜影在他身上看到了神的样子，她对他着迷了。

在颜影十九年的人生中，男人只贪婪地渴求着她的身体，既然身体如此宝贵，她愿意将自己献祭给她的神灵。颜影守在拘留所外，成了第一个迎接陈皓的人，她的爱、归属、安全感都要通过被陈皓占有来确认，她决定用孩子将两人的未来永远绑定。

颜影背着陈皓怀了孕，等肚子大了才出现在他面前，却见到了陈皓那张失措到扭曲的脸。陈皓落荒而逃，颜影又清醒过来，哪里有什么神灵，不过是她的又一场梦。颜影打掉了孩子，在她彷徨失措时，赵荣强出现在她面前。

赵荣强称呼她为美丽的孩子，他的眼神确实充满了父亲般的包容与爱。他劝她别怨陈皓，他也不过是个没长大的男孩。她为了陈皓留在了赵荣强身边，成了花花棋牌室暗室里的头牌，也算是留在了陈皓身边。

然而现在，陈皓又一次背叛了她。

陈皓拖着疲惫的身体爬进了被窝，再醒来时见老徐坐在床边，正意味深长地看着自己。

"你小子，挺出息的。"

陈皓不明所以，他坐起身，左肩膀疼得抬不起胳膊，他侧着身披上棉服站起来。

老徐手上端着个铝制饭盒，他把满满一盒酸菜炖棒骨端到陈皓面前："洗衣房给你的，走吧，趁热吃了。"

陈皓跟着老徐去了食堂，他头疼得厉害，也没什么胃口，就打了稀粥，看着老徐狼吞虎咽。

"来这儿的人都是什么毛病？"陈皓问。

"打听这个干啥？"老徐吸吮着手指，把吃完的骨头往桌上一扔。

"我看不出他们有病。"

"你才见着几个，那楼里关着的，发癔症的多的是！昨天夜里有人跳楼了，你知道吗？"老徐停了手，注视着陈皓。

"什么？"

"不是你吗？"

"啊？"

老徐盯着陈皓的眼睛一转，没看出什么破绽："不是你就行，别整那些不来钱的，救别人不如救自己。"

"到底什么事？"陈皓像是被老徐绕弯子惹怒了，瞪着眼追问。

老徐难得得逞，乐呵呵地从口袋里掏出两个黑乎乎的冻梨。

"我在窗外又冻了好几个柿子，你给我看住了，别让鸟给偷吃了。"老徐把冻梨丢在两人的粥碗里，"你等它化了，这梨又沙又甜，贼醒酒。"

陈皓板着脸，不再接话。

老徐一乐，他抄起饭盒里的最后一块骨头嘬着骨髓说："前阵子有一女的，一家子被杀了，自己也疯了，被送进来关着。案子闹得挺大的，你老在屋里不知道，每天都有警察过来，整挺神秘的，不让人打听。但这小地方什么事能瞒得住啊！"

"疯了？"陈皓机械地重复道。

"这正常人送进来，天天电击迟早也得疯啊。"

"电击？为什么要电击？"

老徐一巴掌拍在陈皓的脑袋上："因为疯了啊！我不是刚说了吗，你也失忆了要来两下？"

陈皓想到冷菲虚无的眼神，她果然是什么都不记得了。

昨天，巡夜的护士听见叫声，很快找到了天台。陈皓趁乱躲在暗影中，看着冷菲被五花大绑着拖下了楼。陈皓从密道原路折返，把衣服、钥匙物归原主。这次他心里没有挣扎，决定留下来把冷菲的情况弄个清楚。

"要我说救什么救，还不如让人死了，现在被关在个小黑屋里才叫遭罪。你见过这边的特护病房吗？跟蹲号子一模一样。"

陈皓听不下去了，特护病房里什么样他不知道，但号子他是真蹲过。他想起冷菲狼狈的模样，心里难受得要命。

午后，陈皓一会儿热一会儿冷的，全身疼得起不来床。

老徐来看过两次，见陈皓高烧，埋怨了一会儿就自己出去了。陈皓烧得睁不开眼，只觉得自己是块朽木，躺在命运的河流上宛如浮萍般旋转漂泊，由不得自己半分。

睡到午夜，汗浸透了被褥，烧自行退了。他的身体像打了场大仗，虚弱得厉害，但心里还是记挂着冷菲。陈皓潜到老徐身边，却不见他腰带上的钥匙串。想到老徐对自己有了戒心，可能是发现了什么，陈皓惊出了一身冷汗，他快步回了屋子，扯出枕头里藏着的毛巾直奔锅炉房。他犹豫了半天，终究没舍得烧，又将毛巾叠好重新塞回了枕头。

快走吧。陈皓听见心底有一个声音在劝他，既然冷菲活下来了，他亏欠她的就不剩什么了。她很好，他大可以放心离开，为了自己能活命，他也应该马上离开。

陈皓给自己下了最后通牒，只再见冷菲一次，他真的该走了。

晨间的阳光照进天井，康复中心内的一切依然井井有条。陈皓将煤渣装上车，刚送走了老徐，就见小圆脸站在远处正盯着自己。

陈皓摆摆手，小圆脸冷着脸走过来，字正腔圆地说："我记得你。"

"嗯，我也记得你。"

"不，我记得你、我记得你、我记得你。"小圆脸重复了三遍，说完转身就跑了。

一个念头闪过，陈皓明白了，"我记得你"，是冷菲的回复。

后半夜起了风，走在地下通道中似有猛兽同行。陈皓脚下的路越走越长，他按照地图去了一层的特护病房区。

病房有两道门，正常的房门外还有一道铁栅栏门，铁门上挂着病患的信息卡。写着冷菲名字的卡片很新，笔迹上还有蹭花的痕迹。

陈皓打开门上的挂锁，他把锁挂在一边，小心翼翼地拉开了门。屋里黑乎乎的，什么都看不清。陈皓壮起胆子走进这黑箱中，摸索着挪到了病床前。他打开手电，看到冷菲双手被束在胸前，脚腕被扣在床尾。她的呼吸声很轻，很均匀。

陈皓从怀中掏出了网袋，拿出两个冻柿子。柿子硬邦邦的，陈皓用双手焐了一会儿还是很凉。他正犹豫着要不要放到暖气上，突然发现冷菲已经睁开了眼睛，正目不转睛地注视着自己。

陈皓吓了一跳，手里的冻柿子掉在地上，发出闷闷的声音。陈皓不敢轻举妄动，和冷菲保持着不远不近的距离。

"帮我解开。"隔了很久，冷菲轻轻地说，她动了动身子，示意陈皓帮她解开束在胸前的双手。

"你记起我了？"陈皓躲在阴影里，用气声询问。

"我记得你在天台上。"

陈皓走到角落，捡起了冻柿子。冷菲还没认出自己，陈皓心里挣扎着，想起天台上失控的冷菲，他不确定解开束缚后她会做什么。

"我保证不乱动，不乱叫。我知道你救了我，你不会伤我，我也不会伤你。我只求你解开我手上的带子，真的太难受了。"

陈皓心里难过得要命，他经不起冷菲哀求的眼神，解开了她的束缚。

冷菲活动着手腕，低头说了声"谢谢"。

陈皓注意到冷菲的嘴唇干裂，血痂凝结在下唇上。他拿起柿子在手中焐了又焐，放到了冷菲的床边："这柿子……又沙又甜，你记得吃，你好好养着。"

陈皓脚往后退，他在心底对冷菲道了声"对不起"。

冷菲撑着床栏坐起来："我知道你是好人。"

陈皓不由得一颤，自己哪儿是什么好人。从冷菲嘴里说出来的"好人"二字，更是压得他抬不起头。

"我知道你是好人，你救过我一次，所以请再帮我一次！最后一次！我求求你，帮我离开这里。"冷菲颤抖着哀求他。

离开。

陈皓这才明白冷菲让小圆脸找自己的原因。

"离开这里，去哪儿都行，只要离开这里……"冷菲不禁哽咽起来。

陈皓快步走到门口，确认走廊无人后，他掩上铁门，又关上了房门。陈皓想知道冷菲到底怎么了，经历了什么。虽然他明知道这样很危险，但还是忍不住想打听明白。

"他们总问我问题……"冷菲的肩膀不住地颤抖。

"你要小点声。"陈皓冷静地提醒道。

冷菲咬着嘴唇，不再哭泣，她喃喃地乞求，一直重复着让陈皓帮自己离开这里。

"他们都问你什么了？"

"我记不起来了，我真的记不起来了。我只知道有针扎的感觉，扎进我的身体，我觉得好冷好冷。我动不了，完全动不了……能看到特别刺眼的光，光打在我身上就像火烧一样。好疼！"冷菲说罢再也忍不住了，她把脸埋在臂弯里，呜呜地哭起来。

陈皓听不懂冷菲在说什么，更怕哭声会招来其他人。他来到冷菲身边，轻声安慰道："不要哭了。我不走，你别着急，把话一点一点说清楚。"

冷菲逐渐平静下来。她从臂弯中抬起脸，再次道歉。

陈皓无颜面对她的歉意，他直起身子，缓缓往后退了一步："不要再道歉了，你什么都没做错。"

冷菲抹掉脸上的泪，继续说道："她们说我是做梦，做了噩梦……我看见一个男人，白头发，我问他我在哪儿，他说我病了。我问是什么病，他就贴了东西在我脑袋上。很凉，湿湿的。他绑了我，弄我……我挠他，抓他……我没有疯，那也不是梦。我只是记不清，但我知道，我知道……"

冷菲再也无法继续，她用光秃秃的指甲抠住自己的手腕，企图用身体的疼痛控制情绪。陈皓刚要伸手阻拦，冷菲突然扬起脸又对陈皓说："他说舒服吗……他笑着问我舒服吗？"

冷菲笑了，嘴唇上结痂的口子再次渗出了血。

陈皓想起老徐与婆娘们一张张因八卦而兴致高昂的脸，他突然明白了冷菲的处境，只有自己能拯救她。

"别说了，我带你走。"陈皓注视着冷菲的眼睛，掏出两个曲别针，放在她掌心里，"拿着。"

见冷菲不动，陈皓拿起曲别针，用手指轻松扭出个形状。他取了门上的挂锁回来，在冷菲面前合上了锁扣，然后用弯折好的曲别针在锁孔中来回拨弄，三两下就打开了门锁。

"我再演示一遍？"

冷菲摇了摇头，伸手要来锁和曲别针，她照着陈皓的样子鼓弄了几次，但锁头纹丝不动。冷菲咬着下唇，看向陈皓，等待他的指导。陈皓带着点笑单腿跪地，附在了冷菲的床边，他一点点讲述了弹子锁的构造和曲别针的转动方法。冷菲听得格外认真，她哭肿了的杏核眼在陈皓眼前忽闪忽闪，他几次被那眼神扰乱了心绪。

陈皓在天亮前回到了自己的床上。他记下了冷菲手指的粗细，用曲别针弯了圈套在自己的小手指上。这一晚他睡得很快，梦里，他将一枚闪闪发光的戒指套在了冷菲的手指上。

陈皓眯了几个小时，起来后，他向黑车司机打听到了附近的旧车行。他耐着性子完成了白天的工作，终于迎来了夜晚。陈皓带了洗干净的护士服给冷菲，这是出逃计划必要的伪装。冷菲的指尖已经磨出了泡，她开三次门锁能成功一次。陈皓又给了冷菲一些曲别针，让冷菲明晚入夜等他信号，听到信号就换上衣服从大门出来，他会开着运煤车把她拉出康复中心。

冷菲只是默默地点头。

陈皓说完正事没了继续待着的理由，又回到了地下室的床上。陈皓看着漏风的窗户，闭上眼睛，感觉冷菲就在自己的身边。他在想象中把冷菲拥入怀里，紧紧地抱住她，心满意足地睡去，一夜无梦。

耗过中午，陈皓出门去了旧车行。

车行在村边，有扇幽蓝色的大铁门。前院堆着五金件废料和胶皮管子。陈皓顺着轴承声，绕过灰色的砖房进了后院。后院停着两辆凯美瑞，一前一后。小工正探在发动机上听声，见生人进来，警惕地问他干什么。

陈皓说他是老李介绍来的，要辆车。

"哪个老李？"小工问。

陈皓看了眼没磨干净的发动机号，知道这里停的都是偷来的赃车。

他直勾勾地看着小工，不耐烦地反问道："还有几个老李？"

小工听出了话里的火药味，看出陈皓不是善茬儿，反而觉得安心。他带着陈皓穿过一道小绿门，进了更深的内院。这里停满了小轿车，打眼一看有二十多辆。

小工问陈皓想要什么样的，陈皓选了辆不起眼的白色桑塔纳。

陈皓试了车，试了空调，还在置物箱中翻出了几盒邓丽君和迈克尔·杰克逊的磁带。他从怀里数了一沓崭新的百元钞票给小工，把车开出了院子。

后视镜上挂着的香薰袋已经被晒得褪了色，陈皓揪下来顺手扔出了窗外。他大敞着车窗跑起了速度，冷风不一会儿就替换了车里陈旧的空气。陈皓放了磁带，邓丽君的歌声传来：她在轻叹，叹那无情郎，想到泪汪汪，湿了红色纱笼白衣裳。

红色纱笼白衣裳。

陈皓心念一动，开车绕去了青风外贸市场，给冷菲挑了件米白色的厚棉服，还选了相近颜色的毛手套和毛袜子，外加一条大红色的毯子。陈皓想到冷菲穿上，小小一只裹得圆圆暖暖的，突然觉得幸福。

陈皓的车开得又快又飘，快到康复中心时，车前并进辆警车。他急忙掉转了车头，将车停在一站地开外。下了车，他满心欢喜地绕着车看了两圈，这才不紧不慢地往山上走去。

刚走到传达室前，老王唰地开了小窗，嚷嚷着问陈皓去哪儿了，他媳妇来看他了。陈皓心下一惊，摆了下手就往院里走。

门一打开，他见颜影双手捧着个玻璃杯正直挺挺地坐在床边，她的波浪卷发染成了血红色。颜影看见陈皓，眼睛一下子就亮了。

"臭小子。"老徐踹了陈皓屁股一脚，他拎着暖水瓶，意味深长地看了陈皓一眼，走开了。

"你回来啦。"颜影站起身，走到陈皓身边，双手圈住了他的脖子。

陈皓拉下颜影的手，拉住她一路走出了康复中心。

待下了坡道，陈皓才慢下脚步，问颜影是怎么找到他的。

"我呀，闻着味就来了。"颜影笑言道。

陈皓二话没说，拉着颜影进了车站旁的小饭馆，要了两屉包子和一碗蛋花汤给她，自己去附近取了车。饭后，他开车带着颜影绕去了湖边的僻静处。车没熄火，嘟嘟嘟的在原地哆嗦。车内，颜影掏出个黑乎乎的冻梨，捧在空调的出风口。

"我什么都没说，就说我是你媳妇，想你了，来看看你。"颜影解释道。

"钱你带来了吗？"陈皓直接问道。

颜影没回答，把梨一放，转身抽了后座的红毯子盖在腿上："不如我们就留在这里吧。我盘个地方，咱们开个小店弄头发，或者倒点外贸货，看你。你要喜欢车，弄车也行，都行。"

"我没想过这些。"陈皓干巴巴地回答。

"你不想没关系，我想就行。"

"你回去吧。不想回去就去别的地方。我跟你说了，你借我的钱，我会还你双倍。"

陈皓话没说完，颜影就伸手抽了他一个嘴巴。

陈皓没躲。

颜影抬起手又抽了他的另一边脸。

陈皓依然不动。

颜影的笑容消失了，她咬着牙一下重过一下地捶打陈皓，直到他抓过她的手腕。

"为什么？我就问你为什么？"

"你觉得咱俩这样有意思吗？"

"什么有没有意思？"

"咱们这样太没意思了，这么多年了，你还不腻吗？"陈皓松开颜影的手，转回了身体。

"有没有意思我都舍不得，我舍不得这么多年的感情，也舍不得你。"

"你来多久了？"陈皓不再费力解释，他不想再谈论感情。颜影的到来将给他带来更多不确定因素，他首先要确保自己的安全。他自知对颜影太刻薄，他不爱了，连起码的敷衍都不想给她。他想，自己果然不是个好人。

颜影没搭理他，掏出烟给自己点上，不安地拨拢起胸前的红发。

"问你话呢。"

"没多久。"

陈皓心里安稳了一些，盘算着现在送颜影去火车站，还来得及在太阳落山前赶回康复中心。他恍神的瞬间，颜影用烟头烫穿了毯子，烫破了花裤子，一直烫到自己的大腿上。

陈皓叹了口气，夺下烟捻在仪表盘上："别折腾自己了，你知道我根本不在意。你如果还愿意听我一句劝，就去找个靠谱的男人过日子吧，别再跟我搅和在一起了。别回和歌，也别再给你妈寄钱，彻底断了，都断了，才能重新开始。"

"那你呢，你要干吗去？"颜影问。

"不关你的事。"

"为什么不能和我一起走呢？我们都逃出来了啊，没有强哥，我们俩可以重新开始啊！"

陈皓不回应，只问颜影钱在哪儿。

颜影又点起一支烟，她望向湖对岸，自问自答："我一早就知道你们干吗来了，你们是来杀人的。"

"谁说的？蛇子？阿德？还是赵荣强？"陈皓闭了眼睛，这几个名字让他觉得遥远而陌生。

颜影伸手扳过陈皓的头，对着他的脸不紧不慢地喷了口烟，等烟雾散去才讥笑着说道："陈皓，你他妈是傻了吧，你怎么还能被我套出话呢？"

陈皓没作声，他眼圈一红，颜影也跟着红了眼眶："陈皓，你是来真的吗？你是特意跑回来送死的吗？你他妈是猪油蒙了心！"

见他依旧没回应，颜影把头上的围巾扯掉，露出脸上的青紫："就算你杀人了，我也不会告诉任何人。你正眼看看我，看看这些伤，这都是我为你受的啊！陈皓，你别这样冷着我，我受不了你对我这样！"

陈皓看到颜影脸上的瘀青，陡然想到赵荣强，吓出了一头冷汗。他觉得颜影来得太及时了，如果他再想着冷菲，想着自己的那点负罪感，指不定就死在这儿了。

陈皓扳过颜影的肩膀，重新盘问她："说，你到多久了？你是怎么找来的，你来了以后都去哪儿了，见了什么人？"

"我们一起走吧，我求你了，你做过什么我都不介意，我知道你不是那样的人，你一定有你的苦衷。"颜影软下语气来哀求他。

"别再说了。我介意，你说的我都介意，连你我都介意。"陈皓的话没有任何温度。

颜影翻转手腕，亮出腕间的刀疤，又露出一手臂的烟疤："你的良心呢，喂狗了吗？"

陈皓径自抓过颜影的包，翻出现金塞进自己的衣兜里："你说得没错，我就是个没良心的人，你的生死与我无关，我的也跟你没关系。你想干什么就干什么，想告诉谁就告诉谁。我陈皓不会受你的摆布，谁都别他妈想控制我！"

"她哪儿好？长相、身材，还是什么？把你弄得五迷三道的？"颜影从大衣里拽出冷菲的毛巾，甩在陈皓脸上。

陈皓的心一抽，他觉得自己快要撑不下去了。他拉过颜影，在她的衣兜中翻找银行卡。

"浑蛋，你他妈的真是浑蛋啊！"颜影抹掉眼角半干的眼泪，掰着陈皓的头疯狂地亲吻上去，整个身子都压在陈皓身上。陈皓挣扎着下了车，打开副驾驶的门，把她拽下了车。

"拿着你的东西，滚。"陈皓将颜影的包扔到地上。

颜影没去捡包，而是抓起块石头猛砸在陈皓脑袋上。

"真是个贱货。"颜影听到来自往昔的声音，她腿一软跪在地上，兀自疯笑起来。陈皓开上车扬长而去，留下的只有地上沾血的石头和一串血滴。

陈皓将车开得飞快，但他无论如何也甩不掉自己不堪的过去。颜影的到来将他对新生的幻想撕得粉碎，他握着方向盘的双手随着倾泻的恨意颤抖起来，他对着天咒骂、嘶喊，为什么老天要给他这样痛苦的人生，每一次都将他想重新开始做个清白好人的念想断得干干净净。他眼前弹出了冷菲摆弄曲别针的手指和弯曲的脖颈。他明白，那是自己永远都无法企及的美好，他尝到的所有的甜都会让以后的日子苦不堪言。

　　陈皓想起和冷菲的约定，又猛地踩下油门，全速奔向冷菲。恍惚中，陈皓仿佛听到冷菲用温软的气音在他耳边呢喃：你终于来了。

a

千里追凶

他复现出了一场黑夜中的罪恶，
让一个不成案子的案子逐步接近真相。
他按照自己笃信的直觉走进风暴的中心，
但这里突如其来的平静让他坐立难安。

　　马志友跟付晓虎赶到康复中心时，派出所民警已经到了现场。马志友让付晓虎去把监控都调出来，自己直接去了院长办公室。

　　"马队啊！"董秘书见到马志友像见了亲人，他一脸焦急地走出来，"冷菲不见了！"

　　"她是什么时候不见的？"

　　"就……就……突然不见了。"

　　马志友要求去冷菲的病房看看，董秘书立即在前面带路。走过停车场时，马志友发现角落里有一地的玻璃碴儿，还有隐隐的血迹，他抬头，看到了楼角处被毁坏的监控摄像头。

　　他让董秘书等一下，自己喊来了小警察，让他把这片监控区域圈起来，把能提取的脚印、手印、玻璃碎碴儿一样不落地带回局里。小警察立刻行动。

　　马志友安排好，快步赶上董秘书。两人走在康复中心的天井里，他一抬眼就看到病人们齐刷刷地站在窗边，脑袋贴在玻璃上正往外面看。马志友吓了一跳，董秘书抬起头朝着上面大喊："看他妈什么看，都回去。"

特护病房就在一层，一整排病房都是一样的配置，铁栅栏门里还有扇绿色的木门。平时人在里头木门不关，只有铁门锁着，像动物园里被人围观的野兽。董秘书带着马志友停在了冷菲的病房前，马志友拉了拉铁门，又观察了一下铁门上的挂锁，发现上面有轻微的划痕。

"什么时候发现冷菲不见的？"

"早上，大巡房的时候。"护士长出现在马志友身后，她跟董秘书点了下头，把巡房的记录拿给马志友看，"昨天晚上人还好好的，吃过药就睡下了，交班的时候也没什么异常。"

马志友接过记录翻看，前一天冷菲服了两次药，进行了一次电击治疗。马志友让董秘书和护士长留在病房外，自己先进屋查看。

进屋后，只见一张病床铺得平整，床边还摆了个发黄的小柜。马志友走近病床，见床头的墙上一片斑驳，他细细观察才发现那是一道道抓痕。

马志友不由得一阵心寒，他机械地戴上手套打开柜子，里面空空如也。

他床头床尾绕了两圈，又仔细检查了床下，都不见异样。一人在屋里待得久了，他突然觉得喘不上气来，转头想把墙上的窄窗打开透口气，踮脚费了半天劲，窗子纹丝不动，只能作罢。

马志友低头摘手套时，见到墙边的暖气片里夹着块黑乎乎的东西。他小心地将那东西拎了出来，发现是一片干瘪的冻柿子皮。

马志友立即出去问护士长："最近给病人吃过冻柿子吗？"

护士长皱着眉，摇了摇头。

马志友点点头，把柿子皮装好，留给技术科的同事。付晓虎着急忙慌地打来电话，让他马上去董秘书的办公室，他在监控录像中发现了重要线索。

康复中心的室内和户外都安装了监控摄像头，每层的摄像头安在楼道口，户外的则安在了院大门、病房大楼和停车场的各个路口。付晓虎对调阅监控有经验，他截了昨晚八点半熄灯到冷菲被发现失踪的早晨六点这段时间内的监控录像，反复查看。他发现，楼道口的监控两天前就坏了，停车场那边的监控是案发当天夜里一点四十二分被破坏的。

马志友和付晓虎对着模模糊糊的画面确定，冷菲曾在夜里零点二十二分与一点四十二分时两次经过停车场。马志友让人把监控录像保存下来，自己带着付晓虎又去了停车场。

她这一去一回是为什么？

马志友站在监控中冷菲的位置环视四周，又沿着监控录像中冷菲走的方向，一直走去了锅炉房前。

她是去这里了吗？

进了锅炉房，一股热气扑面而来。马志友先去了工作间，见炉子边的煤块被下大上小地堆成堆，地面收拾得极干净，煤堆处还有扫把留下的痕迹。所有工具整齐地码在炉子的另一边，白色的棉手套套在铁铲上，看起来像是新的。

马志友转了一圈，出来喊付晓虎。锅炉房最深处传来付晓虎的回应，马志友快步走过去，听见哗哗的水声突然停了。之后，付晓虎从冒着蒸汽的屋里钻了出来。

"怎么这么大的水蒸气？"马志友问。

"水房里的热水没关，我刚给拧上。"付晓虎说，"应该是工人搭的洗澡间，离着炉子近，平时偷热水方便。"

马志友走过去打算看个究竟，刚走了几步，发觉地面上有一层沙土。他蹲下身侧着头观察，发现了几个大小不一的脚印，其中一个明显小很多，应该是女人留下的。看来，冷菲确实来过这里。

付晓虎去找技术科同事的工夫，马志友去了锅炉工徐祖明的宿舍。他在窗台上发现了被鸟啄了一半的冻柿子。马志友翻着桌上已经卷页的《健与美》，这一地的空酒瓶和食物垃圾让他困惑，冷菲跑来锅炉房干什么呢？

马志友想得头疼，干脆跑回监控中冷菲出现的地点，重新走她走过的路。他沿着红围墙在康复中心里面绕了一圈，这墙高是高，但借助工具也不是翻不过去，难道冷菲翻围墙跑了？马志友转念又想，说不定她还在这里，在没人发现的地方。可是，她为何要跑或者为何要躲呢？因为受了刺激，还是……马志友想不通，只觉得脑子越发像糨糊。

马志友决定先回锅炉房找付晓虎，结果技术科的人说付晓虎早就出去了。马志友刚要给付晓虎打电话，付晓虎就打电话过来，说他有了新的发现。

"发现什么了？"

"井，一口井。"付晓虎兴奋地说。

不远处，付晓虎小跑而来，他带着马志友直奔配电室。在配电室后不过半米的位置有口井，马志友过去时，技术科的人半个身子已经下了井口。

"这井盖是开着的。"

"是配电井吧。"马志友问。

"说是但也不是。我认得这个，这是地道战时留的口。"付晓虎回答，他提起一串钥匙，"这是锅炉工徐祖明收着的，他说是地上地下各个出口的钥匙。"

马志友的脑子一阵轰鸣，案子远比他想的还复杂。

工作会的气氛极其凝重，局长拍着桌子问马志友，到底是缺人还是缺钱，专案组不能只摆样子。昨天夜里发生了什么？冷菲去哪儿了？是被绑架还是自己逃跑？局长连着抛出几个问题，让马志友二十四小时内给自己答复，便拂袖而去。

局长离开后，办公室里依然阴云密布。马志友布置了调查任务，看监控、搜物证、约谈相关人员三项工作同时推进。

"康复中心五公里内重点搜索可疑人员。付晓虎，你带个人把地下通道里的情况摸查一遍，争取十五公里内的出口都走一遍。还没有发现的话就重点去周边的医院、诊所、药店问问，冷菲的情况不稳定，她走不了那么远。"

付晓虎面露难色，他一带一，两个人要完成十个人的任务量，但还是咬着后槽牙答应了。

马志友沏了一杯茶，坐回白板前，重新思考郑志明、冷菲与那个嫌疑人的关系。他本能地觉得自己错过了什么，一些足以解答所有疑问的重要信息。

究竟是什么呢？

马志友不断问自己，他突然想起一直没露面的梁薇。

虽说受了惊吓多休息半天是情理之中的，但马志友认为以梁薇要强的性格，她不会给自己特殊待遇。

正想着，梁薇穿着一套笔挺的警服进来了，警帽下露出齐耳的短发。

"你休息好了吗？"马志友转过身，握着茶杯问梁薇。

"师傅，我发现了一点问题。"

"什么？"

梁薇拿出一沓药单，摊在马志友的面前："我看冷菲在一天夜里增加了一次氟哌啶醇的注射。"

"嗯？"

"那次她失控，也是打了氟哌啶醇……"梁薇解释道，"有什么事情刺激了她？在夜里……那之后还给她换了病房，连看护的人都变了……师傅，你觉得呢？"

"我们还是去康复中心走一趟吧，我也有点疑问。"

马志友带着梁薇一起，驱车又返回了康复中心。他们先去了由活动室改的临时办公室。警员拿出一厚沓笔录递给马志友，马志友从中拣出负责冷菲的护士长的笔录，发现几个关键问题的答案都很模糊。马志友想了想，提议晚饭和护士长一起吃。

"之前警察问的我都说了。"护士长笑呵呵地边吃边说。

"是，我们再挖掘挖掘。"梁薇端着饭盒坐到了护士长的另一边，"冷菲为什么会换病房啊？"

"为什么换病房？啊，这我不清楚，都是领导安排的。"

梁薇点点头："在换房前的夜里，给冷菲打氟哌啶醇的也不是你？"

"不是，肯定不是我。上周我这边还没腾出床位，她都不归我管呢。"

马志友插嘴问道："你看冷菲的情况怎么样？"

"我不是医生，给不了诊断。"

"感觉呢？"梁薇不死心，追问道。

"这个没法感觉。这里病人的脑子本来就跟正常人不一样。我只能说他们状态稳定的时候，什么都好。我们这边有很多文化人，他们说话都一套一套的，特别有逻辑，比你我说话还有逻辑。要是犯病了，他们就是最不好弄的一群人，你明明是在救他，他当你是害他。所以，你问我他们情况怎么样，我没法回答，我不是医生。我只能告诉你，他们可能上一秒还好好的，下一秒就突然犯病了。"

"我想和冷菲的病友们聊聊。"马志友说。

"五点半到七点半，是他们看电视听音乐的时间，你可以去问问。但我建议，他们说啥你都别信。"护士长恢复了和蔼可亲的表情，嘱咐说。

饭后，马志友联系了董秘书安排和病患的谈话。等待期间，他带着梁薇去了配电室后面。井口拉了警戒线，井盖已经盖上了。他告诉梁薇，这是付晓虎早上发现的线索，从这口井下去是四通八达的地道。

"冷菲从这里逃走了？"

"有可能。"

"冷菲很难独自策划出逃……但临时起意应该走不了太远，只能是……有人接应……"梁薇推测道，"那接应冷菲的是什么人呢？"

马志友和梁薇得不出结论，两人看时间差不多了，就先回活动室和集结好的病患谈话。

交流并不顺利。

和精神病患者谈话是件需要耐心和运气的事，马志友在听了诗歌、经文和外星故事后逐渐失去耐心，这时，他遇到了一个专注于折纸的女病人。

她住在冷菲隔壁的病房，一开始就说听到了些动静。马志友急切地问她听到了什么，但女病人没回答，又一心扎进自己的世界里去了。她手很快，裁剪好的电光纸在她手中翻转了几下就变换了造型，不一会儿，桌上从无到有摆开了大小不一的一串千纸鹤。

"有点冷，手僵。"女病人甩甩手，趴在桌上把千纸鹤摆成个"人"字，并调整间距。

马志友又问了一遍她究竟听到了什么，女病人这才给出反应，说她听到了，听到了候鸟过境的声音。

马志友终于忍不住了，他揉揉眼，起身躲去厕所抽烟解乏。外面起了风，寒风呼啸着钻入窗缝，他站在厕所的窗边打了个寒战。

马志友用冷水抹了把脸，打起精神，回去继续翻笔录，忽然发现徐祖明的笔录提到了一个陌生的名字。马志友直接跑去了传达室，向看门的老王打听锅炉房的情况。

"除了徐祖明，锅炉房还有没有其他人？"

"有啊，有个新来的叫赵达太的人。"老王回答。

"他人在哪儿？"马志友追问。

"人，人在锅炉房啊！"老王一头雾水。

老王带着马志友去了锅炉房，锅炉房里没有人。老王又带着马志友去了锅炉房对着的半地下室，马志友敲了敲门，示意老王出声问话。

"有人在吗？"老王配合地问道。

屋里没有声音。马志友使眼色让老王躲到一边，转头一脚蹬开了门。

他在屋内快速巡查了一圈，屋内一张床上，被子被叠成了豆腐块放在床角。桌上空无一物，落了薄薄的灰。

马志友知道自己晚了一步，那个串联一切的关键人物，一定是这个消失的赵达太。

马志友眼前浮现出那个嫌疑人的素描画像，他几笔将那人的面容勾画在了笔记本的空白处，转头问老王："赵达太是长这样吗？"

老王看了看连忙点头，说画的真好，和真人一模一样。

马志友像挨了一闷棍，双手捏紧了拳头。

梁薇气喘吁吁地跑来传达室，问马志友怎么不接电话，队里有大发现。马志友一看手机，付晓虎、梁薇、杨荻还有队里的座机，一共给他打了二十多个电话。

他回拨了付晓虎的电话，说嫌疑人在康复中心的锅炉房干活，叫赵达太，很可能是他绑架了冷菲。马志友和梁薇正要赶回局里，被老王叫住了。他拉开抽屉，指着包软中华说："这是赵达太给我的烟。"

梁薇把烟当证物带走了，她让老王梳理下思路等着配合调查，老王不住地点头。

回到局里，马志友见白板上的嫌疑人素描画像已经换成了监控录像截图。虽然人脸很模糊，但和画中人的神态确实是一样的。

付晓虎汇报说，这个赵达太的反侦查意识很强，没被监控拍到过几次，每次稍一离近就会用领子遮住脸，快步走过，以此推断赵达太大概率也是个假名。

又是一个不眠夜，但新发现接连涌现，让他们看到了一丝希望。

梁薇把烟盒拿给了还在加班的技术科，希望他们尽快比对指纹。停车场附近的另一个监控摄像头拍下了一段模糊的画面，众人围着电脑看了几十遍，最后判断是赵达太拉着冷菲跑，后面还有一个人，但只在画面里一闪而过。

马志友拿着打印出来的监控录像截图回到了座位，盯着冷菲和赵达太牵手逃跑的定格画面，倒抽了一口冷气。

"冷菲没死这件事被人知道了，赵达太和另一个人潜入康复中心就是为了找机会灭口。谁知赵达太反悔了，还带着冷菲逃了……"梁薇若有所思地说道。

"你们不觉得，冷菲才是最有问题的吗？"付晓虎指着白板上的照片说，"原来是郑志明和冷菲，现在变成了赵达太和冷菲。我觉得，现在最应该查赵达太是不是孩子的亲生父亲。如果是，情杀能解释一切。"

"情杀？那你解释一下他为什么还要杀了自己的骨肉？"梁薇冲到付晓虎面前，激动地质问他。

"可能男的不知道李明浩是他的孩子。因为接受不了冷菲和郑志明在一起，所以把一家子杀了。后来又知道孩子是自己的，再回来找冷菲。"付晓虎抱臂往桌边一靠，"我只是做个假设，我们分析案子，就事论事，你急什么！"

"那第三个人呢，怎么解释？"梁薇依然不依不饶。

"同伙，跟赵达太一伙的，帮他把冷菲从康复中心带走。"

马志友的想法慢慢偏向了付晓虎一边，付晓虎给出了逻辑更加自洽的解释。

"他们有关系，就一定会有痕迹。"马志友制止了梁薇和付晓虎的争论，让梁薇去申请新的通缉令，又让付晓虎尽快确认赵达太的身份。

付晓虎揉着太阳穴走开了，梁薇还在马志友跟前耗着。马志友看着梁薇硕大的黑眼圈，心中有些酸涩。

只有河流知道你的秘密

"你说。"

"师傅，别忘了，冷菲失忆了。"梁薇固执地强调着，"如果晓虎有百分之一的可能分析错误，那冷菲现在和想要杀她的人在一起，这是百分之一百的危险啊！"

"你说得对，冷菲的寻人信息也一并发下去，要找人。"马志友稍加思索后，说道。

梁薇摇了摇头："师傅，你说的我都记着。你说别听人说什么，要看别人做什么。我看你并不坚信冷菲是无辜的。可你还记得我说的吗？假的都会有破绽的，眼睛看见的不一定是真相。我也可以给这个画面一个解释，冷菲因为受刺激失去了记忆，她现在分不清善恶好坏，不论谁伸过一只手她都当救命稻草抓着，而这个赵达太利用这一点将她骗出了康复中心，并准备找个偏僻的地方杀掉她。我申请明天去康复中心，把没问完话的人都问完。"

马志友点头同意。梁薇走后，马志友也夹着包，准备回一趟家，他要收拾些衣服带回局里，他预感接下来他要打一场硬仗。刚出警局，马志友的右眼就突然一阵抽动，他转动了一下酸痛的脖颈，见弯月悄悄隐没在雾霭中。

马志友后半夜才到家，他蹑手蹑脚爬上沙发定好闹钟后，就昏睡过去。这一觉他睡得极为酣畅，等再睁眼时已经是中午了。

手机没电了，闹钟没响，马志友心想坏事了，他冲进浴室洗了个澡。澡洗到一半，他才想起眉毛上的口子，他浑身湿答答地站在浴室镜子前查看伤口。这一觉补足了几日的消耗，镜中的他脸上难得有了血色。他摸着已经愈合的伤口，希冀一切都向好发展。

马志友拎着衣服和包出门，开车冲到了公安局。外面下着雪，似乎已经下了许久，地上有厚厚的积雪。到了办公室，见任务部署和人员分组已经清清楚楚地列在了白板上，看字迹应该是付晓虎写的，他终于舒了一口气。

马志友看看表，已经过了一点，杨荻开始上班了，他犹豫了一下，还是给杨荻打了个电话。电话铃一直响到了电话无人接听的提示音响起，马志友挂了电话，开始给杨荻编短信。他先打怎么不接电话，但想想又删了，重新解释说最近在案子上，往后一段时间可能经常在局里宿舍睡了。

他拾掇了桌子，又烧了热水，难得地沏了一杯不太浓的花茶放在手边。手机在桌上跳动，他接起电话，是梁薇，不是杨荻。

梁薇说，她今天一直在康复中心，还有几个病人没聊完，案件分析会她要晚到了。她已经把上午问话的文字记录和录音发到了马志友的邮箱，建议他先把郝雯的录音听一下。

马志友挂了电话，下载了名为郝雯的文件，边听边看。

这是一个十几岁女孩的声线，细润中还保留着一小部分童音。郝雯是单亲家庭的孩子，患有物理影响妄想，被父亲送来康复中心已经两年半了。护士说她平时很黏人，冷菲入院后一开始跟她住一个病房，她就一直黏着冷菲。

"你平时都找冷菲做什么？"梁薇问。

"聊天，我喜欢聊天。"郝雯的语气很轻快。

"冷菲也喜欢聊天吗？"梁薇追问。

马志友心中也有同样的疑问，冷菲一直拒绝与人交流，她的沉默是警方调查过程中最大的阻碍。

"她也喜欢，我懂得多，我们会聊很多东西。"

"譬如，都聊什么？"

"很多，什么都会聊。聊动物，我非常喜欢动物，她也喜欢。"

"这是你们画的？画的是什么？"

"水母。她喜欢的水母，她给我讲了很多水母的故事。她说，水母的触角像火烧云一样，很美。"

马志友听着，脑子里想起了冷菲冻伤的红色手指。

"姐姐，你见过水母吗？"郝雯问。

"你不要提问，你听警察问问题，你回答就可以了。"一个女人的声音，大概是陪同的护士。

"没关系，她想说什么就说什么。我见过水母，小时候去海洋馆玩见过，挺好看的。"

"是吗？我还没见过，自从姐姐给我讲了水母的故事，我就经常梦见。梦里我和小学同学几个人趴在海滩边上，冬天，中午，太阳在正上方照着大海，白皑皑的一片。我和同学腰上拴着竹叶编的小篓，手里握着月牙钩刀，安安静静地等着退潮。等海水退了，海边会露出浅滩，一块一块的海水一动不动，它就在那儿。"

"谁？谁在那儿？"

"水母！"

马志友暂停了语音，他拽下耳机，郝雯充满幻想的故事让他抓不到重点。他回到梁薇的笔记上，只挑重点来读。

从记录上看，郝雯从冷菲入院后的第二天就主动接近她了。她称两人一直有语言交流，冷菲像母亲一样关心她的日常生活，会提醒她按时吃饭吃药，有时候，冷菲也会像老师一样给她讲院里的动物、夜晚的星空。郝雯说，她早就知道冷菲要走了，并因为这个有些伤心。

马志友读到这里，不禁放慢了速度。

"冷菲和你透露过想出院的想法？"

"她骗不了我，你们都骗不了我，我不小了，我懂事了。她必须走，她不会留在这里的。"

"为什么？是有人让她离开吗？"

"不是，是她自己。这里没有她自己了。"

"那你认得这个人吗？"

"他是锅炉房的。"

"你怎么知道？"

"喂鸽子，他跟我一起喂过鸽子。"

"他谈起过冷菲吗？"

"没有。"

"你见过他和冷菲说话吗？"

"没见过。"

"你们说过什么？"

"黑洞，我让他相信黑洞。"

马志友关了文档，他从声音与文字中提取不出任何可用的信息，那就等梁薇回来再说吧。

他重新拿起了桌上摊放的监控截图，正视着冷菲和赵达太手拉着手的黑白画面。他充了满格的体力，却沉不下心思考任何问题，这让他感到不太舒服。

马志友产生了一种深深的挫败感。他复现出了一场黑夜中的罪恶，让一个不成案子的案子逐步接近真相。他按照自己笃信的直觉走进风暴的中心，但这里突如其来的平静让他坐立难安。案件侦破一切向好，但他内心的失控感越发明显。他正步入自己的黑暗深渊，那里放着他好不容易藏起来的丑陋和恐惧。

他打开了素描本，勾画起冷菲和赵达太。他把监控拍不清、肉眼看不到的东西重新补全在画纸上。画上的冷菲微微昂首，眉峰挑高、眉尾低垂，像弯月一般，眼窝深陷看不清眼神，嘴唇丰厚，没有清晰的轮廓。冷菲变得轻佻魅惑又忧愁。

马志友端详着画，感到身后一股温热，一转头见付晓虎亲昵地从身后凑过脑袋。他把素描本一合，问付晓虎有什么进展。付晓虎撂下一沓蓝湖监狱的档案资料。

"我一早把监控给蓝湖监狱那边的狱警发过去了，看他们给咱找到了什么。"

马志友拿起档案最上面的一页，一眼认出一时照片上的人就是赵达太。

"陈皓。"马志友念出声来，他需要将这张脸和名字重新匹配。

"陈皓，惯犯了。伪造过驾驶证，过失致人死亡，被关了几年，就关在蓝湖监狱。后来因为工程事故被拘留过，不过被人保出来了。师傅，你猜保他的是什么人？"

"郑志明？"

"不是，但这人和郑志明有点关系。"付晓虎说着，将档案中的另一页拿起递给马志友。

"赵荣强，因职务侵占罪在蓝湖监狱关了八年，但听说是替人背锅进去的。陈皓跟郑志明入狱时间没有交集，但都和赵荣强有交集。最关键的是，我听狱警说，赵荣强还在和歌市，他出去后挺风光的，背地里一直招兵买马，在棚户区有些自己的势力。"

"再给蓝湖监狱那边打个电话。"沉默半晌，马志友开口道。

付晓虎再次联系了蓝湖监狱的负责人马笠，希望当时负责看管陈皓的狱警能为他们多提供一些线索，对方爽快地答应了。

负责看管陈皓的狱警叫张勉，他回忆说当时自己年轻没经验，没两天就被那些关了很久的老油条当枪使。他年轻气盛咽不下这口气，甚至想动手，但几次都被陈皓找由头化解了。陈皓平时不言不语，跟谁都不亲近，他很好奇陈皓为何要拦着自己。

"他说是为什么？"付晓虎追问道。

"他说我是正经读书人，能聊就别动手。当时我觉得他挺有意思的，真信他说的了。"张勉笑笑。

"他是有意接近你吧？"马志友问。

"是，现在明白了，他是求我办事。"

"什么事？"付晓虎问。

"他要看书，要学习。"张勉叹了一口气，"我没好意思说，我功课贼烂。"

起初，张勉觉得陈皓是别有用心，后来发现他是真的爱读书。犯人一个月只能借三本书，陈皓读完了三本，就用张勉的书卡继续借书读。

"没想到啊，他读的书有什么特别的吗？"

"好问题。我特意观察了一阵，发现他不挑，这一架子书他就挨本借着看，看得懂他就看，看不懂他就还回去。"

"从读书这点看，陈皓和郑志明倒是很相似。"付晓虎感叹了一句。

马志友若有所思地点点头，他脑中浮现出陈皓的双眼，他的眼神与一般暴徒的凶煞毫不相关。他的眼里有苦涩也有暴戾，他是复杂的。

马志友又拿出了赵荣强的档案，向张勉询问。

张勉说，赵荣强在狱里很出名。他自己能言善道的，也吃得开，身旁总有一群二十多岁的小伙子围着。

"他这人不讨厌，跟谁说话都和和气气的，有点大哥的意思吧。而且他挺会玩的，会说外语，会唱情歌，对了，还会画画。"

"他跟陈皓关系怎么样？"马志友问。

"他挺喜欢陈皓的，老说给他设计个文身。"

"文身……"马志友联想到郑志明被利刃切走的皮肤，"他给谁文身了？"

"赵荣强吗？"张勉问，"监狱里肯定不能弄这些，但我知道他用水笔给人画着玩过。"

"都有谁？"

"这么一问，我还真得想想。时间太久了。"张勉蹙眉。

挂了电话，马志友喝了口花茶，对付晓虎说："得辛苦你再去一趟和歌了。"

6

逃亡之路

陈皓看着无尽的夜空不住地落泪。

他以为自己可以为冷菲生火取暖，

为她倾尽所有，为她挨刀，为她赴命，但他错了。

他只给她带来了痛苦。自己还是原来的那个自己，自私自利，卑贱不幸。

他想，还是应该放冷菲走，让她远离自己，这对她来说是最好的事情。

颜影逃跑的当晚，赵荣强烧了三炷安神香。天刚蒙蒙亮，他便招呼蛇子把棋牌室的麻将桌都搬出来，卖了换新的。

蛇子反复确认了三次，见赵荣强铁了心要折腾，只好使唤手下把那些烟熏火燎的桌子抬出门，放到巷子里等人来收。到了开门的点，熟客们陆陆续续来了，又被赵荣强恭恭敬敬地劝走了。

第二天，赵荣强指挥着男孩们把新购的桌子摆放到位。蛇子用袖口抹干净了一张圆凳，搬过来让赵荣强坐下休息。蛇子摩挲着崭新的草绿色台泥，又点了按钮，麻将桌咕噜咕噜地转动起来，不一会儿，洗好的牌从桌斗中被推到案上，形成了一方城池。

"光这些桌子就得花不少钱吧。"蛇子亮着眼问赵荣强。

"也该换换了。"赵荣强上下打量着墙围和地板，"墙和地也都该拾掇一下了。新开始，新气象。"

蛇子去一边削了个苹果递过来，赵荣强摆摆手，心里在意的是地上乱扔的果皮。

蛇子咬着苹果，在棋牌室里转悠，转到最里面突然问："强哥，不是说这里要拆了吗？"

"没到时候呢。"赵荣强终于忍受不了了，捡起果皮扔到了门外。

"其实凑合着也就是了，前后都翻修一遍，起码耽误半个月的生意。"

"钱永远赚不完，关键还是人，留不留得住人啊。"赵荣强搓着手指，喃喃自语道。

蛇子眼珠子一动，走到赵荣强的身边："我不懂做生意，主意还得强哥拿。"

"你是最有主意的。你啊，就是……就是……"赵荣强说了半句话，吊足了蛇子的胃口，却又转了话题，"知道椒房之宠吗？"

"什么宠？我小学文化，知道个屁啊。"

"椒房之宠就是皇帝赐给宠妃的特权，用花椒树的花朵磨成粉来刷房子。"赵荣强瞅着蛇子一脸认真地说，"不如把后院的屋子也漆一漆，取个椒房的名字。"

"用花椒粉？"蛇子的眼睛瞪成一大一小，一脸迷惑地追问。

赵荣强突然觉得没趣，他拍拍腿决定出去散心。

车开出了棚户区，他顺着高架桥上了山，在山坡上待了会儿，随后他开着车，不知不觉又开去了海边的工地。

只几天的时间，脚手架又搭高了几层，戴小黄帽的工人在空中踏来踏去，混凝土搅拌车发出嘀嘀的警示音，咚咚的打桩声震得赵荣强的心脏一颤一颤的。

赵荣强想起六年前，郑志明站在这里，揪下一根蓖麻许一个愿。他信誓旦旦地许了很多愿，把未来描画得无限光明。

赵荣强笃信郑志明，把开赌场、放高利贷、追债、诈骗、抢劫、卖姑娘得来的钱都交给他来处理。没想到，转年郑志明就不吭一声地走了，同他一起消失的还有赵荣强的存款和一笼信鸽。赵荣强派人追去了郑志明的老家，荒山里独留了个疯疯癫癫的老汉。他不死心，又动用人脉把沿海的城市摸了个遍，一点消息都没有。

找了足足一年，赵荣强终于心力不支，他安慰自己还有其他人可以依靠。

郑志明走的第二年，赵荣强带着陈皓来到海边，过去惊艳的蓖麻花海不见了，取而代之的是一片青绿。赵荣强揪了一颗果子，心想着，怎么人跑了连东西都变了呢？他心有不忿，偏要和天作对。赵荣强让陈皓多摘一些蓖麻果子，陈皓就多揪一些。他让陈皓聊聊小时候，陈皓就说说小时候。赵荣强问，陈皓答，除此之外，陈皓像风暴前沉寂的深海一样，没有声音。钱还可以赚，但人不留就滚，服帖胜过一切。赵荣强开始重新审视陈皓，还好他懂得感恩，因为感恩他才选择顺从。赵荣强觉得，自己要的就是这份安心。

安心的日子过到第三年，传言郑志明有了孩子，一家三口隐居在绥市，靠女人养着。

赵荣强不信，他卷走了一百万，怎么会成了个吃软饭的？赵荣强每日坐在马桶上都在想这个问题。直到深秋的一天，赵荣强看到窗台上落了一只通体雪白的鸽子。它有光洁的羽毛、灵动的眼睛和粉嫩晶莹的嘴，一切都让他感到熟悉。

赵荣强来不及提好裤子，他开了窗，一把攥住鸽子，却心梗发作倒在地上。若不是陈皓发现，他就要死在一摊污秽中了。赵荣强死里逃生，他下定决心要找到郑志明，让其彻底消失。赵荣强叫来了陈皓、阿德、蛇子，他要给他们一点考验。

人性果然是经不住考验的，这是赵荣强从陈皓身上吸取的新教训。陈皓知道赵荣强有多么憎恨背叛，但他依旧一意孤行。

阿德的电话打断了回忆，他跟踪颜影去了绥市，果真蹲到了陈皓和颜影两人。

"老爸，你真是料事如神，他们是拴在一根绳上的蚂蚱。"阿德在电话里跟赵荣强汇报，"还有郑志明的老婆，听说她人也在精神病院里呢。"

"你看好颜影，在那边等我，别打草惊蛇。"

"皓子呢？他小子不是个东西啊。"

赵荣强想着刚做完手术，身体经不起折腾，他压着火对阿德强调："我让你看好颜影在那边等我。一切都等我过去再说。"

他打了几个电话安排好后面的行程，决定与这个无情的世界一次算清楚。当晚，赵荣强和蛇子一同出发北上。

赵荣强说两人是过去解决问题的，快去快回，什么事情都不会耽搁。蛇子拿出了从青风外贸市场淘回来的厚皮衣，屁颠屁颠地跟着。

赵荣强在火车上吃了个用热水温的煮鸡蛋当晚餐，吃完就在摇晃的车厢中眯着了。梦里，他踏着湛蓝的海水，脚踩进温暖的黄色细沙，望向如金子般闪亮的海面，用力吸入湿润香甜的空气。赵荣强沐浴在一片幸福中，在一片静谧中，他闻到了丝丝缕缕郑志明特有的味道。赵荣强猛然转头，见郑志明已经站在了自己身边。

"多好啊。"郑志明开口道，声音却是赵荣强自己的。

赵荣强一下从梦中醒了。他擦掉鼻尖的汗，叫蛇子给自己接了一杯温水压住胃酸。他再不敢睡，伴着颠簸对蛇子讲起了自己在异国他乡时险象环生的传奇故事。

"天是乾，地是坤，人夹在乾坤中间是逆转不了自己的命运的。

正所谓一个萝卜一个坑，人要找好自己的位置。"

蛇子提着鼻梁上的皮肉不住地点头："强哥，这么大老远的，你是何苦呢！我就是那个萝卜，叫我来就行啊，就算是给阿德那小子擦屁股呗！"

"你的能力我们有目共睹，不是不放心你去，是我总感觉不大好。"赵荣强用掌心按住右眼使劲揉了揉，"我相信我的感觉，我的心告诉我这趟有困难。"

"人定胜天。强哥，有我在，你就放一百个心。"蛇子伸了个懒腰，起身去餐车寻觅吃食。

第二天傍晚，火车到了绥市火车站，气氛一下子变得紧张起来。大厅中增派了警力盘查乘客证件，印着陈皓黑白照片的通缉令贴满了候车室。赵荣强跟着蛇子出了车站，他的右眼皮开始不住地跳动，阿德的手机一直没人接听，一定是又出事了。

蛇子领着赵荣强直接来了废弃的焦化厂，上次他们就住在这里。

厂区深处的二层小楼中，阿德瞎了一只眼，正发着烧缩在床上睡觉。屋子斜对着的厕所地上，躺着断了一条腿的颜影。她脖子上拴着条绳子，另一端绕在下水管道上，人只剩半口气了。

赵荣强压不住火气，一脚蹬到阿德的胯骨轴上。阿德缓缓坐起身，用一只眼偷瞄着赵荣强，不敢出声。赵荣强叫阿德和蛇子在屋里等着，等他回来再收拾他们这些不中用的家伙。

赵荣强开着阿德搞来的车往城里赶，一路枯草漫野，只有稀疏的柏树似幽冥鬼火一簇簇地点缀在道边。

赵荣强放慢车速，他望向道边的小径，一条野狗正用鼻子翻着冻结的黄土找寻食物果腹。赵荣强从容地掉转车头，沿着小径而下，把车子开出一段距离后又转了一把轮，朝着黄狗直冲了过去。

赵荣强带着一身血冲进了兽医院，他怀里抱着一条骨瘦如柴的黄狗，求医生救救这可怜的家伙。小护士给赵荣强拿了一块湿毛巾，让他擦一擦手上的血。

赵荣强看出来这女孩有爱心，他自顾自地说刨垃圾吃的野狗也是生命，是生命就得有人来爱惜，能不能从诊所再多买点药。

"什么药啊？"小护士面露难色。

"消炎药。我想预备着，它今天让我救了就和我有缘，我想对它负责到底。"

小护士很爽快地说，消炎药医生会开。

"姑娘，我这退休工资一共就那么点……让我三天两头跑来给它打针吃药的，我这身子骨也受不了……"赵荣强说得自己很感动，一行热泪从眼眶中涌了出来。

小护士见他可怜，从药柜中直接拿了药。

拿了东西，赵荣强没了耐心，狗还没过麻药劲就被他直接撂在后座上。

赵荣强开出一段路，把黄狗扔到了路边，带着药赶回了焦化厂，亲手给阿德打了破伤风针。蛇子端上了酸菜棒骨汤，赵荣强已经累得说不出话，但还是盯着阿德喝下去一大碗。

安顿好阿德，赵荣强才得空来处置颜影。他让蛇子把颜影脖子上的绳套解开，带到屋里暖和着。蛇子拖着颜影拴在暖气片上，一盆凉水浇醒了昏迷的颜影。赵荣强又一勺一勺地喂颜影吃喝。一碗汤又见底了，赵荣强停下手坐在一边，抹着光头上的汗珠子，回拨了颜影手机上的通话记录。

"你走了吗？"电话另一头传来陈皓焦急的声音。

赵荣强把手机放在颜影嘴边，示意她问陈皓人在哪儿。

颜影喘着粗气，她盯着赵荣强不作声。

赵荣强用跛脚踩在颜影错位的大腿骨上，颜影哀号了一声："陈皓，你去死吧！"

赵荣强不再白费力气，他直起身子，听筒那边是一阵长长的沉默。

"强哥，你放过颜影吧。"陈皓用恳求的语气低声说道。

"当然，我们见面说，我们爷俩要面对面地聊，什么都好说。"赵荣强语气温柔，踩着颜影的脚却又加了几分力气。

陈皓开车往康复中心赶，与冷菲约定的出逃时间已经过去快一个小时了，冷菲那边什么情况，他心里没底。

刚把车停在山脚，陈皓就见熟悉的运煤车从山上开下来了，老徐没等他就自己出发了。车上盖的帆布扬起个尖角，煤渣子滚了一路，陈皓眯着眼，见车尾的扬灰中有个人影。

老徐运煤从不带别人，陈皓心下疑惑。来不及看清楚，运煤车就开远了，陈皓开着车追上去，使劲往运煤车的车斗里看，看到自己满心牵挂的冷菲正瑟缩在车斗里。

陈皓将车停在路边，赶在红灯时从正后方翻身攀上运煤车，他钻进帆布里，一眼见到扑在煤灰里的冷菲。冷菲睁开半合的眼，见是陈皓，突然咯咯笑了。她挣扎着直起身子靠向陈皓，陈皓迎上前一把扶住了冷菲，带着她跳下了运煤车。

陈皓大为惊诧，他没想到失去接应的冷菲能以豁命的方式继续执行约定。但这样鲁莽地出走冷菲是否经受得住，陈皓不得不重新考虑。自己必须尽快离开这里，什么都不记得的冷菲能去哪儿呢？

回到停在路边的车里后，冷菲很快睡着了，望着沉睡的冷菲，陈皓决定把车停在湖边，走密道把冷菲送回康复中心。

陈皓背着冷菲走在阴冷的密道里，他心乱如麻，自己的苦衷是不能向冷菲倾诉的。陈皓把目光集中在移动的麂皮靴子上，突然意识到后背的重量轻了，冷菲不知道什么时候已经醒了。

"你来了。"冷菲好像忘了他们刚才的见面。

"我来晚了，来得太晚了。"陈皓隔了许久回复道。

冷菲挣扎着要下来，陈皓却紧紧地抓着冷菲，用更小的声音说快到了。

"到哪儿？"冷菲又问。

陈皓想不出一个好的借口来解释自己的缺席和临时反悔，他咬了咬嘴唇还是直接说："不能再帮你了。"

冷菲的呼吸没有变化，她几次欲言又止。陈皓能感觉到脖子边有她呼吸的温暖。

"我不是好人，不是你该相信的人。"陈皓最后说。

陈皓加快了脚步，带着温顺的冷菲一路走回了康复中心。他把冷菲带到了锅炉房的浴室，放下干净的病号服，拧开热水龙头后走开了。长长的橡胶管子将热水引去了隔断，不一会儿白色的水蒸气涌了出来。

陈皓蹲坐在门口，听着淋浴间里的水声，闻着煤土味退去，觉得疲惫的身体里升起一团炽热的火焰，这火烧得他躁动不已。

陈皓起身进了盥洗室，他拧开凉水龙头对着头顶伤口处冲起来。煤灰和血污混在一起在池子里旋转，一池血水的颜色越来越淡，陈皓依然热得心慌。

隔断后水声起了变化，他拧上水龙头，抹去头上的水。他从隔断的缝隙看到冷菲赤脚踩在地上，握着皮管直勾勾地盯着自己。陈皓径直来到冷菲面前，在她尖叫前捂住了她的嘴，亲吻起她的全身。他别过冷菲的手臂，将她的头抵在四碎的镜面上。他只觉得眼前一片黑暗，尾椎骨间有一股热流积聚而上，一串串细小的酥麻在血脉中行走。他身体里有一股控制不住的能量爆炸似的升腾至半空。他被狠狠地撕裂，散落在一片虚无之中。

陈皓在哭泣中逐渐停下动作，他倚在冷菲的肩头，不能自已。

他看着冷菲挣脱了束缚，光着脚逃走，他想追上去，却站不起身。

你究竟在干什么？陈皓痛苦地自问。

流水声将陈皓的魂魄唤了回来，他回去拎了行李，绕到锅炉房后，打算直接进入地下。陈皓学着赵荣强的话告诫自己，没有回头路可走，只能一路向前。

附近的停车场中传来细微的异响，陈皓生出不好的预感，现在的他犹如惊弓之鸟，任何风吹草动都让他紧张。他平稳了下情绪，走向停车场，一辆车一辆车地查看。他见到冷菲躺在地上，脸涨得通红，不住地咳嗽。

一阵冷风自背后袭来，陈皓侧身一闪，依然被弹簧刀划到了后背。睚眦必报的赵荣强已经派人追过来了。

阿德扑上来，扭打中，陈皓慢慢处在了下风。阿德骑在陈皓身上，双手掐住陈皓的喉咙。

"我早就看出来了。"阿德喘着粗气说。

陈皓发不出声，只见阿德的眼珠子涨得凸了出来。陈皓的双手在地面上胡乱地摸索，他麻木的指尖突然触碰到先前被他打落的弹簧刀。陈皓挣扎着够到那把刀，顺势攥在手里。

此时的陈皓几近窒息，他凭借最后一点力气用胯骨往上一顶，在阿德失去平衡的一刹那用刀戳了上去。他转动手腕使劲一划，犹如解剖鱼肚一样在阿德脸上划开了一条血口。

阿德捂着眼睛倒在一旁。陈皓爬起来，拉起逐渐恢复意识的冷菲，拔腿就跑。地下通道的盖子还开着，他要在事情闹大前带冷菲从这场混乱中消失。

陈皓跳下深井，眼睛被震得一黑。他展开双手朝向井口，冷菲在上面犹豫着不敢跳下来。

"跳，别怕！快跳下来！"陈皓在密道里呼唤，他把臂膀展得更开，做好迎接她的准备。深井上已经一片混乱，冷菲的剪影在洞口摇摆，终于，她下定决心纵身一跃，落在陈皓的臂膀里。两个人跌在地上，陈皓眩晕着将冷菲扛在肩头开始逃亡。

井口外一声哀号划过，陈皓顾不上分辨，在错综复杂的密道中凭借着记忆一路奔跑。他鼓足最后一口气，跑到湖边的出口时已几近虚脱。

陈皓把冷菲撂在桑塔纳的后座，他丝毫不敢耽搁，立即发动车子，握着冰冻的方向盘，把车子往林区的方向开去。

冷菲在后座又睡着了，陈皓把车掩藏在枯槁的芦苇丛边。他掸去冷菲身上的土，把新买的棉服给她穿上。他抬起她的脚，见她的脚底磨出了硕大的血泡，他不忍再看，帮她套上了毛袜。熄了火的车像是冰窖，他见冷菲在睡梦中一直哆嗦，想了想，便抱起冷菲的双脚裹在怀里。

陈皓看着无尽的夜空不住地落泪。他以为自己可以为冷菲生火取暖，为她倾尽所有，为她挨刀，为她赴命，但他错了。他只给她带来了痛苦。自己还是原来的那个自己，自私自利，卑贱不幸。他想，还是应该放冷菲走，让她远离自己，这对她来说是最好的事情。

陈皓身心俱疲，他在半梦半醒中来回拉扯，时间在狭窄的后座上加速而过。待他再次醒来时，夕阳已斜挂在天边拖出一条长长的尾巴，火烧云蓬松柔软，映出女人脸颊的粉红，冷菲此时也睁开了双眼。

陈皓看着冷菲，她眼白通红，与照片中那个拉着大提琴的优雅女人相去甚远，他感到一阵难言的心酸。可能是这目光太有情绪，冷菲缩回双脚，不自在地扭了脸。

她似乎忘了昨晚发生的一切，陈皓掩饰住自己的慌乱，换去前座发动了车子。

他们一路穿行来到了复兴村口的自建房前，陈皓开大了暖风，自己跑进小铺买回了碘伏和棉棒。陈皓把东西放在冷菲手边，还没说话冷菲便哭起来，问陈皓身上的伤是不是自己弄的。

陈皓最怕女人流泪，原来是怕麻烦，现在是心疼。陈皓坐在车里，默默地守在冷菲身边，在心里流泪。过了半晌，陈皓湿润了下喉咙，轻声说，他刚才答应去帮这家的老太太劈柴火换顿饭吃。冷菲终于擦掉眼泪，跟着陈皓一起下车走进了小卖部。

"这是丽珍。"陈皓把冷菲交给老太太，自己撸起袖子进了后院。

老太太拉着冷菲坐下，她抓起柜台上剥好的红皮花生米，放了一把在冷菲手里，另一把放在孙子小龙的小脏手里。老太太指了指电视，把遥控器递给冷菲，让她随便看，自己弓着背去灶台边忙活晚饭。

晚饭做好后，老太太招呼冷菲去了自己屋，陈皓早一步盘腿坐到了热炕上。他整张脸红红的，歪着头直勾勾地盯着跟在冷菲身后进来的小龙。小龙有点认生，抓着皮球站在床和门间。

陈皓抓起一粒花生向空中一抛张嘴接住，他看着小龙，同样的动作重复了三次。小龙放松了些，走近想看个清楚。陈皓抓起一粒花生，示意小龙张嘴，他不急不缓，似投非投，左右逗弄着小龙，引诱他一步步接近自己。小龙咯咯地笑了起来，陈皓探身揽过小龙，一下举到空中。在孩子的笑声中，冷菲僵直的后背渐渐柔软下来。

小龙给老太太倒上一口杯白酒，老太太呷一口，让他下炕再去拿两个杯子来。杯子拿来，老太太给陈皓、冷菲各倒上一杯白酒，让他们暖暖身子。陈皓犹豫，见冷菲端起杯子，便也跟着抿了一口。酒像碎玻璃一样在口中炸裂，陈皓见冷菲的脸有了血色，心伴着灼热的食管暖了起来。

老太太从掉瓷的花瓷盆中舀起一勺油汪汪的土鸡汤，盛到冷菲的碗里，里面黑乎乎的野蘑菇是山上采的，不放多余的调味料就很鲜。冷菲低头喝汤，眼圈忽然又泛酸了。

老太太把一切看在眼里，她一巴掌呼在陈皓脑袋上："你小子太浑蛋了。"

小龙从碗边仰起脸，看着无地自容的陈皓。陈皓良久才挤出一句"是我错了"。

"别信男人的话，鬼话连篇！"老太太有点心疼地抓起冷菲的手，握在手里。老人的手干燥但温暖，冷菲用了些力气回握了下，轻轻点点头。

饭后，冷菲帮老太太收拾了碗筷。老太太将陈皓和冷菲领去侧室前："夫妻都是床头吵架床尾和，屋里暖壶里有热水，你们早点休息。"

老太太把新毛巾放在陈皓手里，自己回屋关上了门。

屋里电视的音量被调得老大，站在院里都能听清楚。

陈皓没进侧室，他悄悄去了已经关门的小卖部。颜影的手机一直没打通，陈皓给她呼机留言让她速回电话。他坐进柜台里在黑暗中等了一会儿，没等到回电。没有颜影就没有钱，没有钱就寸步难行，陈皓将最后的二百块塞给老太太后，身上就分文不剩了。他有点后悔昨天赶她走，他在小卖部里转悠着，忽然听见电视里正播着入室杀人案犯罪嫌疑人潜逃的新闻。

陈皓快步走回侧室，然而电视声停了，老太太屋里的灯也灭了。

陈皓在屋门外戳了一会儿，决定去和冷菲摊牌。他敲了门，听到冷菲应声才推门进去。屋子的右手边是一张通铺，一床花被子摊开在床上；屋子的左边放着一个双开门的木衣柜，柜子上贴着两面镜子。柜子旁边摆着个铁架子，架子上有脸盆。

冷菲站在衣柜前，正对着镜子看自己的伤。她见陈皓进来掩上门，警惕地转过身，盯着他的一举一动。

陈皓拎起暖水瓶往瓷盆中倒了热水，把新毛巾浸湿又拧干，叠成了整齐的三折，递给冷菲。冷菲握着热毛巾，等陈皓开口。

"我留了钱，管三天的吃住。我得走了。"

"丽珍。"冷菲一字一顿地念着，"是谁的名字？"

"临时起的，怕有麻烦。"

"你叫什么？"

陈皓紧张起来，他见过冷菲的脆弱无助与歇斯底里，却从没见过她如此冷静的一面。他揣度着冷菲的语气，观察着她的表情，他害怕她突然想起来什么。

"陈皓。我叫陈皓。"

"陈皓，我们不能留在这里。"

"我们？"陈皓难以置信地重复。

"是啊，我们不能留在这里。陈皓，你要诚实回答我的问题。"

陈皓只感觉脑子一片空白，他不知道冷菲到底要问什么。

"是谁要杀我？"

"是谁要……"陈皓重复着。

不，绝不能让冷菲知道他是谁、他们是谁。

"你不知道？"

"我不知道。"

陈皓看着冷菲，如果他现在向她承认一切，她是否会原谅自己呢？

他一直都在渴求她的谅解。

"警察在找你，也在找我。我们不能留在这里。"冷菲沉默许久后说。

陈皓鼓起勇气准备坦白，伴随着管灯一亮一灭的闪烁，真相呼之欲出。就在此时，小卖部的电话铃声响起，尖锐的铃音穿透黑夜，落在了陈皓与冷菲的心上。

陈皓奔到小卖部，提起了电话听筒，另一边传来粗重的喘息声。陈皓听出来那是颜影，他直觉颜影旁边还有别人。陈皓问颜影在哪儿，转头发现冷菲已经站在了门口的阴影中。

"你走了吗？"陈皓急迫地问。

听筒中传来痛苦的呼喊声，陈皓早该猜到颜影被抓住了，他本应该把她安排好了再走。但木已成舟，他困在冷菲的视线中，不知该如何是好。

"陈皓，你去死吧！"颜影在电话中大声叫道。

陈皓听懂了，这是颜影的警告。

颜影口是心非惯了，他们本质上是一类人，是从不说真话的那一类人。陈皓看着冷菲，她告别了猎物的状态，镇定得如同山林里的狩猎者。

冷菲并无畏惧，这种力量仿佛也传递给了陈皓。

"颜影，让强哥接电话吧。"陈皓听到自己低语，听筒的另一端呼吸声变了，陈皓恳求道，"强哥，你放过颜影吧。"

陈皓听见赵荣强温柔的笑声，他说他没想到东北这么冷，衣服还是穿得薄了，他又继续说起火车颠簸，说吃喝不习惯。

陈皓默默听完，再次恳求道："放过颜影吧，强哥，有什么我们两个解决。"

"当然，我们见面说，我们爷俩要面对面地聊，什么都好说。"赵荣强笑得开怀。

陈皓握着听筒，只觉得心底发寒。

"见面？"

"你该完成的事没完成，还反过来骗我，这些我不想提了。至于影儿，我心疼她也心疼你俩，不知道你还记不记得，我劝你劝她的话说过多少回了啊……这些都不重要了，我说过什么做过什么都不重要了，那些都过去了。如果你陈皓是个有良心的人，你就该把冷菲带上一起来见我。你知道我不是不通情理的人。有什么我们当面说，你来焦化厂咱们谈谈，给大家一个交代。"赵荣强软硬兼施地威胁道。

"好，我去，你放了颜影。"陈皓看着冷菲。挂断了电话。

冷菲径直往门口走，她打开了小卖部的门锁，在黑暗中再次催促陈皓快一点。

“我们不能留在这里。”冷菲又强调了一遍。

陈皓带着冷菲上了省道，掉头往市区开。冷菲直勾勾地盯着窗外，她一脸无畏的样子让陈皓心痛。他心想，她不过是个不谙世事的傻姑娘，连自己身处危险中都浑然不知。

陈皓觉得，如果此时他有一丝把冷菲带到赵荣强面前献祭的想法都是罪恶的。她太可怜了，他要尽职尽责地保护她。

陈皓此刻只有权宜之计，他想把她送回家。

“你不怕我吗？”陈皓的视线落在远光灯打亮的柏油马路上，他嗓子发干，声音沙哑地问冷菲。

“我应该害怕吗？”冷菲转头盯着陈皓的脸。

“你不认识我，也不了解我，我跟你想的不一样。”

“你和我想的不一样？”

“嗯，我不是什么好人。”

陈皓说得随意，他知道自己也有善的一面，是老天没给他成为良善之人的机会。他眼前随即浮现出母亲站在舞台正中的样子，多少年过去了，一切都历历在目。她金色的皮鞋已经穿出了皮纹，肉色的丝袜泛着廉价的纤维光亮，彩色的细绳混在乌发里编成一头小辫，她不停地旋转，红色的大裙子像撑起的大伞，能藏进个人去。那是陈皓三岁那年流连的地方，舞台上熠熠生辉的母亲他见了就满心欢喜，即使母亲为了自己的生活抛弃了他，他也始终对那个画面念念不忘。

陈皓决定用和冷菲最后的独处机会坦白，他一直在尽力掩饰自己的恶毒，假装一个善人，但现在他得让她明白世间的险恶，他能陪伴她、保护她的时间已经不多了。

"我杀过人。"陈皓的故事是从这句平静的陈述开始的。

他讲起自己家暴的父亲，十岁前他不停地挨打，十岁后他学会了打别人。十三岁，他离开家去流浪。

他叙述着自己如何从乞丐变成小偷，如何又从小偷变成了沿街抢包的少年犯。在他黯淡无光的生命中也曾遇到过短暂的救赎，他抢包时被一对老夫妇当场擒住，他以为自己会被送去公安局遣返原籍，却意外被老两口领回了家。他吃了人生中最好吃的一顿饭。十六岁的陈皓嘴里满是绵糯香软的土豆，心里满是泪。他把老两口当成了亲人，把他们的劝解当成了教诲。

陈皓金盆洗手找了开长途货车的黑活儿。如果不是老两口在车祸中丧生，陈皓可能会永远停留在那片芬芳的葡萄园中。他再度变得无依无靠，离开了那片伤心之地，成了无家可归的成年人。

十八岁，他来到沿海的和歌市，做了假驾驶证，租了辆临近报废的中型巴士，开始起早贪黑地跑短途，跟着大客车捡剩下的客人。在路上，抢客是常事，因为抢客而大打出手更是家常便饭。

"我用车扳手从后面抢倒了一个司机和卖票的，自己也挨了一下，可能是灭火器吧。"陈皓故作轻松地拨开头发，把伤疤亮给冷菲看，"我捂着脑袋上车，才发现车上就剩下一个人，你猜是什么人？"

"你说吧。"

"你肯定猜不出。是个喝多了的侏儒，特别矮，躺在座位上。"陈皓故意干笑了几声，"我当时打热了脑子，一脸血也看不清楚前面的路，只想把车开走，开去终点。你猜怎么着？"

"你想说什么就直接说。"

陈皓看不懂冷菲在难过什么，他故作轻松地继续道："车胎爆了，整辆车翻进沟里，那个侏儒从车窗里飞出去摔死了。我因过失杀人被抓去坐牢。所以，我不是好人，而是个十恶不赦的人。"

陈皓想起在蓝湖监狱里认识了赵荣强，赵荣强对陈皓主动示好，像兄长一样偏爱他。赵荣强说起在异国的经历总是眉飞色舞的。

服完刑的陈皓只想过普通生活，但他没有学历，只能找搬砖、洗碗等卖力气的工作。二十五岁，陈皓靠吃苦耐劳爬上了建筑工程队副队长的位子，然而生活刚见到起色，就遭遇了工程塌方事故。陈皓带人围住了事故现场，没听安排就去现场救人，他不记得自己是怎么晕倒的，只记得醒来时已经被扭送到了派出所。陈皓无时无刻不在思考到底发生了什么，但他什么都不知道。在绝望中，他想起赵荣强曾经的承诺，托人给赵荣强捎了信，一周后他被放出来就成了赵荣强的亲信。

赵荣强在他肩头文下朱雀的那一天，天空飘起了细雨。陈皓忍不住大笑，原来老天爷一直在跟他开玩笑。

陈皓重蹈覆辙，走回了老路，把沉默凶狠变成了自己的底色。

"所以呢？"

"没有所以，我只是告诉你，我不是什么好人，你别对我有幻想，我不骗你。"

你只是为了自己好过一点。冷菲双臂交叉在胸前，话到嘴边又咽了下去。

陈皓看着冷菲红红的指尖，忽然想起了两人故事的真正起点——设好套的交易被临时叫停了，陈皓、阿德、蛇子三人来到幼儿园门口蹲守，等郑志明自己现身。陈皓听腻了蛇子的咒骂，自己缩着脖子走下车去独自蹲点。

他点上一支烟，重新思考着等下去的意义。眼见香烟落地，等他有意识时眼前已经天旋地转。一个女人拉住了他，她的头发有橙子的香气。陈皓听见女人追问自己身体还好吗，他不停地冒着冷汗，大喘着气回答不上。陈皓嘴里被塞进一颗奶糖，等他从心悸中缓过劲来时，女人已经不见了。陈皓回到车上，将冻僵的手指抵在暖风出口前，努力记住女人与他手指相碰的画面。

奶糖是冷菲给的，原来和冷菲的缘分在杀人前就埋下了伏笔。

陈皓心里一抽，悲伤排山倒海而来。他压抑住自己崩溃的心，将车停在了路边。

"下车回家吧。"

冷菲没动。

陈皓又重复了一遍。他的心被撕碎了，却又不能让冷菲看见。

冷菲踏进了冬夜里，随即在细雾中消逝成一片幻影。

"你骗我，你怎么知道我住在这里？我从来没说过。"车门再度被拉开，冷菲圆圆的眼睛瞪着陈皓。

陈皓脑中一片空白，临时编不出像样的谎言。

冷菲重新坐进了车里，她用力地关上车门，像是等待陈皓的回复。

"我们见过，我们本来就见过？"

"你想起来了？"陈皓的声音开始颤抖。

"我们见过……就在这里……你记得吗？"

陈皓看见冷菲的眼神全然变了，他极力摇头，粉饰着惊慌。

"再说一些你的事吧。"冷菲低下头，"过了今晚，我们再重新开始。"

重新开始……陈皓也想重新开始，可重新开始的路太长了。

"我们还有时间吗？"冷菲看向陈皓，问道。

我？我们？我们还有时间吗？陈皓问自己。他在心里不停祷告让时间停滞，让一切封存在他与冷菲并坐的这一刻。

大雾弥漫，通往焦化厂的路蜿蜒曲折。陈皓木然地将车开向大路，脑中一片空白。

陈皓入套让赵荣强的心事落了地，他开始关心吃食。

赵荣强问蛇子炖的棒骨是哪里来的，蛇子说是焦化厂的小保安给他留的。赵荣强问起了小保安的家世年龄，末了让蛇子再去问问对方，能不能搞来东北有名的大马哈鱼。

蛇子看不懂赵荣强，在这个节骨眼儿上，他还想着做饭的事情？想到跟着赵荣强的几年，自己脏了手、脏了心，也受尽了委屈，蛇子便搪塞说太晚了不好去弄。

话一出口，赵荣强就拉下了脸。他带着玩笑的口气说蛇子让自己惯坏了，嘴上都变挑了，兴许哪天就会挑事了。赵荣强说完，斜着眼瞥了蛇子一眼，他眼神里的锋利被蛇子看得一清二楚。蛇子赶紧改口说，自己本是想安排人直接往家里送。

"你不懂，一方水土养一方人，鱼出了本地的水就不再是本地的味了。"赵荣强从鼻孔里喷了股气，他指着昏睡的阿德贴在蛇子耳边嘀咕，让他以后成事了别忘了这些傻兄弟。

赵荣强反复说过很多次，花花棋牌室得有个说话算数的，自己房子里还存着那么多值钱的老物件，他一命呜呼了剩下的都是蛇子的。蛇子抓起赵荣强放在他腿上的手，使劲攥了攥。

赵荣强满意地笑了。那笑是空的、冰冷诡异的。每次赵荣强露出这样的笑容，蛇子都不愿再和他待在一块儿。于是，蛇子拿着手机立马出了门。

蛇子走了，赵荣强坐到了阿德身边。

"老爸，我没事。等皓子来，我一人对付就够了。"阿德烧得迷迷糊糊，嘴角已经斜到一边，说话也变得含混。

"对付什么对付，你这一根筋。"赵荣强把随身带的手绢用冷水打湿了，压在阿德的脑门上降温，"唉，你瞅瞅你这样子，人不人鬼不鬼的，你让我怎么放心把买卖都交给你。"

阿德闭着眼说："老爸管我口饭吃就行。"

赵荣强说不出话，阿德父母是老来得子，父亲是屠夫，但从不让他沾手。他从小心大，吃得好睡得香，长成了个大个子。因为征地拆迁问题阿德跟村里有了嫌隙，被人一鼓动闹出了械斗的大事。阿德被关进了蓝湖监狱，认了赵荣强做干爹。出来后，他发现母亲病死了，亲爸没了房子，无处讲理。

赵荣强就这么收留了无处可归的阿德父子。阿德五大三粗，赵荣强便安排他在身边处理些生意上的脏事。

阿德的亲爸眼见着儿子的路越走越偏，但寄人篱下也不敢多说，只好偷偷跑去工地搬砖。谁知墙塌了，阿德亲爸被砸烂了脑袋，一条命只赔了五百块钱。阿德嚷嚷着报复，却被赵荣强拦下了。他说，有他在就不能让阿德出乱子，有他在就有阿德一口吃的。赵荣强掏钱给阿德的父亲连同早死的母亲在老家办了白事，找了块风水好的山头安葬了两位老人。阿德从此把赵荣强当作再生父母一样孝敬。

赵荣强明白，阿德虽愚笨，但是完全忠心于他。

看着阿德肥硕的身躯，赵荣强唏嘘，阿德一直没变过。他只怪自己较劲，想把他塑造成别的样子。

赵荣强又搬了张小方凳坐到颜影身边，见她白着脸，嘴唇干裂，于是将矿泉水举到她嘴边，给她润了润嘴唇。

"强哥，求你放我走吧，我保证什么都不说。"

颜影面容肿胀，已经看不出原来的面貌，披散着红色的长发。赵荣强把她的头发用手顺了顺，让她靠在暖气片上。颜影坐不住，一个劲地往下滑，赵荣强就用板凳把她抵在暖气上。

赵荣强又一屁股坐在板凳上，问颜影，有没有见到那女的。

"我好奇问问，郑志明、陈皓，他们都喜欢她，她究竟有什么魅力，把这些人迷得都没了魂啊？"

颜影疼得晕一阵醒一阵，听不清赵荣强的问题。

赵荣强提起板凳一错，一条凳腿压在颜影的手背上。颜影一瞬清醒了，哑着嗓子喊叫。赵荣强重新摆平凳子，他垂手拎起颜影的红发在手中一转，拽着她的头往暖气上磕，说，我问你什么就回什么。

颜影瓢了嘴，僵着舌头更说不清话。

赵荣强的火气冒了上来。他大骂颜影是个赔钱货，骂她丑，骂她贱，骂她一脑袋糨糊。他说，颜影是真的傻，陈皓难道在意她吗？陈皓根本不在意，陈皓在意的全是他自己。

赵荣强抹着脑门的汗，说只有自己是真心实意对女人好，觉得她可怜。颜影的血顺着暖气片一行行地淌到地上，赵荣强看了厌烦，松开头发任凭颜影倒下身，自己叉着腰把半瓶矿泉水一饮而尽。

夜色深了，赵荣强洗干净了手，等来了心心念念的大马哈鱼。蛇子怕他临时起意，还拎回了一袋子杂鱼。锅具、调料加上一大兜子食材，把后备厢塞得满满的。

赵荣强架起锅，他看这鱼肉质肥美，闻起来也没有什么腥气，就简单收拾了一下，再下锅双面煎黄，加上葱、姜、矿泉水，炖了起来。

　　鱼汤变成了浅白色，鲜香的气息唤醒了阿德，他摸了摸脑门，烧退了一些。

　　赵荣强让蛇子给颜影洗洗干净，过来一起吃饭。蛇子扇了扇颜影的脸蛋儿也叫不醒她。他没辙，只好解开绳套把颜影拖到桌边。

　　蛇子看着地上的血痕，假装不在意地用废报纸盖上。

　　赵荣强往汤锅里下了个随身带着的纱布调料包，调好了汤味，让蛇子端上了桌。几人围坐在圆桌边，赵荣强舀了第一勺带鱼眼的汤，盛在阿德的碗中。

　　"不要嫌我年纪大爱唠叨，我现在说几句不中听的话，你们听得进就听、听不进就不听，都是个人的造化。"

　　赵荣强看着阿德拨弄着鱼眼珠子，示意阿德边吃边听："你心是好的，只是太过鲁莽，这么多年的毛病我说了也不见你有长进。不怪你，这是天性使然。我看不了你多久，以后只能靠自己的时候你就会想起我说的。快喝吧。"

　　阿德端起汤碗吹了吹，吸溜了一小口，他吧唧了下嘴又把鱼眼吞下。

　　赵荣强挑出锅里的鱼鳃，盛到蛇子的碗里："这部位肉嫩，别人吃不出，你来尝尝。"

　　"强哥，还是你吃吧。"蛇子赶紧推托，赵荣强不容分说地把碗推给他。

　　"你最灵谁都看得出，但聪明反被聪明误，等走到最后你就明白了，这世界不是聪明人造的。蛇子，你记我一句忠告，人不要太聪明。"

　　"强哥，我知道我那是小聪明，上不了台面的。"

　　"你找来了所有食材，这是你的功劳，我记着你的好，你就别嫌我矫情。来，吃肉喝汤。"赵荣强看着蛇子，点点头。

蛇子搓了搓手指，看看阿德，剜出鱼鳃下泛着粉的白肉条吃下。

"好。"蛇子用夸张的语气大声说着美味。

"这鱼生下来就是劳碌命，一生要来回几千公里，不过是为了回家产卵然后死掉。女人啊和鱼一样，就是这么执着，执着地爱，执着地死。不说了，影儿啊，你尝尝这鱼背上的肉，这肉是最活的。大老远来这儿一趟不容易，也不会再有下次了。"

赵荣强给颜影挑了鱼脊梁的一段，弯着身子送到她嘴边。颜影费劲地睁开眼，喝进嘴里的鱼汤又流到了地上。

赵荣强把碗一撂，朝着蛇子扬了下手。蛇子起身正准备动手时，颜影突然坐起身狠狠地咬住赵荣强的大腿，任凭赵荣强如何推她也不撒嘴。阿德和蛇子赶紧一起把癫狂的颜影从赵荣强的腿上扒开。

颜影开始咒骂，她知道赵荣强的丑事，知道团伙里的勾当，她咒骂他们所有人不得好死。蛇子将纱布塞进颜影的嘴里，把颜影往厕所里拖，两个人纠缠在地上。阿德过去一刀扎进了颜影的心脏。他拔出刀，把颜影拉到一边。蛇子这才爬起来和阿德一起看着地上的颜影。她的血很快打湿了胸口，呼吸越来越短促，脸迅速失去血色。颜影伸手揪住了蛇子的裤腿。

蛇子甩开颜影，和阿德一起回到饭桌前继续喝汤，好像再也看不见颜影反弓着身子挣扎的样子。

"多吃点，今天要熬个大夜。陈皓还等着咱们呢。"

赵荣强掩饰不住地兴奋起来，他盯着见底的汤锅，纱布包中，瓜子纹路的果子已经沁出了黄褐色。

a

工厂弃尸

冷菲还在等着他来还原真相，
等待他来拯救。
马志友告诫自己要清除一切杂念，
他要为他的案子负责，他现在还不能放弃。

案件分析会前，技术科打来电话：柿子皮上提出的半枚指纹与陈皓档案里的对上了。马志友心中更有底了，看来从康复中心带走冷菲的应该就是这个陈皓。

梁薇从康复中心赶回来，带来了新的线索。

"师傅，传达室的老王说，一个自称是赵达太老婆的女人从老家来找过他。那女人浓妆艳抹的，脸上还有伤。"

马志友点点头，让她带人去火车站、长途客运站附近的洗浴娱乐城走一遍。

陈皓被正式确定为灭门杀人案的犯罪嫌疑人，报上级机关申请在全国范围内发布针对陈皓的悬赏通缉令，悬赏金额二十万，并大力搜寻受害人冷菲的下落，她有可能作为人质被犯罪嫌疑人挟持。

案情逐步明朗，马志友难得准点下班，去银行找杨荻却扑了个空。行里的人说她休假了。马志友犹豫后，没联系杨荻就直接杀回了家。结婚以来，两人不断吵架、闹离婚、冷战再和好，马志友已经对过程熟稔于心，想到即将面对的"暴风雨"，马志友不得不强打精神。

家门一开，马志友唤着杨荻的名字，却无人应答。他踹下皮鞋，从冰箱里拿了瓶水，坐回沙发思考杨荻到底去哪儿了。

一般的夫妻间，失联是大忌，但马志友和杨荻常因为突如其来的案子十天半个月不联系，杨荻从来没什么反应。

马志友不清楚杨荻这次在闹什么。他看到桌上摆着离婚协议，拿起来过了一遍。信息都填好了，两人的共同财产就是这个两居室的房子，杨荻不要，留给马志友，她要三万块钱当补偿。除了房子，两人无儿无女，没有牵扯。

马志友看着离婚协议，最后眼里只剩下杨荻写的申请离婚理由：生活愿景不一致，已无法调节。他想起卢建新曾经带着点笑意，问他钱、权、色他到底图哪样。"爱啊，图爱啊！"马志友不加思考地回答。这是他的心声，但也只能用玩笑的口气说出来。

马志友自嘲地笑了，他只想问问杨荻，让她从金融方向说说啥是愿景，她的愿景和自己的到底有啥不同。马志友拨了杨荻的电话，但久久无人接听。

马志友握着手机在屋里转悠，他溜进卧室，摆弄起床头柜上的香薰灯。机身里面的水蒸发得干干净净，只在塑料壳上留下了一道清晰的水碱印。

马志友心念一动，他打开衣柜，一个衣架一个衣架地看，回忆到底少了哪件衣服。但杨荻似乎并没有带什么衣服走，或许她想直接买新的也说不定。

马志友这么想着，一脚踹上衣柜的抽屉，去客厅拨了杨爽的电话。马志友和杨爽一直不对付，他瞧不上她的势利眼，她也瞧不上马志友，一直说他配不上杨获。

电话接通了，杨爽的嗓门又高又亮。马志友把手机拿远了一些，问杨获回去了没，杨爽没好气地否认了。

杨获没去找她，看来她也不知道杨获跟自己提了离婚。

"你看了吗，考虑得怎么样？"杨爽的话题突然一转，问得马志友一头雾水。

马志友又拿起了离婚协议，猜想，杨爽说的难道是这个？

"你也考虑一下，毕竟警察是个高危职业，你想想如果发生什么意外，获获就没人照顾了啊。你俩又没要孩子，我也老了，家里就你一个顶梁柱，要是倒了……唉，我们都需要多个保障。最高有八十万的保额呢！"

马志友想起杨获提过买保险的事，原来是这么档子事。

"杨获知道这事吗？"马志友问。

"当然，她没跟你说吗？"

"我刚回来，最近一直在忙。"

"哦，一样的，我跟你说也一样的，都一家人。那个意外险的合同我放你家了。我既然做了这业务，那肯定是先尽着咱们一家子计划。你看好了也可以给你周围同事说说，新时代来了，每个家庭都得有自己的保险，每个人都得有自己的保险。"

杨爽向自己借的钱还没还，现在又打上了自己性命的主意，马志友心里不痛快，便不再拐弯抹角。

"我手头的钱都给你拿去买房装修了，我一个挣工资的，哪儿还有那些闲钱。"

"小马，你说这个我就不爱听了，钱我可都还了啊！"杨爽尖着嗓子厉声说道。

"什么时候还的，我怎么不知道？"马志友问。

"转给获获了，忘了跟你也说一声了。"

"我借给你钱买房装修，你用完还我，为什么要还给杨获呢？"马志友质问道，他知道杨爽八成是在骗他。

杨爽干笑了几声："你的不就是她的吗？你俩不是两口子吗？"

杨爽实在不可理喻，马志友不想再继续纠缠，直接挂断了电话。

可能是杨获父母早亡，马志友觉得杨获和杨爽的关系，比起姑侄更像母女。

之前两人闹掰，杨爽骂杨获没良心，杨获骂杨爽自私奸诈，只想吸自己血。现在看来两人是和好了，能一起来算计他马志友的钱包了。

马志友心里一寒。杨获掀开被子穿着吊带睡裙跳下床，从身后环抱住自己的感觉，那温热的呼吸吹在脖颈的记忆，已经很远很远了。

他把杨获当爱人、当家人。可杨获究竟是怎么想的呢？马志友突然不确定了。

马志友感到十分疲劳，他去厨房煮了包方便面，放了冰箱里最后的两个鸡蛋。面出锅前，他手抖多倒了醋，热气带着酸味飘满了屋子。马志友又坐到了沙发上，他用离婚协议垫着碗，三两口吃光了整碗面。身上出了点汗，他仰在沙发上打盹，半梦半醒时，他好像接到了杨获的电话。

电话里，杨获问他在干什么，他说在忙。杨获建议两人聊聊，马志友醒不过来，他嗯嗯啊啊地问聊什么，杨获说也可以不聊。

梦中马志友一直在想，两人要聊什么呢，他们是知根知底的两个人，实际早就成了一个人，所以到底要聊什么呢？杨荻也在质问他，两个知根知底的人，到底要聊什么呢？马志友想到最后，挣扎着说你不爱我了，杨荻回答说，是你先不爱我的。

马志友惊醒了，发现外面天色死黑一片。他揉搓着脸坐起来，发现自己一闭眼就睡到了半夜。马志友瘫坐在马桶上，捋平了离婚协议和保险合同，他总觉得杨荻正在什么地方，瞪着像博美那样溜圆的眼睛，挑着眉毛，注视着此时颓废不堪的自己。

这就是她想要的惩罚吧。

马志友叹息一声，换上警服和新袜子，头也不回地逃出了无人的家。他开着车在凌晨的市区游荡，一口气抽完了半包烟，在天蒙蒙亮的时候回到了公安局。

大办公室里有一点亮光，马志友走近一看，发现梁薇拼了两把椅子，盖着大衣睡着了，桌上的台灯还亮着，桌面上摊着冷菲案子的资料。

梁薇的笔记本也摊开放着，正是郝雯笔录的那页。梁薇记录了冷菲恢复的重要时间节点，她做事情走心，查找线索的功课做得如此之细让马志友也没想到。

马志友关上了台灯，想让梁薇睡得踏实些，桌上的电话突然响了。

梁薇惊坐起来，她跨过椅子一下扑到了电话旁。

马志友赶紧按开台灯，见梁薇一脸慌乱地捋着头发。

"稽查热线……请问你是？"梁薇的眼睛瞪圆了，她对着话筒放缓了语速，"再说一下地址。"

梁薇挂了电话花了两秒稳定住情绪，待缓过神后，看到站在桌子旁边的马志友，她百感交集地说："焦化厂发现了新的尸体。"

雪已经停了，去焦化厂的柏油路也被清扫得七七八八，来不及扫去的雪被阳光一晒化成了水，又结成了冰扒在路面上。马志友载着梁薇来到焦化厂。马志友心里长草，远远见到厂子大门就赶紧靠边停车，两人下车步行去现场。

白色桑塔纳轿车的前盖上四仰八叉地躺着个人，一条钢筋从车盖中穿出，自那人后背入肚子出，肚皮流出的肠子已经发黑，上面落了白雪，硬邦邦地缠在钢筋上。

尸体是附近的流浪汉发现的，更准确地说是他养的黄狗发现的。焦化厂因行业不景气倒闭后，厂房一直是锁着的。平时会有小保安定期巡视，依然防不住外面人撬了锁链来厂子里偷废料变卖。流浪汉解释说，自己只是过来捡破烂，不承认撬了门锁。

马志友让梁薇与现场其他警员一起去取证，他独自在厂区里快步巡察。雪后空气新鲜，厂子里有种抽离于现实世界的清静。他绕着厂房走了半圈，见一条积雪薄一些的小路通向一栋两层高的砖楼，外面生锈的挂牌上写着办公室、化验楼，便走了过去。直觉告诉他，这里有人来过。

小楼的大门是对开的绿色铁门，门上各有两块方正的玻璃，左下角的一块不知被什么砸出个大口子，口子周围有胶布贴过的痕迹。马志友用袖口垫着手，推门而入。

地上的灰尘留有拖拽过什么东西的痕迹，马志友沿着痕迹一直走，左拐来到了走廊更深处。楼道灯打不开，可能是因为楼里已经拉闸断电了。马志友借着走廊窄窗的光亮，看到不远处的地上落下一只旧皮鞋，旁边还有个足球，撒了气，躺在落灰的铁皮机器上。

可能是厂子倒闭时，工人扔下不要的东西。

马志友将所见的一切在内心建立起因果联系。他从走廊尽头的楼梯上了二层，二层构造同一层一样，但又是另一番光景。一条深长幽暗的走廊，两边分布着左四右五的九扇门。多的一间房子应该是盥洗室，门头还挂着男厕所的标志。二层的地面近期被人打扫过，没有一层那么多灰尘。

马志友站在楼梯口深吸了一口气，他感觉这里还有人生活。他提高了警惕，小心地一间间地开门查看。

左边第一间屋子，空的。

马志友走进空屋，背着手转了一圈，房中的空气不像久无人居的样子。马志友去窗前查看，见窗户有条一掌宽的大缝，怪不得屋里不觉得憋闷。透过窗户可以看到楼前的来路和不远处的填料塔，这栋小楼的位置很妙，虽然不高，但厂子里人来人往都能看得清楚。

马志友走出了屋子，又把其他的屋子挨个儿转了一遍，收获了三台摩托罗拉的传呼机、写着"质检"二字的蓝色文档和一沓旧照片。

在最后一间屋子前，马志友停了下来。从门缝散发出一股怪异的气味，他不觉干呕了一下。他的汗毛竖立着推开了屋门，一股恶臭扑面而来。

马志友小心翼翼地走进屋子。这间屋子相较于之前的房间要大一些，正对门的地方放了张圆桌。桌上摆着口圆锅，锅里有吃剩的半条鱼，鱼汤已经在锅里凝成乳白色的冻。圆桌旁有四把椅子，横竖着倒在地上。

马志友绕过椅子，走向靠墙摆放的三张行军床，他绕过挡路的电炉子，走向其中一张床。床上散乱着被褥，被褥中有个人弓着身子脸贴着墙，只露出半个后脑勺。恶臭就是从这里散发出来的。

马志友被气味熏得睁不开眼，他高声喊道："警察，不许动。"然而床上的人一动不动。他走上前探头一看，赶紧走出了房间。

马志友拨了梁薇的电话，电话刚一接通，梁薇就汇报说发现了只箱子，箱子里是一具女尸。

"叫人来办公室，这里也有一具。"

马志友在大冷天里出了一身汗。他强打精神重新回到屋里，没走几步，就在地上发现了用过的针头。他走到桌前仔细查看鱼汤，还俯身离近闻了闻。此时，一名小警察唤着"马队"而来，他捂着鼻子掀起了被子，还没来得及奔出屋子就一口吐在了地上。

"对，对不起。"小警察抹着嘴道歉，但一股胃酸又翻涌上来，他忍不住继续呕吐。

马志友心中无奈，只是叹着气拍起了小警察的后背。他闭上眼，臆想着那男人死前的绝望：呕吐物溅得墙与被褥皆是，粪便与血混杂在一起，失控地流满全身。他蜷缩成一团，筋骨扭曲。

这惨死的样子，只要看一眼就会叫人心里落下阴影。

马志友扶着小警察离开现场，他们走到大门口，遇到赶来的梁薇。马志友嘱咐梁薇，把铁锅里的东西都留下。

"留什么啊，师傅？"梁薇追问道。

"上去你就知道了。辛苦了！"

队里一半的人到了现场，大家把焦化厂里外搜了一遍，确定只有这三具尸体。

配合调查的小保安吓坏了，刚进讯问室就把自己监守自盗的事交代了个底朝天，说死在车顶上的胖子和办公室里的瘦子他认识，11月的时候他们和另一个男人在这里住过，他哆嗦着请求警察从轻发落。

马志友顾不上跟他较劲，冷菲还没有找到，陈皓仍逍遥法外，又发现了三具尸体。

这三人大概率是陈皓的同伙和去康复中心找他的女人，他们之间到底发生了什么？

马志友通知队员换上便装，封锁唯一的高速出口，准备来一场突击检查。他赌陈皓一定会快速离开案发地。在火车站、客运站盘查的人没撤过，现在他将宝押在高速公路，不知道是否来得及。

付晓虎的一通电话为马志友带来了想要的消息，昨天他连夜赶到了和歌市。

湖中路派出所的段强接待了他，段强有自己的线人，他早就盯上了赵荣强他们。线人说，两三周前，赵荣强家中被人放了场火，据说是陈皓跟赵荣强翻脸了，临走前把赵荣强的屋子点了。

段强建议先以协助调查为由将赵荣强及其手下抓回来审问，付晓虎觉得段强的判断有道理，与上级汇报后，他们实施了抓捕，然而扑了个空。

赵荣强一伙已经人去楼空，警察只在花花棋牌室中抓到了几名嫖客和卖淫女。

"那几个卖淫女当时就招了，说赵荣强带着手下是前两天出去的，去抓他们这儿逃跑的一个姑娘。"

"那个姑娘叫什么？"马志友心中有不好的预感。

"颜影，跟陈皓好的。"

这就对了，梁薇说有个浓妆艳抹的女人自称是赵达太的老婆，来康复中心找过他，焦化厂中发现的女尸应该就是颜影。

"赵荣强的手下呢？都长什么样，叫什么名字？"马志友又问。

"师傅，我把在赵荣强老窝找到的照片用传真机发给你，你边看我边说。"

马志友接收了照片，一张张翻看。一张照片上是年轻时的赵荣强和一群卷发的外国小孩。合影中，赵荣强手握着镶金的沙漠之鹰手枪，头发又黑又亮。

马志友继续查看剩下的照片。在众多照片中，一张五人合影分外显眼，照片是在一间装潢雅致的小客厅里拍的。不大的小客厅里摆了张实木圆桌，精细的雕花配着纤细的桌腿，有种清雅的文人气质。红漆木的沙发扶手已经磨出了包浆，沙发上堆放着四个一模一样的绿丝绒靠垫，和中式家具搭在一起，颇有番异国风情。赵荣强站在中间，他提着刺青枪，脸上有光。赵荣强左边站了三个人，陈皓和一高一矮两个男人。赵荣强的右边坐着个半裸的男人，背对镜头，只有一个侧脸，裸露的肩头是一个龟蛇相抱的青色文身。这人的脸被红色颜料盖住了。

马志友明白了郑志明的肩头为何会被割掉一块肉。

他问题的答案都在这张合影里。

"师傅，你看到那张合影了吧？那个胖子叫陈耀德，阿德；瘦子叫顾明亮，外号蛇子，据说他们两人和陈皓在 11 月的时候出了一趟远门，杀害李仁杰父子俩的应该就是他们三人。"

"嗯，看到了，可是现在他们都已经死了，只剩赵荣强和陈皓还没抓到。"马志友叹了口气。

接连的大雪让高速封路了，出口排起了长队，真是老天助力。

排查工作持续进行，中间还出了不大不小的乌龙事件。附近农贸市场丢了的大货车被找到了，就堵在出关的车队里。一车厢的肉鸽稀里糊涂地飞了满天，马志友粘了一身鸽毛，一无所获地回到了局里。

命案一再发生，马志友立下的军令状已经失效，只能自觉加班加点。

梁薇一直跟着加班，听见马志友肚子咕噜咕噜响，就泡了面送到了他的桌前。

马志友一边说"谢谢"，一边接过面开始狼吞虎咽。

"师傅，你真吃得下去。"梁薇递上榨菜，又撕开一根火腿肠挤到泡面里。

"你回去吧，你在这里都没地方睡，也不方便。"

"不用。"梁薇嘟囔了一句，她看看办公室里就剩下了他们两人，忽然问道，"师傅，师娘平时管你吗？"

什么是管？马志友歪头想着梁薇的问题。

他自己吃饭，自己洗衣服，自己睡觉，但杨荻会给冰箱里填上食物，会一周打扫一次卫生间。

"管什么？"马志友吃完了肠，捧着面碗喝汤。

"她都不问问你干什么呢、跟谁在一起吗？"

"老夫老妻的。"马志友回忆起杨荻曾经也每天一个电话地问自己在哪儿，但那已经是很久以前的事情了。

"那你管师娘吗？"

"有什么可管的。"

他沉浸在由灭门案牵扯出的一系列新"剧情"中，那些线索像珠子般散落一地，又在某条隐形线的牵动下慢慢串联在一起。马志友感到百爪挠心，他觉得他正在接近真相，又或者是真相正在逼近他。

可梁薇随便几句话就把他刻意屏蔽掉的回忆打开了，他想起路灯下男人的手，想起杨荻的高筒靴和香水味，想起知道孩子没了后刺骨的冰冷。马志友只觉得脸烫得厉害，他活动了下手指，关节发出咯咯的响声。

"是吗？"梁薇点着头，盯着马志友的眼睛说，"师傅，我分手了。"

马志友眼见梁薇眼里盈起泪，赶紧去翻找纸巾。马志友仿佛突然跳出了自己，他的自我在背后忍不住狂笑，笑他的灵光全在做警察的事上，而不在人事上。

"你看，我也不知道该怎么安慰人。"马志友自嘲地说，"就这么一碗方便面还被我吃了。"

"我没想哭，也没想要安慰。"梁薇拿纸巾擦干了眼泪，"我就是想起焦化厂那女的……那画面太……她光着身子蜷在箱子里，箱子拉链和她的头发绞在一起……有那么一大束红头发挂着头皮，掉在一边……唉，太惨了，人怎么能这么恶呢？"

刑侦工作就是要面对人性的阴暗面，一个刚投入侦查工作的小年轻怎么能轻松应对这些呢？马志友太理解梁薇此刻的脆弱了，他上前拍了拍梁薇的肩膀。

"那就痛快地哭出来吧。"马志友温柔地说。

梁薇不再收敛，她顺势抱住了马志友，放声哭泣。

咸湿的泪顺着马志友脖领子往里灌，马志友惊得把梁薇推开老远。他涨红了脸，胡说了几句话，就抓起包逃离了办公室。他快步走出公安局，险些滑个大跟头。还好值班的小陈不见人影，没见到他的窘迫。

马志友发动车的工夫，忍不住点了支烟。

警察这工作太辛苦了，伤神、伤身，还伤心，这条路到底何时

只有河流知道你的秘密

是个头呢？

马志友一阵唏嘘。

他用夜以继日地工作去杜绝情绪反复，只是在这落单的午夜，感伤还是会抑制不住地反扑。

为何呢？

为何日子会过成这个样呢？

为何人要这么痛苦呢？

人活一世到底是为谁生、为谁死呢？

马志友被这些虚无的问题搅得越发混乱。尼古丁压不住他的干呕，他花了眼，看见街角闪动的细弱的红光。

这么晚，也有天涯沦落人，躲在黑暗中抽闷烟。

马志友狠嘬了一口，像给对方发出暗号。

那红点快速闪了两下，便消失了。

马志友闭上眼，眼前是冷菲浑身是伤的模样。那时，他第一次下定决心，要帮助这个可怜的女人。冷菲还在等着他来还原真相，等待他来拯救。马志友告诫自己要清除一切杂念，他要为他的案子负责，他现在还不能放弃。

马志友睁开酸涩的双眼，走下车时，一片细小的雪花悄无声息地从天而落。

b

未至之日

这一路，痛苦与不安交织在一起，
陈皓不断用谎言掩饰着心底的秘密。
此刻，他觉得有了冷菲的陪伴，自己终于不再是孤零零的一个人了。

　　大雾与雪模糊了眼前的世界，陈皓沿着环城路慢慢地开着车。他讲了自己成长中轰隆作响的铁路，讲了陪伴自己的小母猫，讲了舅妈家楼道中昏暗的灯泡。陈皓截取记忆深处的帧帧画面，尽量详尽地描述给冷菲听。

　　只是他的童年太重了，重到讲了一晚上才说到他偷了父亲的钱，摔烂了堆积如山的空酒瓶，一个人跳上开往外地的绿皮火车。

　　冷菲安静地听着，偶尔情绪上来，她就转过头对着玻璃哈气，用手指画出大小不一的水母。

　　陈皓是有私心的，他不仅渴望冷菲的怜惜，而且想让冷菲理解他的挣扎，似乎同感比同情对他更重要。他像庖丁解牛一样拆解自己的感受，希望向冷菲传递他的感受。

　　油表的指针指到左边，陈皓已经路过了两个加油站。

　　冷菲看出了陈皓的迟疑，提议由她来开车加油。她开车很稳，坐在方向盘后的她像换了一个人。她把车开进了加油站，叫醒了瞌睡的工人。冷菲解释了几句，加好了油，又端出桶方便面递给了车里的陈皓。

开着加满油的车，冷菲看了眼仪表盘的时间，凌晨三点二十七分。

"绕了那么远，要去哪儿？"冷菲直截了当地问。

赵荣强正在焦化厂等着他俩，陈皓明白这场蓄意谋杀始于赵荣强与郑志明间的心结。冷菲是被郑志明牵连，如今颜影又被自己牵连。赵荣强到底需要多少人去献祭呢？

陈皓心思反复，他没想到冷菲愿意继续跟着自己。

"差不多了。"冷菲说。

"什么？"

"面再泡就不能吃了。"

陈皓机械地取下叉子，喝了一口面汤。

冷菲和他身无分文，她是怎么加油、怎么买面的呢？

"我说路上我们打架了，钱跟天女散花一样全撒出去了，现在没吃没喝又没油，请人帮个忙，之后再把钱还回去。"冷菲回答了陈皓心中的疑问，"吃了东西，我们去你要去的地方。"

"我没想到你能和我走这么远，我不能再奢求更多。"

"你帮了我，现在轮到我帮你了。"冷菲用平淡的语气回答。

陈皓不懂冷菲，不懂她怎么能如此坚定地和自己共处。

"你说你父母不管你，说你身上背了人命，蹲过监狱。你一直说你不是好人，这点我知道了。你浑蛋起来不是人，谁都伤害，连自己都害，这个我也知道了。但我并不害怕你，我只觉得你眼熟，有熟悉的感觉……我现在什么都没有，连过去的记忆都没有了，我能相信谁呢？我只能相信我的感觉了……你是为了女人吧？"

"啊？"

"不是吗，不然是为了什么呢？"冷菲的语气比之前松弛，她需要控制些什么，握上方向盘，她人随之就放松了一些。

"她因为我吃苦了，是个苦命的女人，可怜的人，我不能对她不管不顾。"

"可怜的人。"

"我犯过错，过去已经改变不了了，但我愿意弥补。"

"你总在认错，你做错了什么？"

"还不能说。"陈皓指了去焦化厂的路，他向冷菲保证绝不会再回头了。

车子在鹅毛大雪中驶进了一片废弃的工业园区。冷菲切换远光灯，打亮了工厂的环形路。

"我在前面下，你别停车，就用现在的速度绕着厂子开。三圈后，我不出现你就开车赶紧走，别来找我……"

冷菲点点头，她看着车玻璃上斜下的雪花，想到风起雾散，看来雪就快停了。

车行一路，冷菲刻意记下了路况。路旁堆砌着砖瓦碎屑和长短参差的钢筋，脚手架环绕着圆柱形的废锅炉，扎进黑夜里头，运输管道架在矩形的建筑上，犹如卧龙般延展着身躯。

路中突然出现了一个棕色的皮箱子，冷菲停下车，刚要下车却被陈皓拦住了。

"你继续开车，记住我跟你说的。"陈皓伸手攥了下冷菲的手腕，之后自己关上了车门，等冷菲开车走远后才来到皮箱跟前。

这是赵荣强丢下的饵，他正躲在黑暗中，注视着自己的反应。

他弯下身，闻到皮箱中钻出一股浓浓的鱼腥味，他那习惯了黑暗的眼睛快速捕捉到皮箱拉链处缠绕的一撮头发。陈皓捏起那缕暗红色的头发细看，一股酸麻爬上了他的小腿。他冷静地打开皮箱拉链，只见颜影稀烂的半张脸。

陈皓双腿一软，正坐在准备偷袭的阿德脚上。阿德抡起钢筋砸向陈皓的脑袋。陈皓一翻身站起来，照着阿德瞎了的左眼就是一拳。阿德本能地一缩，陈皓趁机用头撞向阿德的脸颊。阿德手中的钢筋掉在地上，身体也连连后退。陈皓没给阿德任何喘息的机会，他抄起地上的碎砖拍向阿德的脑袋。

阿德一只眼睛瞎了，本就看不清，又接连挨了极为阴狠的几招。他慌忙捡起掉落在地的钢筋，往旁边的脚手架上逃，陈皓发疯一样地在后面追。两人攀着脚手架，来到了木板搭成的平台上。

"赵荣强在哪儿？"陈皓怒吼道。

阿德在脚手架上勉强站稳，他没见过陈皓如此疯狂的模样。

"少废话！"阿德扯下包扎左眼的纱布，抹掉不断渗出的血。

"赵荣强人呢，他在哪儿？"

"无药可救！"阿德再次冲上来。

陈皓一跺脚，脚下松动的木板高高翘起，阿德半截踩空，一个跟头翻了出去。

阿德手中的钢筋飞下来，直戳在冷菲的车前盖上。她停下车，仰头看见半空悬着个人，她心凉了半截，扯开嗓门喊道："陈皓！"

没有回应。

冷菲不顾陈皓之前的叮嘱，慌张地跑下车，想看清那人是不是陈皓。

"冷菲！"

冷菲听见了陈皓的声音。她站在车旁，正犹豫着要不要回车里，便听到周围似乎有异样的动静。一道黑影正从背后靠近，她感觉脖子一凉，一把尖刀已经抵在了她的喉咙上。

"走。"蛇子控制住冷菲，两人站到了车灯的光束中，迎来了匆匆而至的陈皓。

陈皓拎着一根跟小臂一样长的钢条，走到蛇子面前。

"放了她，这事便跟你没关系。"陈皓杀红了眼，他身上散发出压倒性的侵略气息，"把赵荣强给我叫出来。"

蛇子把刀一收，扔给陈皓，直接把冷菲推到陈皓怀里。

他又摊开两只手，亮给陈皓看。

"你什么意思？"陈皓把冷菲挡在身后。

"我不是要跟你耍狠，有些我知道的事，你未必知道。我恨透那老头了，你不知道吧？"

陈皓怒气冲冲地盯着蛇子。

"我对影儿是真心的，没跟你开玩笑。你见着她最后的样子了吧，你欠她的，欠一辈子……"

"赵荣强在哪儿？"陈皓加重了语气。

"我先送你们走，我不怕你走，我了解你。皓子，你也是被那老头利用了，我们都是被他捏了把柄算计成现在这样的。你要能走，做兄弟的我带头鼓掌。怎么样？你俩跟不跟我走，我送你们一程。"

蛇子示意两人与自己同行。

陈皓顿了顿，他感觉到冷菲回握着自己的手，于是心一横，拉着冷菲跟蛇子跑了百米远，坐上了停在苯罐后的小红车。

夜空里，阿德的求救声越发绝望，他终于在耗尽力气后从空中坠落。

后座上的陈皓和冷菲不约而同地回头，只有蛇子发出了无法抑制的大笑。

"我看透了，赵荣强半个身子已经踏进棺材了，我没必要听那个老糊涂的。江湖上多个朋友多条路，凡事留一线，日后好相见。我把你们送到林区，你们一路往北走越过山，找个人少的地方再想办法出去吧。火车站、客运站别想了，照片贴得到处都是，你们俩走不了。"蛇子一边开车一边歪着嘴说。

"那你要什么？"陈皓问。

"要你消失，别再回来。"蛇子直言他想要的是老头子的产业，跟陈皓、阿德没有个人恩怨。

陈皓抵在蛇子脖子上的刀没动，他转向冷菲，她一脸难色。

"我们现在逃跑，刚才的事就说不清了。"冷菲冷静地分析道。

蛇子听了冷菲的话，阴阳怪气道："谁能想到你俩在一起呢？"

陈皓刀刃一压，划破了蛇子的皮肤。蛇子忍着痛，将车开到了林区前。

蛇子从兜里掏出半包烟和打火机，扔给陈皓。

"赵荣强疑心大，脖子的伤有了，剩下的就是你了。"蛇子一努嘴，"你自己来还是让我来？"

陈皓直接拉着冷菲下了车。他左手拿着匕首，右手打着打火机在刀刃上来回燎。陈皓脱掉衣服，露出肩头，把刀递给冷菲。

"你把这块皮割下来。"陈皓将火光移近肩膀，微弱的光照亮了他肩头的赤色飞鸟。

陈皓抓起冷菲的手，让刀尖抵在皮肤上，他手把手地带着冷菲练习了下刀的角度和旋转的弧度。

这一刻，细雪如盐，飞散而下，一切静谧和美。雪花落在冷菲的睫毛上，月亮在云中若隐若现。陈皓突然兴奋起来，他盯着冷菲毛茸茸的眼睛，珍视地想要立刻吻上去。

她连惊慌都如此可爱，像山林里跳动的野鹿，让人忍不住追逐。

陈皓庆幸这样的安排 —— 由冷菲来割掉他屈辱的标记，撇清他与过去的关系。他如释重负地对冷菲微笑，冷菲上牙咬住下唇，几次深呼吸后，终于落下了刀。

陈皓抓住冷菲颤抖的手，将刀用力压进皮下，他感到肩头一阵撕裂的痛，他积压的热火一瞬间从那缝隙中钻出。他失掉了一半的感知，只把全部注意力放在引领冷菲的手上，在细雪中，他感觉自己正一点一点地死去。

陈皓发出野兽般的低吼，但心中洋溢着前所未有的轻松。他看着冷菲割断了最后的皮肉，迅速用纱布压住伤口，快速扣起衣服。

冷菲丢了刀，捧着温热的皮肉走到车窗边。蛇子摇大了车窗，递出瓶矿泉水，让冷菲冲洗掉血水，把文身放在玻璃罐中。

蛇子拿苹果换走了玻璃罐。

"不给你们送行了，我们江湖再会。"蛇子摇上车窗，原路返回。

一路上，蛇子都在想陈皓和冷菲是什么时候搞到一起的，等回到焦化厂时，阿德的尸体已经凉了，冻在车盖上，不好处置。他回到办公室，问赵荣强是怎么回事。赵荣强递上一杯热水，说自己年纪大了，腿脚又不利落，拉不动阿德。

赵荣强眉间显出一道深深的悬针，他几度哽咽说不下去。蛇子安抚了几句，关心起接应的人，焦化厂出了人命，两人还是要尽早离开。

赵荣强像没听见一样，坐着捶打着小腿，说都怪北方太阴太冷，都怪赶上了个下雪天。

赵荣强问蛇子自己错过的剧情，陈皓和冷菲到底是怎么回事。

蛇子开始绘声绘色地描述起陈皓对冷菲的护卫，他兴奋地说了一半，突然感到腹部绞痛。蛇子跑了两趟厕所，一下就直不起身子了。赵荣强让蛇子别急，他安排的人马上就到。

蛇子只觉喉头愈加刺痒难耐，他疯狂地抓着脖子，指甲抠出的口子比匕首划的还深。他不住地眩晕恶心，再也爬不起来，只一口一口地把鱼汤喷到了枕边、墙上。他感到一会儿冷一会儿热，甚至出现了幻觉。他喊着赵荣强的名字，一直到排泄物无意识地喷了一墙一地。

赵荣强早就出了屋子，他拉上门，不顾蛇子的呻吟，跛着脚走出了小楼，钻进了属于他一个人的小红车里。赵荣强开车经过大门口，在阿德身边停下，将手搭在阿德的眼上，用体温焐了会儿他冻结的眼皮，最后用两根手指用力合上了阿德圆睁的双眼。

"儿子啊，我的好儿子啊，下辈子咱们爷儿俩再续这父子的缘分。"

赵荣强不多停留，离开焦化厂，绕过山林往另一面去了。他让蛇子把陈皓引到山上是为了消耗他们，他料定最终他们还是会走出省的路。陈皓那小子开了那么多年长途，只有在路上他才觉得安全。

赵荣强想着身边的男孩，真的一个个离自己而去了。他按住自己怦怦跳动的心脏，开始呜咽。转瞬，他不再哭泣，握紧方向盘，车里逐渐回荡起他开怀的笑声。

陈皓拉着冷菲在山林中走，起初他的腿还使得上劲，走了一会儿就感觉脚下发软，放慢了步子。山林中弥漫着阴寒之气，他越走眼前越黑，拽着冷菲的手几次松了。陈皓喘着粗气爬上了针叶林间的平地，双膝一软，跪在了地上，袖管里淌出来的血落在洁白的雪上。

陈皓撑着膝盖再次站起来，拉着冷菲继续朝月光里走，他感觉自己一纵跃起，带着冷菲攀到了月亮上。他看见纯粹的白光穿透雪雾，正给两人引路。

陈皓闭上眼，感觉身体越来越暖。他闻到了松香的气味，冷峻又温暖。待他睁开眼，只见自己坐在一个水泥砌的石台上，冷菲不见了。

陈皓惊慌失措地站起身，却见郑志明自雾中缓步走向自己。

郑志明在陈皓身边坐下，抓起一把松针在手中玩弄，但陈皓始终看不清郑志明眼镜后的双眼。

"冷的话，可以离火再近一点。"郑志明提议道，指了指自己脚边燃烧的火堆。

陈皓顺从地坐到了火堆边上，他观察着火焰，在蓝色的火芯间，他见郑志明正注视着自己。

"你怎么来了？"陈皓觉得自己的声音很陌生。

"来接她啊。"郑志明还是一样的坐姿，指了指火堆另一边的冷菲。

陈皓的身体燥热起来，他注视着郑志明绕过火堆用双手抱起了冷菲。冷菲柔顺地躺在郑志明怀里，双手环住郑志明的脖颈。陈皓想要上前，却一下子跪在地上，双脚扎在土地里，动弹不得。

"你要带她去哪儿？"

"回去。"郑志明文质彬彬地回答他，脸上露出温和的笑容，和他熟悉的郑志明显然是不同的。

陈皓来不及分辨，他挣扎着拔出泥中的双脚，用恳求的语气求郑志明放过冷菲。郑志明始终保持着文雅平和的微笑，他等了很久，等陈皓平静下来，才抱着冷菲走到陈皓面前。

他把冷菲压在陈皓受伤的肩上。一瞬间，撕裂的疼痛感再次袭来。陈皓感觉身心相离，他的呐喊失声了。

"放下她吧。"郑志明微笑着建议。

陈皓仍在拼命坚持，他双手死死地拥住冷菲，两人渐渐陷入泥沼中，陷入冰冷的黑暗中。他听到郑志明带笑的声音还在头顶盘旋。

"放下她就是放下你，带她走就是带你走，你们本就是一体的。"

陈皓听不懂郑志明在说什么，他把冷菲从肩头托起，用尽最后的力气将她推出泥沼。就让冷菲代替自己飞得高一些、远一些，如飞鸟、如光，就让自己留在黑暗里吧。陈皓想着，感到身上的力气被一点点抽干。

"我们本就是一体的。"陈皓自言自语。

再睁开眼，他的意识终于回归本体。

陈皓看着冷菲把三根香烟放在一起，叼到嘴边猛吸。

"我们本就是一体的。"

冷菲听见陈皓的声音，赶紧扑到陈皓身边："再不止血，你就死了。"

天比刚才亮了不少，陈皓不知自己是何时倒下去的，出血和低温几乎要了他的命。

冷菲扒下陈皓的棉服，血已经染红了他的半个身子。她捧起雪抹过陈皓的伤口，转身拿起灼烧后的匕首，将一支香烟递给陈皓。

"忍一下。"冷菲说。

"你看过雪天的月亮吗？"陈皓搜索着记忆，雪天的月亮像雨天的太阳一样少见。

他接过冷菲递上的香烟，烟圈让他想起白色的大漠和清明的圆月。

冷菲用高温的匕首贴在陈皓涌血的伤口上，灼烧的痛感仿佛也传递到了她身上，陈皓咬牙，冷菲牙咬得更紧。

"再忍一下。"冷菲红着眼睛，她支着陈皓的手臂，将烟灰敷在他的伤口上，扯下一片衣袖给他包扎，又给他重新穿好棉服。

冷菲踢灭了火堆，架着陈皓在风雪中前行。雪打在陈皓的脸上，他越来越冷，脚下更是不住地踉跄。他死死地搀住冷菲，听到她的呼吸也变得沉重，陈皓把重心重新移回自己身上，他不能再拖累冷菲。

"我不会扔下你的。"冷菲的口气异常坚定。

她略显单薄的肩膀支撑着陈皓的身躯，费力地向山上攀。

直到暮色再度降临，两人翻过了山，找到了被护林员弃用的木屋。

冷菲踹开朽了的木头门，房顶漏了个四方的大洞，大雪在外面下，小雪在屋里下。玻璃窗户上破了个大口子，风呼呼地往屋里灌。

陈皓在糟木头桌的抽屉里翻出了皱巴巴的巡山日记，借着打火机的光，看到记录停在了 1999 年。他继续在屋子里翻找，找出了烧黑的水壶、发霉的木柴和一件毛皮袄。

陈皓撕下巡山日记，卷成卷插在柴火间，拿过打火机点燃火堆。冷菲看到陈皓嘴唇干裂，拎起水壶到雪地里舀起一壶雪，架在炉子上等雪融化成水。

炉火散发出温暖的光亮，将木屋染成了橘色，使疲惫不堪的两人有了片刻喘息。

冷菲帮陈皓扒掉鞋，也脱掉自己的鞋，倒扣在炉火边烘干。她撸起湿到小腿的裤腿，脱掉湿漉漉的袜子，露出一脚底的血泡。陈皓靠在炉火的另一边，看着冷菲把泡一个个刺破，把血水挤出来。清理完伤口，冷菲见雪水已经温了，她将水倒在盖子上，递给陈皓喝，又把毛皮袄垫在炉子边的地上，让陈皓躺在上面，闭眼休息一会儿。

陈皓躺下，炉火的温暖徐徐传到全身，他感到虚弱却不愿闭眼。陈皓期待的不是两人的追逐与躲避，但追逐与躲避成了两人的每一刻。陈皓有种不祥的预感，他与冷菲的这段路可能随时会走到终点。

"应该去个暖和的地方。"冷菲仰望着房顶的方洞，望着灰蓝色的天空出了神，"往南走，有花有水的地方，才让人不那么绝望。"

"南方，美丽的南方。"陈皓呢喃着附和道。

陈皓见到天空逐渐变得深邃，在一望无际的黑暗中有更多细微的颜色闪动。他眨眨眼，那些色块也跟着跳动，绽放出超越人类理解的生命力。夜空中的幽蓝色被一抹神秘的紫罗兰色代替，那紫色又很快被打散，散出蓝绿色的光亮。陈皓与冷菲对视，确认她同样没错过这奇妙的天象。两人一同屏住呼吸，安静地注视着天空转瞬即逝的变化。

那一定就是日出。

陈皓奋力支起身子，拉冷菲一同躺下。两人一同见证了日升的霞光，他们在橘色的暖阳中交融在一起。陈皓在平静的狂喜中感到一股洪流冲过整个身体，他在洋溢的幸福中合上了眼睛。

中午的阳光打亮木屋，陈皓和冷菲同时醒来。

冷菲给陈皓检查了伤口，敞开的创面粘着吸了血的烟灰，血已经凝住了。冷菲撕掉另一只衣袖给陈皓重新包扎。两人喝了剩下的水，重新进入山林。雪后的山林有种纯净原始的美，松针散发出清冽的松香，带着点阳光的味道。

下山路比想象的好走，陈皓和冷菲不发一语地踩着积雪。

陈皓忽然想起冷菲前夜递来的泡面，他粗心，都没让她吃上一口。陈皓一阵懊悔，快步上前拉住冷菲，却被冷菲不耐烦地挡了回去。

"先下山，下山再说。"冷菲的语气有些僵硬。

陈皓踉跄着跟在后面，他们之间的距离越拉越大。陈皓不明白冷菲的心思，只觉得冷菲下山的脚步越走越快，他肩膀的伤口疼得越发厉害，他机械地挪着步子，不再试图追上冷菲，忽然听见深林处响起一声奇异的鸟鸣。

一声似有若无的鸽哨从头顶划过，关于赵荣强的记忆猛然被唤醒。

陈皓怀疑蛇子还是出卖了自己，他停滞在原地，分辨着哨音消失的方向。

"快下来啊！"冷菲在山下向他喊道。

下山路再走不过百米，穿过一条小道就是公路。冷菲拦的货车已经停在了道中，陈皓被冷菲拉进了货车的车厢，和摞到顶棚的鸽子笼挤在一起。肉鸽咕咕地叫个不停，陈皓放下了悬着的心。他觉得是自己多虑了。

冷菲拍拍腿，示意陈皓躺下来："你流血太多了，要休息。"

见陈皓不动，冷菲就一手拉过他，倚在自己身边。

陈皓顺从地靠着冷菲闭上了眼，恍惚中他仿佛靠在冷菲的床头，看着窗外圈养的信鸽。冷菲推开窗，伸手便有只小白鸽落在她的手腕上。她捧着肥嘟嘟的鸽子给他看。她一撒手，鸽子便扑棱着翅膀扑向他。他一惊，又被吓醒了。

陈皓再也睡不着，他听着车厢外响起熟悉的异族歌曲。货车司机开了车厢门，说市集到了，让两人下车。

陈皓和冷菲跳下车，他让冷菲去一角等自己。他以最快的速度去市集上偷了烧饼，顺了黑围巾和一双棉鞋。陈皓把黑围巾披在冷菲身上，站在一边看着她狼吞虎咽。

"你还要和我一起走吗？"

冷菲咽下烧饼，看着陈皓点了点头。陈皓把她眼里带光的模样印在了脑海里。

"去暖和的地方？"陈皓问。

"美丽的南方吗？"冷菲绽开一个微笑。

陈皓没回答，温暖的感受已在他心中回荡。他让冷菲慢点吃，等自己回来。

陈皓跟着货车司机进了厕所隔间，他架着膀子勒晕了人，换了对方的衣服，又顺走了车钥匙。出逃计划因为冷菲的加入而起了变化，陈皓顾不上周全，只图一个快字。他要在赵荣强或者警察找到自己前，带着冷菲逃出绥市。

然而新计划刚开始就遇到问题，冷菲不见了。

陈皓在市集里外转了一圈，不见冷菲的人影，不得不去和冷菲分别的干果摊前打听，可谁都没注意到陈皓口中娇小的白衣女人。

陈皓又开始绕着市集找起来，广播里传来了播报声："陈丽珍、陈丽珍女士，有人在市场果品区等你。"

陈皓忽然意识到这是冷菲在找他，他慌忙回到果品区，看到冷菲就站在两人分开的原地，焦急地东张西望。陈皓冲过去，不由分说拉起冷菲的手，与人群逆向而行。

"我不知道你去哪儿了，我绕了一圈没找到你，我怕……只想到了这法子去找你。"

陈皓拉着冷菲停在了来时的货车旁，他一只手把冷菲揽进怀里，停了两秒。他换了笑脸，解释说司机答应把车借给他俩。

"我们现在就走，你在后面休息一会儿，好吗？"

冷菲看了看陈皓的眼睛，没再多问，直接爬进了后车厢。

粉紫色的天空映衬着被白雪覆盖的公路，见证着如梦的旅程。这一路，痛苦与不安交织在一起，陈皓不断用谎言掩饰着心底的秘密。此刻，他觉得有了冷菲的陪伴，自己终于不再是孤零零的一个人了。

陈皓不再感到这世界与自己无关，他感到自己与斜照的夕阳、龟裂的冻土和凝结的河道连接在一起。陈皓忽然意识到，他的爱第一次无条件地分给了除自己以外的人。

货车开出了市集，在省道上飞驰。收费站已经近在眼前，二人却被堵在了半路上。

长途司机们纷纷烦闷地下车抽烟，打探路况。陈皓摇下车窗，听有人嚷嚷说是大雪封路暂缓放车，收费站的人都撤了。

陈皓心里着急，丢车的司机醒来后肯定已经报警了，他们却卡在这里前后动弹不得，实在被动。陈皓寻思着去哪儿弄辆小摩托，带着冷菲绕路离开。正想着，冷菲敲了敲副驾驶的玻璃，让陈皓趴下，从她这边下车。

陈皓瞥向左边的反光镜，一组便衣警察正在逐车检查证件。

陈皓跳下车，拉起冷菲快步离开，他边走边观察，识别出两组便衣警察正在分别巡车。两人加快了脚步，却迎头碰到了第三队人马。

陈皓拉着冷菲就近攀上了一辆厢式大货车，跑这种长途的一般都是夫妻俩搭伙。陈皓说，堵车太久他们俩带的干粮不够了，向夫妻俩要了面包，两对人自然的攀谈让他们躲过了这次便衣巡查。

警察比预料中来得更快，陈皓不再掩饰，当着冷菲的面卸掉了休息站里的摩托车锁。

陈皓载着冷菲下了高速的坡道，还没开出几步，就见到出省的土路口也停了警车。陈皓没办法，只得原路返回。

最危险的地方就是最安全的地方。陈皓想着既然不能贸然突围，那就还是先回市区再做打算吧。陈皓拉住冷菲环在自己腰间的手，猛踩油门，速度越来越快，他感觉摩托慢慢脱离了自己的控制……

陈皓后背传来阵阵冰凉，他勉强睁开眼，脑中是一片轰鸣。冷菲坐在不远处，正注视着翻倒在一边的摩托车。

陈皓记不清他们是怎么摔倒的，他艰难地爬起来，踉跄着走到冷菲身边，眩晕让他不住地干呕。他将手放在冷菲的手上，感受到彻骨的冰冷。

"冷菲，你没事吧？"

冷菲没出声，转过头看着陈皓。

陈皓的视线在冷菲脸上重新聚焦，她的眼里没了光亮，只涌出强烈的情绪。陈皓读出那是恨，浓烈的恨。

冷菲甩开陈皓的手，起身往一边走，陈皓追上去拽掉了冷菲的黑围巾。

冷菲停下来看着陈皓，眼里的恨意更深。

夜幕下，陈皓与冷菲对立，审判在此时降临。

陈皓一瞬明白，冷菲想起来了，想起了那场改变所有人命运的夜杀。

"我坦白，我向你忏悔。"

冷菲向后撤了一步，和陈皓拉出一步的距离。陈皓慌了神，像惊弓之鸟一般扑向冷菲，他抓着冷菲的双肩恳求道："你给我个机会，求你先听我说。"

冷菲身体摇晃，瘫坐在地上，她随手抓起石头砸在陈皓腿上。

陈皓蹲下身，任由冷菲捶打，只是一手死死拉住冷菲的胳膊。冷菲一脚蹬在陈皓受伤的肩膀上，快速起身逃跑，却被陈皓从身后扑倒在地上。

陈皓扑在冷菲身上求她冷静，竭力压制着逐渐疯狂的冷菲。冷菲拼命挣扎，两人纠缠着滚下坡道，滚进路边的皑皑白雪中。陈皓只见黑压压的乌云劈头盖脸地压下来。瞬间失去了意识。

不知过了多久，陈皓唤着冷菲的名字醒来，他捧了把雪，抹掉了眼睛上已经凝结的血块。他跛着脚找回摩托，沿着南去的车道一路骑行，搜寻着冷菲的身影。

冷冽的风吹醒陈皓的脑袋，他瞬间顿悟，要找到冷菲，他需要放下自己，救下冷菲才是救自己。想清楚后，陈皓不再犹豫。他厌倦了逃亡，想着一切都该有个终结，他骑着摩托直接去了绥市公安局。

值班室里的小警察被他吓了一跳。

"你是来干什么的？"

"我来自首。"

陈皓透过玻璃看见自己，满头血污，脸肿得变了形，自己这副模样，也不怪对方惊讶。

小警察让陈皓进屋来，自己跑进了办公楼。

陈皓拘谨地坐在木凳上，将眼前的茶水一饮而尽，末了还用手抹掉了玻璃杯上的血痕。他抬眼看见小警察的电脑屏幕上是一些案发现场的图片，有阿德、蛇子和颜影的尸体照片。

迟疑了一下，陈皓抄起桌上的手机和烟出了门。

他点着了烟，努力平复恐惧。颜影因为自己被牵累致死，阿德因为打斗意外坠亡，那蛇子呢？信心满满的蛇子带着自己的皮肉交差，为何会死得那么不堪？

一定是赵荣强。那个魔鬼始终潜伏在自己和冷菲身边，他在暗中谋划毁掉一切。

陈皓恍然大悟，他明白了赵荣强真正的心思。

他拨通了赵荣强的电话。

彩铃是大提琴拉的《天鹅湖》，陈皓听得打了个寒战。

曲声尽，电话一端传来赵荣强带着笑的问候："好听吗？"

"停手吧。"陈皓把抽了一半的烟弹在地上，极度理智地说。

赵荣强呵呵笑了两声，淡淡地说："冷菲正和我一起呢。我跟她打了个赌，说你会来找我的，你果然来了。"

"所有的事由我来担。强哥，是我欠你的，应该由我来偿还。"

陈皓了解赵荣强，他会用冷菲来控制自己，用自己去刺激冷菲。赵荣强在操控所有人，用他孱弱畸形的肉身和冷酷无情的心。

"你救过我，气过我，咱们算是两清了，你不亏欠我任何东西。

说句实话，我来这边不是为了别人，是为你。我跟你说了，阿德不成器，蛇子不老实，这两人都不是我看中的，我看中的人自始至终都只有你。我给你机会，磨炼你，不是为了再给你送回局子里吃牢饭啊。你这么想我，我就太冤枉了。"赵荣强语气始终不急不缓，"我猜你要走陆路，就安排自己人去关口那儿等着，等着接应你，给你带条活路。谁知你又换了想法……"

陈皓明白了，蛇子的话都是赵荣强教的，他说火车站和客运站都有人死盯着，就是给他的盯梢加上双重保险。他和冷菲的一举一动早就暴露在赵荣强的监控下，他抓了冷菲，只等自己自投罗网。

陈皓原来看不清的，瞬间都看清了，他不再跟赵荣强绕圈子："强哥，我信你，我只有一个条件。放过冷菲，我任你处置。"

赵荣强哈哈大笑起来。

"你跟我谈条件，你是在跟我赵荣强谈条件啊！"赵荣强的笑声越发尖锐，他喘着粗气用责备的语气说，"你是谁，我是谁，她是谁？陈皓，你是傻还是天真呢？你用什么来跟我谈条件呢？和歌的产业？过去的烂事？别傻了，我的孩子，你可别再傻下去了。"

陈皓被赵荣强言中，他能钳制赵荣强的只有过去的脏事，但赵荣强能提出来，就代表他把证据早一步处理掉了。他、蛇子、阿德，谁不是棚户区里赵荣强说断就断的珠子呢？

"我错了。"陈皓这三个字是说给冷菲听的，他一直想面对面向冷菲道歉。

"知错就行，你来绥市边境，你来我们一起离开。"赵荣强停顿了下，"冷菲我不带着，她去哪儿是她的自由。你要生要死要去要留，也是你的自由，我给你们想要的自由。"

赵荣强说完，挂断了电话。

陈皓在城中不断徘徊，不知不觉地来到了绥市火车站。

他扔下车，走到亮着红色十字架的教堂前，拖着沉重的双腿走上高高的台阶，他想起小卖部的孙老太说，要感恩，要感恩痛苦，不要恨。

他敲了敲门，过了许久里面才传来一个不耐烦的声音："睡觉了，你明天再来！"心里的悲伤将他击倒在地，他在教堂门口仰面朝天，在心中重复：神啊，救救我吧。

陈皓望着夜幕下教堂的尖顶，又在心中唤起冷菲的名字。

"醒醒，快醒醒，冬眠结束了。"圆脸女孩趴在冷菲的床边，把咬了一口的苹果递给她。冷菲睁开眼，从不间断的梦中再一次醒来。

冷菲望着天花板，思绪没有起点。

"别想，别想，我来告诉你。"小圆脸压住冷菲的太阳穴，在她耳边再一遍讲起她丢失的记忆。

冷菲听到了自己如何被送进了康复中心，抓伤了医生，又被绑去了电击室。她脑中闪过混乱的画面，却唤不起清晰的记忆。冷菲追问自己的名字，她听了就忘，忘了又再问。日头一点点落下，她心灰意冷地又被推进了电击室。

"治疗"让冷菲头脑麻木，痛苦不堪，她站在满月的窗前，决心结束自己的生命，结束这不知终点的折磨。

赴死的心意指引着她轻易找到了通往天台的路。然而陈皓不知道从哪里钻了出来，奔到自己面前。他看起来那么熟悉又那么悲伤，他将香烟送到自己唇边，流着泪，问她怎么不记得自己。

冷菲忽然分不清眼前是真实还是虚幻，疼痛在脑中炸裂。她只

只有河流知道你的秘密

记得自己仰躺入夜空，却倒在男人的臂弯中，找到了梦里的安宁。

在昏厥前，她逼迫自己记住了男人说的话和他棱角分明的脸。

冷菲接受了更强的电击，她忘了时间，忘了痛苦，忘了自己，却牢牢记住了那个男人。她再次被捆在床上，终日半梦半醒。她听到周围的人不停地叹息，可怜的女人，可怜的女人。

冷菲想象不出可怜的形状，但她决定不再做一个可怜的人。

陈皓在起风的深夜再度出现。冷菲在黑暗里观察着他，看他笨拙地捡起掉落在地上的冻柿子，像只受伤的小熊，笨拙而警惕。冷菲向他诉说自己模糊不清的遭遇，她用上最可怜的口吻，恳求他带自己离开。她知道他一定会答应。

他给她制定了出逃路线，拿来了替身装扮，教她分辨锁头扭动的声音。她看着他涨红的耳根，觉得心里痒痒的，有种希望在心间萌芽。

冷菲记下了护工轮班的时间，吐掉了镇定精神的药片，强迫自己吃完餐盘里的饭菜，让自己变得正常而普通。冷菲对着封死的窗户，对着渗水的泥墙，无声地哭泣，反复告诫自己不能疯，必须要清醒地逃离。

陈皓没有按时赴约，冷菲独自翻上了运煤车，躺在灰烬中，忆起一个画面。她套着泳圈坐在父亲自行车的后座上，玩了一下午的水。她皮肤凉凉的，嘴里咬着冰棍，舌头也凉凉的。盛夏的风很热，湿透的披肩发很快就蒸干了，她抓着爸爸的衬衫，手一路都没松开过。

冷菲感到前所未有的孤独，她整个身子陷在煤灰中，意识逐渐模糊，药物对她的影响比想象中要大。恍惚中，冷菲看见了陈皓的虚影。这个人太神奇了，为何总能出现在自己最无助的时候？冷菲在陈皓的肩上醒来，她紧紧抓住陈皓的衣襟，决定再也不松开。她要抓住这个男人，抓住上天送她的救命稻草。

冷菲光着脚，从陈皓身前缓缓走进隔断，她用热水浇湿了身体，握着皮管等待着陈皓踏入陷阱。她觉得是自己操弄了陈皓的感情，看着镜中两人破碎的影像，不禁随陈皓一起哭泣起来。

冷菲裹紧衣服走在回病房的路上，突然被人从后面勒着脖子摞在地上。她感到一阵窒息，天上的星星仿佛跳到眼帘里，然后，她又听见了陈皓的声音。在回魂中，她看到陈皓击倒了男人，拉起自己在夜幕中奔跑。

冷菲对着黑洞洞的深井一跃而下，像跳进了深海中，皮肉剥离，痛得出不了声。

这一幕是那么熟悉，冷菲想起她曾经也是这样拼命地游，游向一个不断缩小的井口，但她想不起来那是什么时候的事情。

她感觉自己变成了一条人鱼，融入了银白色的鱼群中，找到了自己的归属。

"我想起来了！想起来了！"人鱼对冷菲说。

"想起什么了？"冷菲迷惑地询问。

人鱼凑上来，在冷菲耳边发出意义不明的低语，冷菲一惊，从重叠的梦境中醒来。

她发现自己躺在汽车后座，脚被陈皓搂在怀里暖着，天边的火烧云染红了他满是抓痕的脸。她哭得厉害，不是为自己，而是为陈皓。坐在小卖部后院的小屋里，她心乱如麻，通过电话，她知道了陈皓身上还背负着另一个女人的安危。

冷菲被陈皓带上了车，走完两人的最后一程。她安静地听着陈皓讲起了童年，他赶走了怀孕的母猫，扎破了邻居的车胎，偷卖废铁去换烟抽。陈皓重复着自己是个坏人，小时候是坏孩子，长大了就是个坏人。但她不觉得。

冷菲理解那种感觉，陈皓所说的一切她都有天然的熟悉感，他的痛苦仿佛铭刻在她的肌肤上。冷菲跑回陈皓面前，重新坐到他身旁。她想，陈皓真是个可怜的男人，自己也是可怜的女人。两个被世间遗弃的可怜人，总要一起前行，再一点点重拾记忆。

冷菲跟着陈皓度过了惊险的夜晚，她用匕首割掉了他身上的飞鸟烙印，用烟灰为昏厥的他止血。在木屋中，他们一起看了雪后日出。

冷菲与陈皓在天光中安静地接吻，她一点点温热了陈皓冰冷的嘴唇。冷菲在陈皓的眼中看到了湿漉漉的、闪着光的深情，看到了脆弱的、动情的自己。她为此感到害怕，在她破碎的记忆中，对男人动情是没有好下场的，她把陈皓远远地甩在身后，跑出了山林。

在路边，冷菲拦下了一辆呼啸而过的货车。货车疯狂鸣笛，歪歪斜斜地滑着停在了道边。她说他们在山林间迷了路，恳求司机带上他们，可能是被她的样子吓到了，司机答应了。

冷菲似乎明白了，她不想死，她想活，她心里住进了一个人，一个她要守护的人。冷菲坚定地抓起陈皓的手腕，拉着他上了货车。

货车开去了市集，落单的冷菲被一个女人叫住。她递上一张寻人启事，问冷菲是否遇到麻烦了。冷菲惊讶地发现上面印着自己的照片，她受惊一般甩掉女人的手，跑出了市集。

冷菲抓着寻人启事反复读，却急得读不懂上面的意思。她提心吊胆地回到原地，却始终不见陈皓。

她想起自己在病房里等陈皓出逃的信号，在车上等陈皓吐露心意，在雪里等陈皓带自己一起走，她决定不再等了。她去了广播站，用陈丽珍的暗号呼唤陈皓。她回到原地，看见了人群中惊慌失措的陈皓。

冷菲被陈皓拉进怀中，抬头见到天边升起了三个太阳，七彩光轮映在两人逃亡的货车上。冷菲钻进车厢，打开鸽笼，重新给予那些肉鸽自由。它们缩在一起，不知道发生了什么。冷菲掀开遮布，放它们飞走，却见到车队里穿行的便衣警察。

冷菲跳下车，通知了陈皓。两人换了摩托，往出城的反方向行驶。鸽群在两人头顶盘旋，随即飞入粉红色的天空，飞向三个太阳。

冷菲在摩托后座抱紧了陈皓，抱紧了自己的期望。

她闭上了眼睛，忽然听到一个稚嫩的声音，那声音越来越近，不停地叫着妈妈。鸽群遮住太阳的余晖，冷菲从事故中先一步醒来，那些掩埋在幽暗中的记忆随之被全部唤醒。

和歌临海，进了梅雨季，身上的衣服就总是潮的。教室墙角的霉斑像开花一样，星星点点的。冷菲盯着窗外淅淅沥沥的雨，转头见同桌碰倒了凉茶瓶，黑乎乎的茶汤洒在了会计实务考题册上。

一个寸头男人踩着上课铃声站到讲台上，他自我介绍叫李仁杰，是新来的老师。冷菲突然感觉胃里一阵酸，她来不及起身就吐在了课桌下。教室里一片哗然。

分手的第三个月，来成人夜校读书的第一周，冷菲得知自己怀孕了。她赶在下班前来到了规划局门口，等到办公大楼关门，也没见到前男友伍伟。冷菲去问保安，保安却问她怎么不自己联系，她被噎得说不出话。

伍伟赶她走时很绝情，把属于她的东西直接丢在了楼道里，连同她本人一起。

冷菲跟了伍伟七年，没听过一句重话，她不相信上一秒还温柔如水的爱人下一秒就成了铁石心肠。冷菲冲进伍伟的家，抓起伍伟的刮胡刀片划在手腕上，伸着冒血的手腕问伍伟管不管。

伍伟把门开得更大。

冷菲的血洒了一楼道，她抱着衣服走着走着，就没了知觉。她在医院躺了一晚上，打了一晚上电话，伍伟一个都没接。一周后，伍伟告诉冷菲他结婚了，他给冷菲的银行卡转了一万块钱，让她消失，永远别再联系自己。

但伍伟欠自己一个解释，她现在需要那个解释。她又来到了伍伟家楼下的车站。

伍伟从车上下来，见到冷菲像见到鬼一样。他劈头盖脸地骂她阴魂不散。

冷菲说她有孩子了，三个月前，就在两人分手前。伍伟笑了，骂了句"神经病"就头也不回地走了。

冷菲站在原地，把妈妈在世的嘱托都想了一遍。她突然没了心气，迎着公交车就往上冲。夜校的老师李仁杰突然出现，拉住了她。李仁杰说模拟卷批好了，他带了酸汤鱼来，边吃边讲，给她巩固下考点。

地下室的开间中，冷菲吐空了胃，任由李仁杰拢起她散乱的头发，揽在怀里亲吻。他在她身上求索，冷菲倒在床上，只看到窗框上垂着的百叶窗脏得不成样子。

冷菲和李仁杰确定了关系，她记得那天晚上她一片片地拆了百叶窗，用肥皂水泡了一夜才洗干净。她没再提过伍伟，他变成了她过去的人。冷菲拿到了会计证，李仁杰的头发长长了，两人的孩子李明浩也顺利降生了。

李明浩"不足月"就来了人世间，他像个软糯的小肉丸，却能持续几小时亮着嗓子号哭。

晚上，李明浩哭得让人一会儿都睡不踏实，冷菲只能抱着他在屋里不停地转，跟他说话，给他唱歌。

李明浩不像李仁杰，也不像冷菲，他有深邃的双眼皮，溜圆的琥珀色眼睛，谁见了都说他像个混血宝宝。冷菲总是反驳，然后观察着李仁杰的反应。但李仁杰好像并不在意，他没课时就窝在家读书，偶尔出去兼职做家教。他让冷菲留在家里，不要出去工作。你在家最好，对我们都好。李仁杰总这么说。

冷菲对李仁杰有愧疚，他们俩是相似的人，父母过世早，她念着这些，待李仁杰更真心。

李明浩到了三岁，李仁杰突然要搬去绥市。于是，冷菲跟着李仁杰，带着李明浩，还有他们丢不下的书、唱片、信鸽去了绥市。

冷菲在南方活了半辈子，不习惯北方的暖气。下雪天，她在屋里擦鼻血，身上还起了说不清缘由的疹子。来到绥市的李仁杰变了另一副性情，经常一走就是半个月，问他去哪儿，他守口如瓶。李仁杰也不让冷菲碰他的东西，一本书、一幅画或是一颗玉石，他都视若珍宝。一次，李明浩在一幅卷轴画的背面画画，李仁杰见了，直接把他举到半空要往石砖地上扔。李明浩吓坏了，李仁杰逼着他擦掉眼泪，不准出声。

冷菲还是发现了儿子身上的伤，她想犯的错终归要还。冷菲偷偷找了乐团团长，她求了团长，担下了会计工作。从此，李仁杰更少回家，两人的婚姻陷入绝境。冷菲不怪李仁杰，他给了自己三年的幸福，只要孩子能健康快乐，她就知足了。

陈皓是冷菲生活中的意外。她在幼儿园门口接李明浩放学时，遇到了这个男人。他穿着略显单薄的枣红色皮衣，脸色苍白，似乎下一秒就要晕倒。

冷菲觉得这人很熟悉，可思来想去也不知道在哪里见过。她迎面走上去，询问他是否还好，见他状态不对，便剥了奶糖放在他嘴里。她看到他眼角有一颗血痣，不起眼，但和她新长出来的很像。

那个晚上，冷菲闭上眼就浮现出陈皓的眉眼，她翻来覆去地睡不着，睁眼熬到了天亮。

清晨，冷菲叫醒儿子，为他套上了两人最喜欢的白毛衣。毛衣是粗棒针手织的，上面织了棕色的毛线篮子，篮子口缀满了彩色的毛线球。李明浩穿上这件衣服就像一只鼓着肚子的小熊。冷菲给李明浩热了牛奶，抓了一把奶糖，让他分给其他小朋友。路上，冷菲放了《幻想曲》，李明浩突然说，他觉得有点忧伤。

"什么是忧伤？"冷菲抚摸着他顺滑的头发问。

"妈妈，你看这样的天就叫忧伤。"李明浩奶声奶气地说。

冷菲这才注意到起雾了，初升的太阳隐在灰蒙蒙的雾气中。冷菲和李明浩约定晚上回家一起画画，画一个不忧伤的天空。夜幕降临，她抱着提琴拉起了《幻想曲》，李明浩在琴声中画了明媚的阳光与翱翔的飞鸟。

夜深，冷菲冲了一个长长的热水澡。在氤氲中，她清楚地感受到有什么人正在某处注视着自己。她听见门外的动静，警惕起来。冷菲走出雾气，她转头见到心里念着的人就站在暗影里。

冷菲头一沉，醒来时发现自己被困在后备厢里。她能闻到儿子身上的奶香味，但她嘴里塞了东西，只能从喉咙里发出含混的声音。冷菲扭动着身体，绑在背后的手不停地摸索着四周。她摸到了琴盒，摸到了另一具温热的身体。冷菲疯狂地挣扎，她用双脚蹬踹车尾，可她力气太小了，一切努力只是徒劳。

车突然停了下来。冷菲闭上眼睛一动不动，她感觉后备厢打开了，满身油腻气味的人拎走了琴盒。冷菲睁开眼，扭头见到李仁杰一脸血地闭着眼睛。后备厢被再次合上，在后面颠簸的路上，冷菲再也闻不到儿子身上的奶香。悲怆席卷而来，冷菲绝望地呜咽起来，一股酸水从嘴角、鼻孔一并流出。她不顾一切地用头撞向铁皮，在一次次的冲撞中再次晕厥。

冷菲在颠倒的世界中醒来，头顶是白雪皑皑的河面，脚下是冰冷静谧的星空。她见到一串冰蓝色的脚印，不带一丝温度。她试图找回身体，感受到陈皓的掌心陷在自己的皮肤里，将她压在肩上。冷菲没有挣扎，她几乎不再感到恐惧。孩子作为她的一切已经消失了，她不过是在迷途中轮转，一次又一次地坠落。

她觉得自己早就该死了，死不足惧，将自己装在空壳中麻木地活着才更可怕。

冷菲被陈皓从肩头抱在怀里，她仿佛能看到他眼里最深的伤痛。她好像明白了什么，却说不出话。陈皓割断了捆住她手脚的绳子，将她拥在怀里，他的泪滴挂在她的发丝上，冻结成冰。

"你一定要活下去。"陈皓似有若无的声音在她耳边呢喃，近乎祈祷。

"我记得你，我一定会记住你的。"冷菲咬牙切齿地发誓。

冷菲被陈皓颤抖着扔进了河里。刺骨的河水扎进她的肉体，她拼命向上游，她对岸上的陈皓发出她能想到的一切诅咒。

我一定会记得你的。

她凭着本能竭尽全力爬上岸，湿冷的衣服粘在皮肤上让她忍不住地牙关打战，刺骨的寒冷让她几乎没有办法思考，她开始无意识地脱掉身上的衣服，好像真的没有那么冷了……然后，她昏了过去。

记忆逐一复位，她握着砸晕陈皓的石头一直走，一直走到三个太阳在天空中一并消失。

冷菲又冷又饿，她瑟缩着拦下了经过的轿车。开车的老人踉跄着下了车，用毯子裹住了狼狈不堪的她，扶她上了车。

老人问冷菲要去哪儿。

"公安……去公安局报案。"冷菲打着哆嗦，双手抱臂缩在座位上。

"好好好，姑娘，你别着急，我这就送你过去。"

尾声

只有河流知道你的秘密

"自家炖的鱼汤，几桶矿泉水就熬出这么一小桶，姑娘你听我的，来喝两口吧。"赵荣强从旁边的副驾上拎起个保温桶递到后座，"女人怕寒凉，真落下病根儿以后可要遭罪喽……"

赵荣强呵呵一笑，转过头才觉得这笑不合时宜。他顷刻板起脸，瘪着嘴从后视镜中偷瞄冷菲。冷菲倚着车门迟迟没动，赵荣强心里生了股无名火，脚下不自觉使了劲，把车在雪地上开得又抖又飘。

一团白影迎面而来，撞在挡风玻璃上。赵荣强吓了一跳，根本没看清是什么东西，他将车头一歪，停在了道边。

玻璃上留下一团血污，有根黑白夹杂的羽毛粘在上面。

赵荣强下了车，三两下蹭干净了玻璃，他抄起一把雪洗干净了手，人也跟着冷静下来。赵荣强在车外唤着"姑娘、姑娘"，冷菲从车里探出头。

"我腿脚不好，你帮我个忙，把空调开大点，我看看。"

赵荣强自顾自地抬起了车前盖，等着冷菲换到前座，如他安排的那样将暖风开到了最大。车子像蛤蟆般跳动起来，赵荣强心满意足地合上车盖，笑盈盈地坐回车里。

"阿弥陀佛、阿弥陀佛……不知道哪儿来的傻鸟一头撞上来，可怜啊。"赵荣强打开车内的灯，探身拎回了保温桶，倒了一盖浓汤，送到冷菲跟前。

冷菲伸出满是泥泞的双手接过汤，眼泪夺眶而出。

"能哭就好，情绪憋在心里就成了病。病来了，哭再多也不管用了。"赵荣强从怀中掏出一块白白净净的手绢，塞在冷菲手里，又帮她把毛毯披好。

冷菲抿了口鱼汤，汤有点凉，溢出的腥味让她忍不住干呕起来。她抬眼看到老人炙热的眼中满含着泪，他看起来很焦灼，抚弄额角的手指不住地颤动着。

冷菲从情绪中抽离，毛毯与手绢散发出的檀香味让她一瞬间想起了五年前的夏天。

闷热的午后，电风扇呼啦呼啦吹不散地下室里弥漫的汗水味。冷菲坐在床角，看着李仁杰架着胳膊组装鸽笼。他刚搬进来，上午码好了一面墙的书，简单吃了碗面就继续折腾。

冷菲迷迷糊糊地睡着了，醒来时鸽子已经在笼中安置好了。李仁杰湿着头发，穿着一件洗得透光的跨栏背心，点了一支自己带来的线香。

檀香味盖过了屋里的汗味，也盖掉了李仁杰身上的香皂味。

冷菲和李仁杰一起躺到了潮湿的床上，她轻抚着李仁杰肩头的文身，彩色的龟蛇纹样，栩栩如生，冷菲忍不住称赞漂亮。

"文这个是什么意思？"冷菲笑着问。

李仁杰没回答，冷菲娇嗔着追问。

李仁杰猝不及防地坐到冷菲身上，他双手锁住了冷菲的喉咙。冷菲没有意识到危险，笑着推搡着逐渐加力的李仁杰，谁知他全然不顾。

冷菲看着身上的李仁杰灰着脸，脸上没有任何情绪，她开始觉得喘不上气。她试着张开嘴，却感觉空气中的檀香粉尘卡在了喉咙里。

屋外的车流声渐渐退去，冷菲感觉自己的灵魂已经脱离了身体，飘在空中，静静目睹着一切的发生。她挣扎着回过神，眼底是一片雪花，李仁杰似乎依然跨坐在自己身上。

待冷菲喘匀了气，她伸出手揽过李仁杰的脑袋，让他把脸埋在自己的脖颈间。

李仁杰喃喃道，他其实最恨檀香，最讨厌那股味道。

"为什么？"

"它让我觉得自己很脏，身上有种抹不掉的味。"

那天之后，李仁杰出去分几次洗掉了文身。

他的肩头留下了与冷菲手腕上一样的疤痕。

李仁杰用一种极端的方式回答了冷菲的追问，那是他掩藏着的秘密，她没有再追问。冷菲也有秘密，是秘密将两个人缔结在一起的。她释然了，她决定爱李仁杰，爱他的残缺，爱他的破碎，爱他就是爱自己。

李仁杰爱鸽了，爱到痴迷。冷菲看久了，也喜欢上了鸽子。她注视着它们啄食，交配，飞进飞出。

很快，冷菲学会了用眼睛分辨鸽子的性格，她能判断出鸽群中的哪只鸽子顽固不化，哪只易于驯化。她用心照顾着那些臣服于自己的白鸽，直到去了绥市。她在李仁杰冷漠的眼神中突然明白了，自己就是他养的白鸽。冷菲放走了自己最爱的白鸽，决定带儿子离开，不再麻醉自己。

"傻鸟啊。"

冷菲的思绪被赵荣强的话语重新带回现实。

"嗯？"冷菲看着赵荣强，不明所以。

"这撞死的鸟啊是可怜，但也怪不得人。不带脑子的货色，早晚被人弄了炖汤。姑娘，不瞒你说，我是专门养过信鸽的，鸽子跟人一样，都有高低贵贱。一等一的种鸽是不一样的，看一眼就知道……你知道哪儿不一样吗？"

冷菲摇头，赵荣强浊黄的眼白布满了血丝，他扭着半个身子，紧盯着冷菲。

"你听我说，有人喜欢脑袋大的，脑袋大的聪明，也有人喜欢体形漂亮的，背上圆硬飞行有优势，但这些都不是最重要的，决定鸽子等级的是眼睛，只有眼睛！你能看懂眼睛，你就能分辨它聪不聪明，受没受过伤，还有它是否忠诚，认主人。"赵荣强清了清嗓咙，继续说道，"不怕你笑话，我这辈子有过很多不划算的爱好，养鸽子算一个吧。把那么小小的、软软乎乎的小玩意儿养大了，离开了家，以为都调教好了，结果放出去就没了，这样的事不知有过多少次。你说，付出了真心谁能轻易就甘心呢？"

赵荣强越说越气，气得不停拍打着大腿。

冷菲的视线落在老人腿上，他的膝头盖着条黑围巾，她又低头看向自己脚下，地上躺着个空瓶子，仔细看上面还留着淡淡的血指印，她猛然想起蛇子冲洗血肉的矿泉水瓶。冷菲感到胃中一阵绞痛，她这才想起自己现在坐的正是此前蛇子开的小红车。

冷菲在极度震惊中转过脸，看到老人眼下抖动的乌黑，他奋拉着的三角眼尾炸出四散的纹路。

"冷菲，你别害怕。"

冷菲的身体软了，她挣扎着开门的手用不上力。

"我一直想见见你，好好见见你。"赵荣强俯视着因恐惧而浑身发抖的冷菲，"你别这样瞪着我，放松。这时候你和我都可以放松了。"

"你要干什么？"冷菲感到自己的声音在发颤。

赵荣强怜爱地抚摸起冷菲的脸颊。

"我知道你觉得自己很无辜，你弄不明白我为什么要这么对你，为什么要这么折磨你。你想死死不了、想活活不好，对不对？我说的对不对？我说的一定都对。可谁不是呢？我这一生跌宕起伏，什么都经历了，说句吹牛的话，我有什么看不懂的人和事呢？我以为没什么再能伤我害我了。呵，但我还是不懂自己。"

冷菲的眼泪流了下来，她看着赵荣强因为激动而皱作一团的脸，像是蔫巴的苹果，散发出一种腐烂的气息。

赵荣强喃喃道："你没赢，陈皓还是会来找我的。"

沉默半晌，冷菲突然发出了冷笑。

"你笑什么？"

"嫉妒？原来是这么回事。"冷菲不无嘲讽地说。

赵荣强气得涨红了脸，扬起手一巴掌抽在冷菲脸上。

冷菲冷冷哼了一声。

赵荣强彻底被冷菲的轻蔑激怒了，他劈头盖脸地抽打着冷菲。

冷菲从赵荣强的疯狂中看到了深深的愤恨，那恨来自一个不见底的深渊，那恨让她想起了李仁杰，想起了陈皓，想起了得知真相的自己。

手机铃响起没有打断赵荣强施暴，直到他脸上浮现出酱紫，才气喘吁吁地住了手。

赵荣强盯着手机屏幕上一连串的数字，调整了呼吸，接起电话。

"好听吗？"赵荣强笑着问陈皓，他把铃声调成了陈皓会喜欢的《天鹅湖》。

陈皓的呼吸一沉。

"冷菲正和我一起呢。我跟她打了个赌，说你会来找我的，你果然来了。"赵荣强按下了免提键，让冷菲也参与进他和陈皓的对话，"我猜你要走陆路，就安排自己人去关口那儿等着，等着接应你，给你带条活路。谁知你又换了想法……"

赵荣强用玩笑的口吻试探陈皓，那小子的迟疑正如他所料。

陈皓还在为这女人犯蠢。

悲哀啊！

陈皓每说一遍"我错了"，赵荣强对他的厌恶就增加一分。

愚蠢、自负、不念恩情。

赵荣强给陈皓下了定论，他已经无药可救了。

"走的线路定好了，钱也趴在账户了。你来，我们一起走。"赵荣强叹了口气，在心里跟陈皓道别，"陈皓，你是只飞鸟，你要自由，谁都留不住你。但你记着，是天给了鸟展翅的空间。我是你的归宿，是你这一生一世最重要的人，你若有真心，会懂我在说什么。"

挂断了电话，赵荣强将手机塞进衣兜，在车里缓了缓神。

冷菲喝了鱼汤迟早会毒发，他没心思再鼓弄这肮脏的女人。他把冷菲扔在路边，离开前狠狠踢了几脚，又啐了口吐沫。

引擎声渐远，冷菲从指尖开始，用意志一点点找回身体。她抓起雪团大口大口地吞进去，抠着喉咙呕出了胃里的一切。

待意识逐渐清明，冷菲慢慢爬起来，向林区走去，直到天边泛起霞光。

冷菲想起木屋中，她与陈皓掌心相对，十指紧扣。冷菲回味着两人身体间流淌的温热，她看见宇宙射出绚烂的光芒，她沉浸在一种无须用力的轻松中，在陈皓的拥抱中获得了从未感受过的归属感，像游荡一世的灵魂终于找到了家。

儿子的脸庞刹那间浮现在眼前，他用纯真的眼眸凝望着冷菲。

冷菲咬着牙站在山腰，她从袖口中掏出赵荣强的手机，展开了她在路边捡到的通缉令，拨通了上面的电话。

话筒另一边是一个女人难以置信的声音，她又确认了一遍对方的名字。

"对，我是冷菲。"

随后，另一个男人接过了电话。他说他叫马志友，是冷菲案子的负责人，他压着声音问她在哪儿。

"我在哪儿呢？"冷菲茫然地重复着对方的问题。

她站在山林中，周围是耸入云层的松柏。

"冷菲，你不要挂电话，在原地别动，我们会去救你。"马志友高声道。

冷菲见到雪花在眨眼间从天而降，她伸出手接住雪片，对马志友说："太晚了。"

冷菲已不想再听任何人的话，她向着山头上的光团跋涉，去她要去的地方。

入冬以来，绥市的雪就源源不断。公安局门口的路白天刚清理干净，现在又积了白霜。

梁薇从值班室里探出脑袋，喊住了马志友。

"看见人了吗？"

梁薇脸上还挂着浅浅的泪痕，她眼皮泛红，马志友又回想起刚刚她抱着自己哭的尴尬场景。马志友清了清喉咙，问："什么人？"

"师傅，下雪了，先进来再说。"

马志友进了值班室，见小陈拉着个脸，嘴上骂骂咧咧的："妈的，引狼入室，还他妈的把我的手机给顺走了！"

小陈十分恼火，他抓起沾了血指印的杯子给马志友看，解释说，刚刚有个男人满脸是血地来自首。他赶紧去叫人，结果回来发现人没了，手机还被偷了。

马志友接过杯子仔细地看了看，杯壁上只剩下半个血指纹，模模糊糊的，显然是被人刻意擦过的。

马志友一惊。

"这里的东西都别动了！现在就去查监控！"

正如马志友所料，重伤自首的男人是陈皓。他在值班室里待了一小会儿，就匆匆走了。

马志友从监控上查到了陈皓的摩托车牌号，让梁薇把信息立刻下发到各级单位，并申请追踪小陈的手机信号。

专案组的抓捕部署会随即召开。

"陈皓发现同伙都死了，自己也被赵荣强算计了，所以干脆来自首，拖赵荣强下水。"一名警员推测道。

"那他怎么又走了呢？"梁薇反问道。

"原因不重要，重要的是他走了才能牵出赵荣强。我觉得与其打草惊蛇，不如等一等，把他们一网都收了。"那名警员继续说道。

"没有时间了！冷菲，大家想过冷菲在哪儿吗？"梁薇激动地站起身，众人哑口无言。

"冷菲失踪早就超过四十八小时了。"沉默了许久，另一名警员轻声说道，在场所有人都明白他的意思。

按以往的经验，冷菲恐怕是凶多吉少了，但马志友仍心存侥幸。他甚至开始祈祷，冷菲能得到神灵的庇护。他在和时间赛跑，冷菲在和命运赛跑。他等待手机信号卫星定位的结果，等待摩托车追踪的结果，等待事件中的任何一人浮出水面。

等待即煎熬。

终于，他等来了好消息，通过卫星定位，确定了陈皓就在绥市林场的山上。

专案组的人一致认为陈皓逃窜上山的概率最大，马志友决定把组里的主要警力全部调派入山，围捕陈皓。

大部队准备出发之际，梁薇突然跑来说冷菲打电话来了，让马志友接电话。

"是冷菲打来的？"马志友简直不敢相信。

"快接吧，千真万确！"梁薇激动得声音都在抖。

马志友立即示意众人安静，并按下了免提键。

"冷菲，我是绥市公安局刑侦大队的队长马志友，你案子的负责人。你现在人在哪儿，周围什么情况，我们去接你。"

"我在哪儿呢？"冷菲重复着马志友的问题。

"冷菲，你现在安全吗？你形容下你的四周，都能看到什么？"马志友焦急地问。

"你们不用来找我，去绥市的边检站吧，你们要抓的人在那里。"冷菲说。

"冷菲，我很抱歉，为你经历的一切。你要相信我们，我们在确定你的位置，你要注意安全！我们会把罪犯绳之以法的！"冷菲的话让马志友摸不着头脑，但他努力尝试着稳住冷菲的情绪。

梁薇用口型示意马志友，已经用卫星定位去查冷菲现在的位置了。

"冷菲，你不要挂电话，在原地别动，我们会去救你。"

"太晚了。"

"冷菲也许跟陈皓在一起呢？她有危险，所以不敢向我们说实话！"梁薇焦急地说。

马志友下令专案组立刻出发。一组去边检站截人，另一组去林区抓陈皓，一旦查到冷菲的踪迹立即报告。

警车在雪中飞驰，马志友开车载着梁薇，两人一路焦灼而沉默，谁都没有说话。

"师傅，我有几句话还是想跟你再说一下。"许久，梁薇终于忍不住开口打破了沉默。

"我知道，不用说了。"

之前付晓虎一直怀疑冷菲和陈皓有猫腻，梁薇则担忧冷菲有危险，谁对谁错，现在都无法轻下断言。马志友只想尽快将陈皓和赵荣强缉拿归案，将冷菲活着带回来。

警车在林区停了一圈，警犬在前引路，一众警员包围了山上废弃的护林员休息站。

马志友指挥队伍在距离木屋五十米的地方停下，每个人都先找到掩体。

一名警员打开扬声器，朝屋内高喊，让里面的人出来，双手高举过头。

木屋破窗前，有一个人影晃动，大家都很紧张，马志友示意大家先不要行动。

"陈皓，你听着，我是马志友，是绥市公安局刑侦大队的队长。你已经被我们包围了，你现在自己出来，相信法律会给你一个公正的裁决！"

山林重归寂静。

马志友刚要下令，木屋的门缓缓开了。

冷菲一脸木讷地走了出来，她身后的陈皓插着兜快步而出，他步履轻盈，脸上没有多余的表情。

"举起手。"梁薇高声喊道。

两人一动不动，现场的平静让马志友摸不准情况。忽然，陈皓扬起手，露出了隐在袖管中的匕首。他迅速回过手用刀尖对准自己的喉咙，还未向下猛扎，便是一声枪响。

马志友一愣，转头看到梁薇举着枪，手微微颤抖，愤怒、激动、惊恐的表情混在一起，笼罩在她苍白的脸上。

冷菲仿佛被枪声惊醒，低头看到陈皓仰倒在自己面前。

陈皓的伤口涌出鲜血，他痛苦地抽搐着，擎着只手指向天空。

"冷菲！"梁薇呼喊着奔了上去。

众人面面相觑，一切发生得太快了。

警员隔了几秒才围过去，几人合力压下了陈皓的胳膊。

冷菲挣脱了梁薇，扑在地上，抓起了掉落的匕首，然后双手握住刀柄，起身一刀扎在陈皓的胸膛上。紧接着她又拔出匕首，扭转刀头刺向自己。

刀尖在触到喉咙的一刹那，被马志友用手攥住了。

马志友徒手将匕首从冷菲的双手中硬夺了下来。刀刃深深卡进他的掌心，筋骨在横断的手掌间翻起，伤口太深，一时竟不见流

279

血。马志友听见梁薇失魂的尖叫，但他并没觉得疼。

马志友眼中的世界骤然慢了下来。

他看见瘫软在地的冷菲眼中泛滥着泪水，陈皓在血泊中急促地喘息，冷菲随之一同呜咽，陈皓抽搐的嘴角扬起，哽咽着发出最后的笑声。

警车拉着重伤的陈皓和马志友一路赶往附近的绥市人民医院。

冷菲被梁薇搀扶着离开，她的哭泣逐渐化成了笑声。她放肆地大笑，直到一张嘴将一口血喷在地上。她嘶哑着嗓子，狂笑不止，那碎裂的声响升入空中，与飘散的白雪一起，久久不散。

马志友煞白着脸被推进了手术室，廖大夫和其他医护人员已经在手术室中严阵以待了，他嘱咐廖大夫把伤口缝得好一点。

"那可是我今后的生命线啦。"马志友故作镇定地开了个玩笑，眼睛一直看着大夫厚实的手掌。

"哎，老马，你信我。"廖大夫拍了拍马志友的肩膀，让他放心。

手术持续了三个小时，廖大夫极其细致地处理了断开的血管与筋骨，缝合了伤口。最后，马志友的右手留下了一条横贯掌心的缝合线。

后半夜，马志友被突如其来的疼痛弄醒了。他睡不着，开始数同室病友的呼噜声，一声长一声短，数过六百下后，他心里突然有了安宁。

第二天一大早，付晓虎来到了病房。他刚从和歌市回来不久，听说马志友受伤住院了，便急匆匆地赶来医院。

"唉，听说另一组人在边检站扑了个空，人车查了个底掉也没

只有河流知道你的秘密

280

截到赵荣强。"付晓虎一屁股坐在床边，从果篮里拎出两根香蕉，给马志友剥了一根，自己拿了一根，边吃边说，"师傅，陈皓没救过来，现在参与灭门案的人都死了，他们在和歌的老窝也被连根端了，冷菲的案子可以结了吧？"

昨日已逝，马志友心里没有半点涟漪。

付晓虎又提起了冷菲，说她半夜又发病了，拿脑袋往墙上撞，三个护工压着她才打上镇静剂。

"我看，从她那儿别想问出个所以然了。"付晓虎叹息道。

马志友的嘴被香蕉塞得满满的，咕哝着说不出话。

伤愈后，马志友出院回局里参加了表彰大会。队里给他凑了点营养费，案子由付晓虎来收尾。马志友问起梁薇，听说她来医院看过他，还留了一袋子补品在床头，但马志友始终没见到她人。

"梁薇请了个假，长假。"付晓虎嘴上是这么说的，但他的眼神有些闪烁。

马志友没再追问，只是拉着付晓虎去窗边抽烟。他左手夹着烟，望着窗外沉默了一阵子，然后说他也要请几天假。

"这么长时间没回家了，是不像话。我现在这样也是个废人，干脆歇几天吧。"

"什么废不废的！大夫不是说了吗，手术很成功。师傅，别怕疼，好好复健。结案就是走程序了，你还有什么可担心的，把心放肚子里踏实休息吧。"付晓虎安慰道。

"不担心，没什么可担心的……"马志友嘟囔着，他看着自己的手，感觉有些陌生。

"对了师傅，有件事想问下你的意见。"付晓虎看起来有些犹豫。

"说。"

281

"陈皓的尸体已经通知了家属来认领，但家属不来。"

"不来也正常，不来领就照章办事呗。"马志友机械地回答。

家属拒领尸体的情况确实存在，遇到这种情况，一般是经过上面负责人批准后，队里自行处理。

马志友在窗边抽完了剩下的烟，决定去看陈皓最后一眼。

法医拿了解剖通知书和笔录过来。马志友翻了翻，上面写着陈皓的父亲陈武兵已故，母亲李丽珍拒绝认领尸体。

"致命伤在肺部，是被子弹打穿的，人走得挺快的。"

马志友点点头，从上到下扫了一遍尸体。他盯着陈皓凝滞的面容发了一会儿呆，感觉既陌生又熟悉。如何处理陈皓的尸体，他心里大概有数了。

从局里出来天还早，马志友去欣欣面馆吃了碗榨菜肉丝面。吃完面，他坐 101 路公交车直接去了杨获的单位。马志友在医院躺了两周，杨获一次面都没露过，他的换洗衣服都是付晓虎拿来的。

"还跟师娘闹别扭呢？"付晓虎问。

"没有，她出差忙活去了。"马志友转过头，随便找了个理由搪塞他。

"具体忙什么呢？"付晓虎也是闲来无事，追问了一句。

"银行嘛，忙的都是赚钱的事。"

马志友整理了一下纱布进了银行，与杨获要好的同事小丁正在门口站着。

小丁没什么城府，张嘴就问马志友怎么了，人都脱相了。马志友轻描淡写地说，出任务挂点彩是难免的。小丁半张着嘴，不知道该不该附和。

"小丁，跟杨获说一声我到了。"马志友尽量以自然的口吻让小丁帮着传个话。

小丁皱着眉头，吞吞吐吐道："马哥，杨姐没和你说吗？"

"说什么？"马志友感到一头雾水。

小丁叹了口气。

"杨姐，不在这儿了啊！"小丁涨红了脸，才憋出这么一句。

"不在这儿？"马志友不懂小丁在说什么，杨荻不在这儿，能在哪儿？

"杨姐她走了，不干了。"

马志友想追问杨荻去哪儿了，但话终究还是没问出口。他摆摆手，什么都没说就离开了银行。在路边招了几次手，也没拦下一辆出租车，他浑浑噩噩地又走到车站，等了许久才勉强挤上了101路。

车上人很多，马志友和下班的人挤在一起，伤了的手却没一点感觉。

一进家门，马志友就见到满地的狼藉。他径直去了客厅，打开窗户通风。杨荻应该是走了，她带走了卧室衣柜里的衣物和洗手间里的瓶瓶罐罐，其余带不走的东西就散落在地上。马志友在床头柜上看见了那盏香薰灯。

他抱着灯回到客厅的沙发上，他本该思考些什么，但此时此刻他的大脑只被一个疑问占据着。

没有香薰灯的杨荻还能不能睡个好觉？

冰箱制冷时发出的嗡鸣声在此时突兀地响起，马志友终于回过神来，深呼了一口气，把香薰灯放在了茶几上。

茶几上倒扣着一沓白纸，马志友拿起来一看，最上面是他没签的离婚协议书，最底下是受益人为杨荻的人身意外险。

他忍不住大笑出声。

笑了一会儿，他觉得口干舌燥，接了杯凉水一口气灌进肚子里。

马志友给卢建新打了个电话，提议陈皓的尸体火化后由他来安葬。卢建新没说什么，只问了问马志友的复健疗程，让马志友抽空去自己那儿坐坐。马志友满口答应下来。

陈皓的尸体处理报告很快就批复下来了，马志友带着陈皓的骨灰独自去了绥河边。他用一只手抡着冰镐在河面上凿了个窟窿，出了一身的汗，之后，他开了瓶好酒，自己先喝了一大口，剩下的顺着冰窟窿倒进了河里。

马志友又点了两支烟，一支自己抽，一支戳在了冰上。等烟燃尽，他抱起陈皓的木质骨灰盒，扔进了冰窟窿里。

河水带着他和他留下的秘密一起，静静地流向远方。

再有一周就要暑伏了，这是绥市一年中天气最好的时候。

马志友受邀来参加梁薇的婚礼。他穿了一身正装，把厚厚的礼金揣在了西服的内兜里。

婚宴地点定在了绥市最大的假日酒店。酒店是五星级的，一眼看上去很是气派。酒店门口停着婚车，孩子们正一枝接一枝地薅走装点车身的红色玫瑰花。

新人的巨幅结婚照摆在酒店的旋转门旁。照片上的新郎官白净斯文，圆乎乎的脸上架着一副黑色的框架眼镜，看上去很可靠。

马志友看时间还早，就在大堂里溜达，搜索着熟人，盘好头发的梁薇突然出现在他面前。梁薇亲切地挽着马志友的胳膊，拉他去了会客室，把他介绍给正忙前忙后的新郎。

梁薇说，这是自己永远的师傅。

马志友亮了下右手，新郎一愣，随即稳重妥帖地握住马志友的左手，感谢他的到来，又感谢他对梁薇的照顾。

马志友聊起和梁薇共事的半年，感慨不已。

"大家都不在系统里了，没想到啊，真是没想到。"

梁薇站在一边，看着两个男人手拉手地干聊，一个人偷偷地笑。

仪式开始时，付晓虎终于按捺不住换到了马志友的座位旁边。他省略了寒暄，附在马志友耳边说，新郎官是省里领导的秘书。马志友点点头，他注视着梁薇一身白纱站在灯光下，她突然成熟了、沉稳了，竟然有了一种洗练的美。

付晓虎靠着椅背一直在叹息，他问马志友最近在忙什么，过得怎么样。马志友打了个哈哈，糊弄过去了。

"梁薇不干了我理解，但师傅你可是老警察了，干了这么多年了，说不干就不干了，我是真没想到啊。"

"树挪死，人挪活，无所谓在哪儿。"马志友左手拿着筷子熟练地夹起一条肥硕的海参，"小米煨海参，味道不错。你也尝尝。"

海参滑溜溜的不听话，付晓虎用筷子夹不住，干脆合起筷子一戳，放到了嘴里。

付晓虎忽然提起冷菲的案子终于彻底结了，他伴着《婚礼进行曲》讲起了事情的来龙去脉。

"赵荣强偷渡去了一个叫泰府的海边小镇，好吃好喝过了两年。去年这时候，当地举办观音巡礼的活动，赵荣强跑去凑热闹，被花车上的处女观音献了白纱。"

"白纱？"马志友有点疑惑。

"说是赐福，但也不知道是福是祸。听说赵荣强接了白纱，没几分钟就像失心疯一样开始哆嗦，嘴里念念有词地冲向了海边。游客们开始还以为是表演节目，慢慢才感觉到不对劲。等人追去海边，才发现赵荣强已经死了。"

"死了？"

"光头，头上缠着白纱，一半脸埋在沙子里，就在脚脖子深的海水里淹死了。是不是挺玄乎的？"

"离奇。"

"可能是心脏病发作吧，总之人就没了。"付晓虎大着嗓门，试图与现场的音乐声对抗。他掏出手机给马志友看了他翻拍的新闻照片。烈日当空，人头攒动的海边，一个头上缠着白纱的人趴在沙滩上，身旁蹲着个外国男孩，直勾勾地看着镜头。

付晓虎指着男孩说，这是赵荣强在当地找的小翻译。

马志友盯着照片上的男孩，十八九岁的样子，皮肤黝黑发亮，瘦削的面颊配了双细长的眼睛，眼神纯真却又深邃，自带天然的矛盾感。

马志友心里一抽，他还记得这眼神。

仪式完成后，梁薇换了敬酒装，挽着新郎的胳膊再次回到宴会厅，两人挨着桌敬酒。轮到马志友这桌时，这对新人的脸已经红了。

马志友夸赞了梁薇的打扮，梁薇脸上绽放出花一样的笑容。马志友想起三年前，梁薇仰头灌下的大曲酒。物是人非，酒还是酒，但人已经历了这么多悲欢离合。

马志友心里有一堆话，堵在喉咙里说不出来，梁薇笑盈盈地把一把车钥匙放在他手里。

"冷菲今天该出院了，后备厢里有我给她的礼物，车就在门口停着，地址你也知道。"梁薇说完，又回到新郎身边。

马志友提前离开了喧嚣的宴会厅。他又品了品梁薇在会客室和他说的三言两语。梁薇说当年没个交代，就换工作走了，实在是没脸见大家。

马志友了解梁薇的脾气，她太要强，容不得缺憾。

"我可不是因为受了处分才走，我是借着案子看见了自己。上学的时候，我是胜负欲大过一切的人，什么都想争第一。但是开完那一枪我就害怕了，又害怕又后悔，我发现我还是过不了心里这关……"梁薇故作轻松地笑了笑。

"你一直是个感性的人，不去碰那些人性的黑暗面也好。健健康康、平平稳稳，就是幸福。"马志友顺势安慰道。

"我是因为恐惧才退缩的。今天我把想法说出来是为了给自己一个交代，断了这几年的念想。师傅，我敬佩你，原来是，现在也是。"梁薇有一点哽咽，马志友轻轻拍了下梁薇的背，梁薇拥抱了一下马志友，很快退后一步说，"师傅，待会儿仪式开始就上菜，你痛快吃。"

马志友确实吃了个肚歪。他走到酒店门口，拿着车钥匙按了一下，回应的竟是那辆花车。马志友钻进车里，对着陌生的操控台一通研究，苦笑着把车开上了大道。

这三年，马志友不知道自己是怎么挨过来的。

他三天打鱼两天晒网地做着手部复健，其间总算是找到了一直躲着自己的杨荻。马志友拉着杨荻回忆着两人走过的点滴，杨荻配合了一段时间终于没了耐心。她说，老马，你听听你的车轱辘话，你不爱我，你只爱过去的自己，我们也别提爱不爱了，那都是多少年前的事了。

杨荻坚持离婚，还要卖房子去南方做生意。两人大吵了几架，最后还是马志友让步了，卖房可以，但不可以离婚。马志友和杨获开始了异地生活，平均一个月能见上一次面。他仿佛又回到了学生时代，靠电话维系着岌岌可危的婚姻。马志友坚持了一年半，终于同意了离婚，他觉得自己想明白了，这样过日子离不离的也没什么区别。

又过了半年，马志友恢复了些精神，他开始反思自己的不负责、不成熟，他理解了杨获。两人其实没有化解不了的矛盾，只是多年疏于沟通，就走成了平行线。

马志友把感悟编辑成短信发给杨获，发了一条又一条，却没收到回复。马志友很坚持，他每天都在反省，都在总结，坚持发了两千条，杨获那端还是没有回复。马志友心灰意冷，觉得自己就像个在角落里没人搭理的乞丐。他喝了酒，在给杨获的最后一条信息中写道："你可以不回我，但我还是会发，希望有一天我的只言片语能令你平静的心泛起涟漪。"

这期间，付晓虎找马志友吃过两次饭，喝酒吹牛到最后都会提到冷菲。付晓虎也觉得奇怪，明明他跟着马志友办过不少案子，回过头来看，想聊的却只有冷菲这一案。马志友心不在焉地听，他听说，冷菲在康复中心里生不如死，闹腾久了把眼睛也哭伤了。

马志友这几年不是没想过去看看冷菲，想来想去还是作罢了。他陷在自己的泥潭中都无能为力，又能为冷菲做点什么呢？

什么都不能。

时间能冲淡很多东西，包括痛苦和悲伤。

马志友从颓废中重建自己，他买了新手机，换了新发型。他的痛苦少了，冷菲的消息也跟着少了，她同他一起安静下来。

马志友硬着头皮把车停在了康复中心大门口，打开后备厢去看梁薇给冷菲准备的礼物，只见一把崭新的大提琴躺在红色绒面的琴盒中。

马志友一只手合上琴盒，又打开了旁边细长的盒子，里面装了幅卷轴画。他没打开画细看，又盖好了盒子。

刚过中午十二点，冷菲从康复中心大门走了出来。马志友第一眼没认出来。冷菲的脸变圆了，皮肤泛着小麦色的光泽，黑色的短发别在耳后，整个人显露出一种不合常理的幼态。

马志友抹掉掌心里的汗，有些拘谨地来到她面前，酝酿着如何解释自己出现的原因，冷菲先开口了。

"马队长，你好。"

"啊，你好啊……小梁……梁薇，她跟你说了吧？"

冷菲微微垂下眼帘，浅浅一笑，作为回答。

马志友想起付晓虎说冷菲伤了视神经，眼睛视力很不好，他盯着冷菲观察。她瞳孔的颜色变深了，眼睛像一眼看不见底的井水，深沉而平静。她还是原来的模样，但似乎又变了个人。

"只能看到轮廓，但不太清晰。"冷菲缓缓地解释。

马志友突然意识到自己的冒失，赶紧小声道歉。

冷菲摇摇头，嘴角依旧挂着微笑。

马志友只觉得夏蝉像跳进了耳蜗，一个劲地高声鸣叫。他出了一头汗，心情一下子躁动起来。

"过马路，抓着点吧。"马志友弯起左胳膊，伸到冷菲的手边。

"谢谢，马队长。"冷菲将手轻轻搭在马志友的手臂上，两人在路人的注视下上了车。

车从南向北，向冷菲曾经的家开去。

马志友聊起梁薇的婚礼，他仔细地形容起一字摆开的花篮，桌面镶金的字卡，摆满辽参鲍鱼烤乳鸽的宴席。马志友越讲越兴奋，他将每一处细节都描绘得栩栩如生。冷菲专注地听着，一直没有打断他。

"马队长，我想去河边歇歇。"正在进行的话题将要结束，冷菲忽然说道。

她伸手指了指一边的河道，马志友这才注意到冷菲左手食指上套的细圈。说是银戒指未免太过纤细，他又多看了一眼，才确定那是用铁丝弯成的圈。

"可以吗？"见马志友没回答，冷菲礼貌地又问了一遍。

马志友看着眼前的绥河大桥，它像在热浪中燃起的赤色火焰，无声地见证着冷菲经历的错乱与疾苦。

马志友想轰大油门，赶紧逃离这个地方，他担心冷菲的精神再度受到刺激："你还没吃东西吧？还是先回去吧。"

"没关系，不急。"冷菲语气客气，但态度坚定。

马志友想不出拒绝的理由。僵持了一会儿，他苦笑一下，若无其事地将车子开下了坡道。

车刚一停稳，冷菲就推门下了车。

马志友锁车的工夫，冷菲已经走到了河道边，他赶忙追上前拉住冷菲，怜悯又略带责备地说："冷菲，别再想了，都过去了。我今天来接你，是要把你平平安安地送到家。你这是要干什么啊？"

"我知道，我都知道。"冷菲说罢，轻轻拍了拍马志友的手，示意他放开。

马志友缩回手，看着冷菲不慌不忙地脱掉了布鞋和袜子，光着脚踩进了河水里。

她在水中缓慢地走了一段，在河床边找了块地方缓缓坐下，扬起手，招呼马志友一同坐下。马志友穿着皮凉鞋踩进水里，坐到了冷菲身边的石头上。

"河水很凉快。"冷菲抹掉额头的汗，将手指伸入水中，右手转下食指上的铁丝圈，轻轻放在了河水中。铁丝圈随水流跳动，不一会儿就沉了下去。

"马队长，我想跟你说些话，不知道合不合适。"

河水一片清凉，冷菲的声音温柔地拂过，马志友一时恍惚，有种处在梦中的虚幻感。

"别再叫马队长了，我早就不当警察了。"马志友语气中有些无奈。

"我知道梁薇会让你来接我……我早就该和你说说，只是这些年我在里面，你在外面，都经历了很多。虽然你不再当警察了，但我……"冷菲停顿了一下，平复好情绪继续说，"但我还欠你一个交代，我早就该跟你说清楚。"

"嗐，什么说不说的，你不欠我什么。"他还想再说几句安慰的话，转念一想，冷菲尝尽了人间疾苦，岂是三言两语能安慰得了的呢？

马志友自嘲地笑了笑，直起身子看着河水中冷菲的倒影，说："还是说说吧，如果你愿意。"

"警察问过我上山的原因，是不是和陈皓约好了在山上的木屋会合。"冷菲撩拨着河水，转过头注视着马志友。

"是你们商量好的？"

"没有，我们什么都没有商量。回山上找他是我自己的想法，我知道他在那里，我知道他一定在那里。虽然说不出原因，但我感觉他就在那里等着我……给你们打电话的时候，我心意已决。"

"什么心意？"

"杀了他，以血还血，以牙还牙。"冷菲用最平静的语气说出了她复仇的决意。

马志友记得，从接到冷菲的电话到带队包围木屋，中间有将近两个半小时的时间。

冷菲带着复仇的决心独自赶到木屋见到了陈皓，这中间到底发生了什么？

这是萦绕在马志友心头长达三年的疑问。

这两个半小时之间发生的事情就是一切的真相。

"你应该想知道在警察赶来的时间里，我跟陈皓发生了什么吧？"

马志友点点头："当然，所有人都想知道。"

冷菲直起身子，沉默了很长时间才开口继续："我也想知道，想知道到底发生了什么。马队长，我知道接下来的话可能会让你觉得我是在说谎，但我没有半点想骗你的意思，只是我确实无法准确形容那时候发生的事……"

"没关系，你说。"

"嗯。我觉得时间流速在那里被改变了，我什么都没来得及做，警察就追到门口了……"

"你当时发病了，意识本来就不清醒，医院向我们证实了这点。"

"不是的，我很清醒，比任何时候都清醒。"

"……陈皓一直在里面？"马志友犹豫了一下，还是问出了他的疑问。

"在，他在那里等着我。"

"他……说了什么？"

"他好像什么都没说，也好像什么都说了。"

马志友冷笑一声。

他记忆中的冷菲又回来了，那个神经兮兮、脆弱又混沌的可怜女人。

马志友的苦楚又开始在心底一点点凝聚，他并不想来开导她，他只是想从冷菲的重生中获得自我解脱的力量。马志友笑话自己又把因果想反了。

"冷菲，水太凉了，我还是先送你回去吧。"马志友起身，在衣服上擦干手，想拉冷菲起身。

冷菲摇摇头，固执地坐在原地。

"马队长，你听完我的话，再决定相不相信我。"

"好吧，你继续。"

"我推门进去时，他就坐在木门的正后方，他就那么笑着看着我，脸上没有一点惊讶。他知道我会去找他，就像我知道他会在那里等我一样……我记得他那时候的样子，流了太多血，脸上没什么血色，但眼睛很亮，很平静。"

"然后呢？"

"他吻了我，又或者是我吻了他。我不确定，我不记得一切是怎么开始的了，等我有知觉的时候，我们已经亲在一起了。"冷菲趴在自己的膝头，重新把双手伸入水中。

马志友并不意外，冷菲的求生欲望将她与陈皓的命运捆绑在一起，她对他有极大的依恋，那种依恋可以跨过道德伦理，变成瘾一样的存在。冷菲的症状可以作为斯德哥尔摩综合征的经典案例放进书本里。

"嗯。"马志友附和。

"那个吻的感觉很宁静，像回到了前一晚，我们躺在地板上拉着手看夜空。我没合过眼，他半梦半醒的。现在想想那夜也是，很长也很短，转眼就过去了。"

"冷菲，不说了，都过去了。"马志友打断了冷菲，他不想再听她对爱的臆想。

"马队长，我说这些是因为那个吻让我进入陈皓，也让他进入我。我能感觉到他就在这里，挥之不去。"

马志友搓了搓脸，勉强挤出一丝笑容，他的废手流过一阵阵的酸痛。

"不说了，走吧。"

"马队长，请让我说完。就算你觉得我是在说疯话、胡话，也请让我把话说完。"

马志友重新坐下，他并不是对冷菲没有耐心。

"这三年来我总能感觉到他，他人死了却从来没离开过我。这种感觉实在是太糟了，我用尽力气好不容易从深渊里爬上来，却又跳进了更大的黑洞。我爱的人反反复复伤害我，我在意的人一个个地离开我，我一个人留在这里又有什么意义呢？"

马志友听着冷菲的声音，这么多年过去了，她的嗓子依然沙哑，回不到从前了。

"马队长，我的命是你救的，我本该更加珍惜这条命。很抱歉，过去有很长一段时间，我都想死，我只求一个解脱。"

"谁都有想求解脱的时候，但也就是想想而已。"马志友感叹道，他也在无数个夜晚想过一了百了。

"我问天问地，为什么，为什么要这么对我？我也问陈皓，问他怎么能放过我？"

"他说什么？"马志友苦笑着问。

"他从不回答，他只是呆坐在那里，笑盈盈地看着我。我闭起眼睛就能见到他那任凭我是恨是爱都无所谓的模样。我害怕极了，我不知道自己究竟在怕什么，我只是不停地哭，我以为我会一直这样痛苦下去。当我的眼睛看不清以后，我却感觉我能看清一切。"

人终归是脆弱的，心灵需要一个坚固的容器，去屏蔽太过激烈的情绪。

马志友从逃避和麻木中暂时醒来，他决定去倾听冷菲诉说对另一个人的爱意，给她短暂的温暖与呵护。

冷菲站起身走到马志友面前，她俯下身，拉起马志友一直藏在衣兜中的右手，她似乎没用力气就掰开了马志友皱缩的手掌。

马志友惊诧到忘了呼吸。

他在人生最颓靡的阶段赶上手掌受伤，生理的疼痛叠加在心灵上，让他无法面对。他选择了放弃，任由筋骨粘连在一起，再也展不开。

冷菲拉过马志友的手掌，轻轻抚摸了一下他横断的掌纹。

"我曾想被人拯救，也妄想拯救别人。我现在明白了，没有谁能救谁，每个人的出路都在自己身上。这是陈皓临死前告诉我的，是他在绝望中领悟到的。我没有那么灵，我花了好多时间，好像才明白了一些。"

马志友感受到汩汩温热正从冷菲的手上传到自己的残手上。

他依旧不敢相信眼前所见的一切。

"我，我不懂，我听不懂你想说什么。"马志友慌了神。

"马队长，你一直都知道，你想拯救的并不只是我吧？"冷菲望向马志友。

她不是在问，而是在道出马志友隐秘的心事。

冷菲掬起河水盖在马志友的残手上，淡淡地说："我是来和陈皓告别的，我已经不再怨恨他，我只把他当作流过我生命的河水。我仍能看到他的脸，还有我失去的爱人与孩子。我想我感受到的正是他感受到的，是无欲无求、没有期待、没有明天的爱。马队长，放过你自己吧……"

马志友头晕目眩地站起身，没人知道他把陈皓的骨灰撒在了河里，冷菲更不可能知道。

"你是怎么知道……你不可能知道……"

"我知道，我都看到了。马队长，那并不重要……"

冷菲站直身体，把另一只手叠在马志友的残手上。

"马队长，你也会醒来的，但你要先学会看到自己的悲伤……"

马志友像被扒光了一样感到惊慌，他以去后备厢里拿梁薇准备的礼物为托词逃回了岸上，脑子里满是冷菲似有若无的微笑。

马志友的疲惫无以复加，他调大了车里的空调，哆嗦着从衣兜里翻出打湿的香烟。树上的虫鸣从喜悦变成了聒噪。

在抛却了血案奇情与人间悲喜后，马志友终要直面自己的孤寂，但他不愿面对。

时间就在这一刻停止，在茫茫的光束中，马志友蜷缩起身体。黑色的车身如巨大的潜艇般遁入水中，向极致的黑暗中无限跌落。

马志友怀念起团在柜子深处的旧毛毯，怀念起上面经年累月的毛球。

如果能盖着它睡一会儿，该有多好啊。

马志友压抑多年的泪水终于泛滥，他如婴儿落地般哭号。他化作一条长河，向着南方、向着未知之域远去。

（全书完）

只有河流知道你的秘密